NOS CICATRICES INVISIBLES

De la même autrice :
LE MONSTRE CHEZ MOI (Nathan, 2020)

L'édition originale de ce livre a été publiée pour la première fois aux États-Unis en 2018 sous le titre *That Night* par HarperTeen, une marque de HarperCollins Publishers, 195 Broadway, New York NY 10007.

Loi nº 49-956 du 16 juillet 1949 sur les publications destinées à la jeunesse, modifiée par la loi nº 2011-525 de 17 mai 2011.

Mise en pages : IGS-CP (16)

ISBN : 978-2-09-259519-0
Dépôt légal : mars 2021

AMY GILES

NOS CICATRICES INVISIBLES

Traduit de l'anglais (États-Unis)
par Julie Lopez

Nathan

Pour Pat, Maggie et Julia. Toujours.

JESS

C'est drôle – enfin, si on veut – ce que je me souviens de ce soir-là. Par exemple qu'il faisait très chaud pour un mois de mars et qu'Ethan n'arrêtait pas de nous répéter que c'était à cause du réchauffement climatique. Que les montagnes de neige grise et sale qui traînaient sur le parking avaient enfin fondu et s'étaient transformées en grosses flaques. Que Marissa portait le sweat à capuche d'Ethan parce qu'elle avait froid, enfin soi-disant ; c'est comme ça que j'ai compris que mon frère et ma meilleure amie se plaisaient.

Le monde me paraît complètement déséquilibré sans eux. Même le temps a changé : le printemps est là mais on se croirait toujours en hiver. Tout en me frottant les bras pour me réchauffer, je m'éloigne du lycée, bien décidée à sécher la première heure de cours. Et même la deuxième. Ça fait déjà un an, mais le matin il me faut toujours un temps pour être capable d'affronter une nouvelle journée sans eux.

En me dirigeant vers la plage, je passe devant des maisons tellement serrées les unes contre les autres que les voisins pourraient se passer le sel par la fenêtre, et qui cèdent ensuite la place à des boutiques. Le Queens ne dort jamais, mais le matin, en semaine, la bande-son est particulièrement discordante : les bus qui crachent leur fumée sur Mott Avenue, emmenant les gens au bureau ou déposant chez eux ceux qui travaillent de nuit, les voitures qui klaxonnent, les camions de livraison garés en double file, les avions qui viennent de décoller de JFK et qui rugissent dans les airs toutes les deux minutes, les rideaux de fer qui se lèvent dans un grincement métallique. À l'intérieur de la poissonnerie Shu, le patron dispose des dorades argentées sur des tas de glace pilée. Le métro aérien gronde comme le tonnerre.

Far Rockaway n'est ni aussi cool que Manhattan ni aussi snob que Nassau. C'est le Queens pur et dur, mais avec des plages. Pour moi, c'est ce qu'il y a de mieux quand on vit ici : les plages remplies de touristes de mai à septembre, mais qui sont à nous toute l'année.

Je tourne à droite dans Beach Channel et je continue jusqu'à la promenade en bois sur le front de mer. Seuls les accros à la marche et au jogging osent braver la fraîcheur du petit matin. Le vent est bien plus mordant au bord de l'eau, j'ai l'impression que ma peau est piquée par des centaines d'aiguilles. Je m'assieds sur le sable pour observer la houle. À l'est, il y a l'Atlantic Bridge, on l'empruntait souvent pour profiter de la cabine de plage des parents de Marissa. On a passé tellement de journées d'été là-bas avec Ethan. Tout ça, c'est fini, maintenant.

Tous ceux qui ont survécu à cette soirée au Balcony ont un truc à raconter : il n'y avait plus de place, ils étaient aux toilettes, dans la file d'attente du bar.

Dix-huit personnes, elles, ne pourront jamais raconter quoi que ce soit.

Les gens pensent qu'on a eu de la chance, parce qu'on est vivants, parce que nos cicatrices ne se voient pas. Mais nous, on les sent tous les jours. On est des *blessés vivants*.

À l'enterrement d'Ethan, Mme Alvarez, la voisine, est venue me réconforter en se tamponnant le nez avec un mouchoir. Scoop : personne dans toute l'histoire du deuil n'a trouvé la phrase magique pour effacer la douleur. Il y en a même qui arrivent à l'empirer juste par maladresse.

« Dieu t'a épargnée. Sa main te guidait », a-t-elle dit, les yeux rougis par les larmes.

Sa foi doit être inébranlable. Il n'y avait pas une trace de doute dans sa voix.

Ça ne faisait que quelques jours que c'était arrivé, et j'étais encore sonnée. Je n'arrêtais pas de creuser des trous en forme de croissants dans mes paumes avec mes ongles, juste pour m'assurer que je n'étais pas morte moi aussi. Et il m'a fallu quelques jours de plus pour réaliser que c'était vraiment arrivé. Quand j'ai pris conscience que je ne faisais plus la course avec Ethan pour arriver la première dans la salle de bains. Et plus tard, quand j'ai compris que les textos de Marissa ne feraient plus tinter mon téléphone, après son départ pour un lycée privé du Colorado.

Si Mme Alvarez m'avait servi sa théorie sur les projets de Dieu une semaine plus tard, j'aurais été furieuse.

« Ah ouais, c'est comme ça que ça marche avec Dieu ? Il a ses préférés ? Il a fait exprès de me choisir moi et pas Ethan, c'est ça ? »

Mais comme j'étais encore sous le choc, j'ai juste répondu :

« J'étais allée acheter des bonbons. »

Des oursons en guimauve, pour être précise. C'est important, parce qu'ils étaient pour Marissa. Elle m'avait donné un billet de cinq sans même me regarder.

« Devine de quoi j'ai envie. »

Je la connaissais si bien que j'avais tout de suite compris qu'elle ne voulait pas venir avec moi parce qu'elle préférait rester avec Ethan. Et je savais très bien que la dernière fois qu'elle avait mangé des oursons en guimauve, elle avait sept ans et elle avait tout vomi.

Si bien que pendant que *lui* s'introduisait là-dedans en passant par une sortie de secours, j'étais en train d'acheter de quoi rendre malade ma meilleure amie parce que j'étais fâchée contre elle.

Et c'est *comme ça* que j'ai été épargnée.

LUCAS

La main fraîche de ma mère sur ma joue me tire du sommeil.

– C'est l'heure de se lever, dit-elle, comme si j'avais trois ans.

Je regarde le réveil sur ma table de nuit. 6 h 58. Deux minutes d'avance.

Elle repousse les cheveux qui me cachent le visage.

– Je t'ai préparé une omelette. Dépêche-toi avant qu'elle ne refroidisse.

Les omelettes, c'est un choix sûr. Je ne vois pas comment elle pourrait la gâcher avec un assaisonnement tout prêt. Chez nous, le petit déjeuner est le seul repas qui n'est pas noyé sous des arômes artificiels introuvables dans la nature.

Elle tend la main pour éteindre le ventilateur. Je le laisse allumé toute la nuit parce que son ronronnement m'aide à dormir – sinon, au moindre craquement de plancher, au moindre bruit dans la rue, je bondis du lit.

– Tu as drôlement toussé cette nuit, dit-elle en posant la main sur mon front pendant une seconde, avant de la remplacer par ses lèvres.

– Maman !

Elle repose sa main sur ma joue pour en avoir le cœur net.

– Tu es chaud.

– Je vais bien. Je viens juste de me réveiller.

– Tu es sûr ?

– Certain.

Ses yeux scrutent mon visage, à la recherche des signes d'une maladie qui n'existe pas.

– De toute manière, je crois qu'il est grand temps que tu ailles voir le Dr Patel. Ce n'est pas le moment de ta visite annuelle ?

– Je suis presque sûr que ça ne fait pas encore un an, je réponds prudemment.

Elle entreprend de ramasser mon linge sale sur le sol.

– Je l'appellerai aujourd'hui. Juste pour m'en assurer.

– Tu as reçu mon texto, hier soir ? je demande en m'étirant.

– À propos de tes clés de voiture ? répond-elle en exhumant une chaussette égarée.

– Tu ne les as pas vues ? J'ai fini par aller au gymnase à pied.

Elle rit tout en se mettant à quatre pattes pour voir si rien d'autre ne traîne sous mon lit.

Je la comprends. Ça paraît bizarre de se plaindre pour ça quand on se lève aux aurores de son plein gré un jour sur deux pour faire huit kilomètres en courant.

Je sors mes jambes de sous la couverture.

– Je ne sais vraiment pas où elles sont passées. J'étais sûr de les avoir mises sur le crochet.

Elle se relève et ajuste le petit tas de vêtements qu'elle tient dans ses bras comme s'il s'agissait d'un bébé.

– Elles n'ont pas pu s'envoler. Tu vas bien finir par les retrouver.

Bien sûr qu'elles ne se sont pas envolées, mais connaissant ma mère, j'ai un mauvais pressentiment.

Elle s'arrête devant la fenêtre, où mes gants de boxe sont suspendus, et en renifle un en fronçant le nez.

– Il faut que je pense à mettre des feuilles pour sèche-linge. Ça ira mieux.

Elle se dirige vers la porte, mais pas avant de s'être arrêtée le temps de quelques douloureux battements de cœur pour regarder le « coin » de Jason, devenu l'autel de son extraordinaire premier-né : le lit vide, les étagères chargées de trophées et de médailles amassés au fil des ans qu'elle continue d'épousseter scrupuleusement chaque semaine. Elle incline la tête et sort avant d'être submergée par la *pire chose* qui soit jamais arrivée à la famille Rossi.

Parfois, je regrette ce qui m'agaçait le plus chez Jason.

Souvent, quand je me réveillais, ses fesses étaient juste devant ma figure, et lui il beuglait : « Debout, frérot ! Tu te souviens du steak à l'oignon d'hier soir ? Sens-moi ça ! » Et il agitait la main pour bien me faire profiter.

Je n'aurais jamais cru qu'un jour je serais nostalgique de ses pets à l'oignon.

Le réveil se déclenche à 7 heures précises. Je l'éteins. L'odeur d'œufs remonte l'escalier jusque dans ma chambre, pas si différente de celle des flatulences de Jason, en fait.

JESS

On dirait bien que je vais aussi sécher la troisième heure de cours.

Je prends plusieurs grandes inspirations, pour laisser l'air salé s'engouffrer jusqu'au fond de mes poumons, et puis je me relève. Je me dirige vers Mott Avenue pour me trouver un petit boulot. Le lycée attendra.

Les Ponseti n'ont plus besoin de baby-sitter depuis que la mère de Mme Ponseti s'est installée chez eux. Ça craint, c'était le job idéal : ils sortaient tout le temps (leur vie sociale est plus riche que la mienne), ils n'avaient jamais de monnaie – du coup ils arrondissaient toujours ma paie –, et leur garde-manger était un monde merveilleux débordant d'aliments à haute teneur en fructose.

Ça fait des semaines que je cherche un job. À la laverie, ils m'ont proposé de repasser dans un mois. Le supermarché où Ethan a commencé à travailler après le départ de notre père n'a rien. La femme qui tient le magasin de vêtements dans lequel des mannequins maigres et décapités portent des jeans de toutes les teintes et tous les styles m'a regardée des pieds à la tête avant de me rembarrer.

Il reste une série de boutiques que n'ai pas encore testées. Coincé entre l'épicier coréen et la librairie spécialisée en comics, je tente World Food. Une odeur d'épices règne à l'intérieur, j'en ai l'eau à la bouche. Je prends immédiatement une boîte de loukoums pour l'observer. Je me souviens que dans *Narnia*, c'est pour des loukoums qu'Edmund trahit sa famille. Je n'en ai jamais mangé, mais si quelqu'un est prêt à vendre sa famille pour en avoir, ça doit valoir vraiment le coup.

– Je peux t'aider ? demande une femme derrière le comptoir en ajustant son voile.

Je remets la boîte exactement dans la position où je l'ai trouvée avant de m'approcher d'elle.

– Je me demandais si vous cherchiez quelqu'un.

– Non, répond-elle en faisant la moue. Désolée mais c'est une entreprise familiale.

– Ah, d'accord. Merci.

J'essaie de sourire, mais des semaines d'échecs pèsent sur mes joues.

– Tu peux essayer chez Enzo, suggère-t-elle.

Je pointe mon pouce sur la droite.

– La quincaillerie ?

Comme s'il y en avait un autre. C'est juste que le Enzo en question me terrifie depuis que je suis petite. Invariablement assis sur une chaise derrière le comptoir, grincheux, ne souriant jamais. Je me cachais toujours derrière mon père quand on y allait.

– Il cherche du monde ?

– Demande Regina, c'est sa nièce. Dis-lui que c'est Adab qui t'envoie.

Je hoche la tête, encouragée. *Adab, Regina… Enzo…* Je réprime un frémissement. Je devrais y arriver.

Je la remercie, puis je désigne la boîte de loukoums.

– Dès que j'ai un peu d'argent, je reviens en acheter.

Elle sourit et hoche la tête.

– Je t'en mettrai une boîte de côté.

Une fois dehors, je prends une grande inspiration pour me calmer avant d'aller chez Enzo.

– Remplis ce formulaire.

Regina, ou Reggie, Scarpulla, une fille qui était dans mon lycée et qui a passé son diplôme l'année dernière, me tend une feuille de papier. On n'a jamais été amies, mais je me rappelle l'avoir vue se remettre du rouge à lèvres dans les toilettes.

Je suis assise sur une chaise en plastique pas du tout confortable à côté du distributeur de snacks et de la porte « Réservé au personnel ». Elle me fait entrer dans son bureau et ferme derrière elle, piégeant avec nous l'air chaud et rance. Je sens une goutte de sueur me chatouiller la colonne vertébrale.

– Jessica Nolan. Ah oui, je me souviens de toi.

Tout en lisant le document, elle fait rebondir la gomme de son crayon sur son bureau. *Taptaptaptaptaptap*. Elle lève les yeux.

– Tu as eu dix-sept ans le mois dernier. Tu es en première, c'est ça ? (Je hoche la tête.) Tu cherches des heures pour après les cours ?

– Oui, je réponds en opinant de nouveau, tout en me raclant la gorge.

– Pourquoi tu n'es pas au lycée à cette heure-ci ?

– J'y retourne tout à l'heure. J'ai un mot.

Je mentionne le mot pour ne pas passer pour quelqu'un qui a l'habitude de sécher, même si c'est le cas. Pas la peine de lui dire que je l'ai écrit moi-même en imitant la signature de ma mère.

Taptaptaptaptap.

Elle soupire.

– Bon, Jessica. Pourquoi veux-tu travailler ici ?

Pourquoi ?

Comme dans : « Pourquoi je ne m'attendais pas à répondre à une question aussi banale pour un entretien d'embauche ? »

– Je… J'ai vraiment besoin d'un boulot.

Mes joues me brûlent. À en juger par la manière dont elle recule légèrement la tête, surprise, personne ne lui a jamais répondu ça. Elle se sert de la gomme de son crayon pour se gratter la tête, puis se remet à tapoter le bureau. Des secondes s'écoulent tandis qu'elle réfléchit à ma réponse.

– Quelques mots sur nous, dit-elle, ce que je prends comme un signe que je n'ai pas encore complètement foiré l'entretien. Nous sommes une petite entreprise, mais pas si petite que ça. Nous nous sommes agrandis l'année dernière. Maintenant, on a tout ce qu'ont les grands magasins : plomberie, chauffage, air conditionné, électricité, peinture… On a un coin pelouse et jardin, organisation de la maison…

Elle énumère tout ça en comptant sur ses doigts, scrutant le plafond comme si son inventaire était écrit dessus. Puis elle expire et pose ses paumes sur le bureau.

– Bon… nous cherchons effectivement quelqu'un. Mais il ne s'agit pas d'un poste spécifique, tu sais. Du genre service client ou conception cuisine. (Elle remue les doigts en l'air comme si ce dernier poste était le plus enviable qu'elle puisse imaginer.)

Tous ceux qui travaillent ici doivent toucher à tout. À part à la caisse. Mon oncle ne laisse jamais personne toucher à la caisse.

Elle rit et regarde mon formulaire avant d'ajouter dans un souffle :

– Même pas moi. (Elle relève les yeux.) Ça veut dire qu'il faut décharger les camions et réapprovisionner les rayonnages. Il *faut* être capable de soulever trente kilos.

Son regard court sur mes épaules, sur mes bras, sur tout ce qu'elle peut apercevoir depuis son siège. Je sais que ce n'est pas très impressionnant. Je regrette que mes vêtements amples soulignent ma petite taille.

– J'en suis capable.

– C'est un travail vraiment ingrat, Jessica. Le jour viendra forcément où je te demanderai de déboucher les toilettes. Tu n'imagines même pas les cadeaux que certains clients nous laissent là-dedans, ajoute-t-elle en levant les yeux au ciel.

Je me force à dissimuler mon dégoût.

– Pas de problème. Je peux le faire.

Elle essaie de me faire peur, je le vois bien. Mais ce qui me fait le plus peur, c'est de ne pas obtenir ce job. Elle fixe les néons tremblotants, pensive. Je compte les insupportables secondes de silence.

– Ton frère était au Balcony, non ?

Pas besoin d'en dire plus ; tout le monde sait ce que ça veut dire dans le quartier.

– Oui. Moi aussi.

– Oh, je ne savais pas. J'ai évité toutes les… (Sa main tournoie dans l'air.) Toutes les *cérémonies*.

Elle fait la grimace, comme si ce mot laissait un goût amer dans sa bouche.

Je sais très bien de quoi elle parle : l'arbre qui a été planté, le banc dédié aux victimes, le match de base-ball caritatif. Tout ça est censé honorer ceux et celles qui sont morts ce soir-là, mais ça a fini par donner aux survivants l'impression d'être des bêtes de foire, des gens avec qui on n'échangerait sa place pour rien au monde. Mais elle est mal placée pour critiquer, ces « cérémonies » étaient pour nous, pas pour elle.

– Je n'ai pas pu, ajoute-t-elle. J'ai juste vu son nom sur la liste. (Elle se lève.) Attends-moi ici.

Elle laisse la porte ouverte, Dieu merci. Je transpire toujours, malgré le filet d'air qui entre dans la pièce. Il y a un ventilateur débranché dans un coin. Je meurs d'envie de l'allumer, mais j'imagine alors tous les papiers s'envolant dans son bureau comme une nuée de mouettes.

Je décolle mon tee-shirt de ma peau et le secoue pour faire circuler un peu d'air avant qu'il ne soit imprégné de taches de sueur.

Attention aux seins qui transpirent, entends-je dire Marissa. Ça me fait sourire. J'imagine la tête qu'elle ferait si elle me voyait postuler à un boulot qui consiste à décharger des camions.

De grosses plaques de rouille dévorent le bureau métallique de Reggie. Le dos d'un cadre me fait face.

Allez, vas-y… regarde ! m'ordonne Marissa.

J'obéis. C'est une photo de Reggie avec un garçon très grand et très musclé. Il me rappelle quelqu'un. Je sens presque Marissa se pencher par-dessus mon épaule.

Waouh, il est mignon ! Ils sont à la plage et sourient à l'appareil, leurs bras bronzés passés l'un autour de l'autre. Il ressemble à un géant à côté d'elle ; il lui suffirait d'un effort infime pour la broyer entre son bras et son torse.

En plus, il est super baraqué ! On dirait un gratte-ciel !

Quand Reggie revient, je tiens toujours le cadre entre mes mains.

Prise sur le fait !

Paniquée, je replace le cadre là où je l'ai trouvé.

– Je suis désolée.

Je m'attends presque à m'autoconsumer sous l'effet de la gêne. Cause du décès : humiliation.

– Ce n'est pas grave, répond-elle, mais son regard est féroce, protecteur.

J'ai dépassé les limites, et ce n'est pas très malin pendant un entretien d'embauche. Elle expire, comme si elle avait décidé de ne pas se fâcher.

– C'était mon fiancé.

C'était. OK, voilà pourquoi elle s'est permis ce commentaire sur les cérémonies.

– Il était au Balcony, lui aussi. Jason Rossi.

Ça y est, je vois. Jason Rossi était en terminale quand j'étais en troisième. Roi du bal. Star du football américain. Marissa et moi, on assistait à tous les matchs rien que pour le voir jouer, alors qu'on n'était pas du tout du genre cheerleaders et qu'on s'intéressait encore moins au foot. C'était ce genre de légende vivante.

Elle arrache son regard à la photographie. Je reconnais cette souffrance. Personne n'y échappe, à Far Rockaway.

– Son frère est au lycée avec moi, dis-je.

Elle reprend son crayon et se remet à tapoter sur le bureau. Son humeur a changé, sa voix s'est égayée à l'évocation de Lucas, le frère de Jason.

– Vous vous connaissez ? demande-t-elle. Lucas travaille ici, lui aussi.

Je me laisse aller contre le dossier de ma chaise pour le visualiser. Un terminale. Tranquille. Lui aussi, il est bâti comme un gratte-ciel. « Il ne faut pas chercher Lucas » est une règle d'or au lycée.

Autre point commun : il est plutôt mignon. Peut-être que ce boulot ne sera pas si affreux, tout compte fait.

Reggie laisse enfin tomber le crayon sur son bureau.

– C'est payé onze dollars de l'heure. Les horaires varient de semaine en semaine, en fonction de l'activité. Ça te pose un problème ?

Je secoue la tête.

– Ça t'irait de commencer lundi prochain… (Elle plisse les yeux pour regarder un calendrier pendu au mur.) Le 3 avril ? Tu n'auras qu'à venir juste après les cours.

Je souris, ridiculement fière d'avoir réussi à décrocher ce job pourri.

– Super.

Au secours ! C'est quoi la réponse au n° 3 du devoir de maths ?

Je sais pas. J'en suis pas encore là. Demande à Siri.

Siri est débile.

Je parie que tu ne savais pas que sa couleur préférée est le vert.

Tu lui as demandé ça ?!!!

Je sais, je suis géniale.

Ton génie ne cessera jamais de m'impressionner.

Cimer.

Je n'arrête pas de relire mes vieux échanges de textos avec Marissa. Je pourrais les faire défiler pendant des heures sans en voir la fin. Ça me serre le cœur, mais ces doses de Marissa me permettent de tenir, comme les masques à oxygène qui tombent du plafond des avions en cas de dépressurisation.

Ça fait des mois que je n'ai pas de nouvelles. La « Boulder Academy pour les adolescents en difficulté sociale et émotionnelle » n'autorise pas ses élèves à avoir de téléphone portable ni à communiquer avec le monde extérieur. Sa mère dit qu'ils suivent des séances de thérapie familiale chaque semaine sur Skype avec elle, mais qu'elles sont limitées à la famille proche. « Presque de la famille », ça ne compte pas, apparemment.

Comme Marissa, beaucoup d'élèves ne sont jamais revenus après ce soir-là, et le lycée a fait venir des psychologues pour aider les autres. Les couloirs étaient toujours engorgés de personnes qui s'étreignaient, en larmes. Moi, je n'avais aucune épaule sur laquelle pleurer.

J'appuie fort sur le nœud de la taille d'un petit caillou dans le lobe de mon oreille, le second trou que j'ai dû laisser se refermer après infection. D'après Marissa, il suffisait de passer l'aiguille dans la flamme du briquet pour la stériliser. Elle avait tort.

Je prends mon livre de biologie dans mon casier juste au moment où une dispute entre Sarah Ochtera et Andrew Sarro dégénère de l'autre côté du couloir. Ça fait un an qu'ils sortent ensemble. Tout le lycée a été au courant quand ils l'ont fait, environ un mois après le début de leur relation. Petite mise en garde contre les dangers de la popularité. Moi, les gens se fichent complètement de savoir ce que je fais ou pas, et avec qui je le fais ou pas.

– Non mais vas-y, éclaire-moi. Qu'est-ce que je ne comprendrais pas ? demande Andrew en écartant les bras.

Il met toujours trop de gel dans ses épais cheveux bouclés et ils ont toujours l'air à la fois croustillants et graisseux. À part pour les feuilletés au fromage, ce n'est pas une super combinaison.

Sarah lève les yeux au ciel, mais elle ne répond pas. Quand elle tente de prendre un livre dans son casier, Andrew la saisit par le poignet.

– Je te parle !

Quelques têtes se retournent.

– Mais lâche-moi ! hurle-t-elle en se dégageant.

Il abat ses mains de chaque côté de sa tête, la prenant au piège. J'entends plusieurs élèves marmonner des « Oh merde », mais personne ne bouge.

Ou presque.

Lucas Rossi fond sur eux, saisit Andrew par l'arrière de son tee-shirt et l'écarte de Sarah, le soulevant presque du sol avant de le faire reculer de plusieurs mètres.

– Elle t'a demandé de la lâcher, lui dit simplement Lucas.

Andrew tend le cou pour le regarder. Sa colère a si vite été remplacée par de la peur que je m'attendrais presque à voir une flaque de pipi par terre. Lucas est vraiment très très grand. Tout chez lui, de son nez à ses pieds, semble agrandi à 70 % par rapport aux autres.

– C'est pas tes affaires, réplique Andrew.

Il s'agit d'une simple remarque, pas d'une menace. Il a l'air beaucoup moins courageux qu'avec Sarah, tout à coup.

– Maintenant, si.

Andrew lève les mains en l'air en signe de reddition et commence à reculer. Il jette un dernier regard à Sarah.

– On parlera de ça plus tard, lance-t-il.

– Beaucoup plus tard, ajoute Lucas.

Lucas commence à se détourner, et juste à ce moment-là, nos regards se croisent. Il me fixe pendant une seconde, assez longtemps pour que j'aie l'impression qu'il me cherche dans son catalogue de souvenirs. Un sourire s'étire sur mes joues. Ma main commence à se lever pour lui faire coucou. Après tout, on va travailler ensemble. J'ouvre la bouche pour le lui dire.

– Hey.

Lucas semble pris d'une légère panique. À cause de moi ?

Je me ravise et je fais comme si j'avais levé la main pour repousser mes cheveux derrière mon oreille. Mais il s'éloigne déjà à toute vitesse dans le couloir.

Le picotement apparaît au bout de mes doigts. Ça m'arrive tout le temps, désormais. Tout est trop serré, tout à coup : le couloir, mes vêtements, ma gorge. Je me précipite vers les toilettes. Avec un peu de chance, Domie et Charmaine y seront avec leur stock de beuh. Une ou deux taffes et ça ira mieux. Comme d'habitude.

LUCAS

Je rejoins Pete devant son casier au début de la septième heure de cours.

– Je pars plus tôt, aujourd'hui, dis-je en enfilant mon sac à dos.

– Comment ça se fait ?

Avant que je puisse répondre, Gwen Welch se glisse entre nous pour chatouiller Pete sous les bras. Il couine et se plie en deux, gloussant alors qu'elle s'enfuit en courant. Puis il pointe un doigt sur elle.

– Quand tu t'y attendras le moins… Tu vas voir !

– C'était quoi, ça ? je demande.

– Un défi de chatouilles, pourquoi ? répond-il comme si c'était évident.

– Avec Gwen ?

Contrairement à ce qu'on pourrait croire vu ce qui vient de se passer, ils ne sont pas spécialement amis.

Pete sort un pull de son casier et le renifle. Il réprime un haut-le-cœur et le rejette à l'intérieur.

– C'est entre tous les élèves du lycée.

– Ah bon ? Aucune fille n'a essayé avec moi, pourtant.

Je n'arrive pas à croire que je suis jaloux de Pete parce qu'il s'est fait chatouiller sous les bras.

– C'est parce qu'aucune fille ne se balade avec un escabeau.

Le problème ne se limite peut-être pas à l'inaccessibilité de mes aisselles. Peut-être que je dégage une sorte de vibration qui dit : « N'approchez pas ! »

Autour de moi, tout le monde a repris le cours de sa vie. Il y a un an, cet endroit ressemblait à une zone de guerre. Les gens pleuraient partout, tout le temps. Le simple fait de passer devant un casier vide pouvait servir de déclencheur. Moi, c'est quand je passe devant le gymnase et la vitrine des trophées que ça me détruit. Leurs noms… mon nom… gravé sur les plaques, les trophées. Les photos de mon père à la fin des années quatre-vingt en star du football. Et celles de Jason qui datent d'il y a seulement quelques années. Ils ont beaucoup compté, ici, tous les deux.

Les gens sont en train de s'en remettre, désormais. Comme le bal de promo a été annulé l'année dernière, tout le monde est encore plus excité par celui de cette année. Dès que je tourne la tête, je vois quelqu'un en train de se faire inviter. De l'autre côté du couloir, Jim Barnes est juché sur un monocycle près du casier de Grace McCurdy, et il brandit une pancarte sur laquelle il a écrit :

PLUS FUN QU'UNE VIRÉE EN MONOCYCLE ?
UNE VIRÉE AU BAL !

Il paraît qu'Aisha Malik se fait une fortune avec ses idées d'invitation au bal de promo. On appelle ça des *prom*positions. C'est quinze dollars l'idée.

Pete me tape sur l'épaule.

– Au fait, je suis censé te demander quelque chose.

– Quoi ?

Il hausse les épaules.

– Molly Kane voudrait savoir si tu accepterais d'aller au bal avec elle si elle te le proposait.

Molly. Longs cheveux châtains, yeux bleus. Intelligente, drôle, mignonne.

Je grimace.

– Non, désolé. Je ne vais pas au bal.

Tout le monde n'est pas encore passé à autre chose. Pas moi, en tout cas.

Je pense à la sœur d'Ethan qui m'a fait coucou ce matin. Une jolie fille me sourit et moi je m'enfuis. Bien joué, Lucas. Super.

Ce n'était pas volontaire. Si je pouvais revenir en arrière, je lui dirais au moins salut avant de m'éloigner. Mais chaque fois que je tourne la tête, quelque chose me fait signe. Parfois, ça fait trop dans la même journée. Quand Jess Nolan m'a fait coucou, j'avais déjà atteint mon quota.

Pete hoche la tête, compréhensif.

– Ouais, je m'en doutais, dit-il avant de se détourner pour prendre son livre d'économie dans son casier. Tu vas où, au fait ?

Mon téléphone vibre dans ma poche. Je sais que c'est ma mère avant même de le regarder.

Je suis là.

– Ma mère m'a pris un rendez-vous chez le médecin. Elle a choisi le premier créneau disponible.

– Tu es malade ? demande-t-il en s'écartant de moi sans grande discrétion.

– Non, mais elle croit que si, donc…

– Ouais.

– Ouais.

Il comprend. Pete est mon meilleur ami depuis toujours. Tout le monde s'est comporté différemment avec moi après ce soir-là. Sauf lui. Il est toujours resté lui-même. Il n'a jamais essayé de me soutirer des informations ni de me faire parler de ce que je ressens… ça, c'est le boulot du Dr Engel. Il ne m'a jamais surveillé pour être sûr que je n'allais pas m'effondrer… ça, c'est le boulot de ma mère. Il passait me prendre comme ça, juste pour m'emmener rouler sans but avec la musique à fond.

C'est même lui qui m'a poussé à me mettre à la boxe, en juin.

« Écoute-moi, au moins, il a insisté, les doigts serrés sur le volant. J'ai lu un article là-dessus, OK ? À propos d'un boxeur qui souffrait de stress post-traumatique après son retour d'Irak. Le jour, c'était la colère et l'angoisse. La nuit, il n'arrivait pas à dormir. Au moindre bruit, il sautait de son lit. Il dit que la boxe l'a aidé à gérer tout ça. »

On aurait dit qu'il parlait de moi.

« Quoi ? Tu as lu ça dans un journal ? » ai-je demandé.

Venant de ma mère, ça ne m'aurait pas étonné. De lui, si.

Il a rougi jusqu'aux oreilles, pris en flagrant délit de sollicitude, avant de tourner ça à la plaisanterie.

« Je crois qu'en fait c'est vraiment sérieux entre nous. »

J'ai ricané, et puis j'ai accepté.

« Bon, OK, alors. »

Le club de boxe qu'il avait trouvé sur Seagirt Boulevard n'était pas vraiment pour les chochottes. Une puanteur de chaussettes sales et d'eau de Cologne nous est tombée dessus quand on est entrés. Pete a été direct.

« Ça sent les chiottes, ici, a-t-il chuchoté derrière sa main. Les chiottes parfumées à l'eau de toilette. »

Sur les murs étaient accrochés des posters de combats passés et à venir et des portraits signés et encadrés de vainqueurs du Golden Gloves en poids super-moyens. J'ai reconnu l'un d'entre eux : le champion de boxe du quartier, Sergey Aminev.

Le gymnase grouillait de visages déterminés, concentrés. Sur le ring, un entraîneur tenait des gants surdimensionnés qu'une fille toute en muscles et luisante de sueur frappait à toute vitesse tandis qu'il les levait de bas en haut, de gauche à droite. On aurait dit une chorégraphie, comme si leurs esprits ne faisaient plus qu'un. Deux types cognaient inlassablement sur un sac de frappe et une poire de vitesse. Dans un coin, une montagne de muscles sautait si vite à la corde qu'elle n'était plus qu'un sifflement, une illusion fouettant l'air.

Une sonnerie a retenti et tout s'est arrêté.

Un type plus âgé en survêtement gris assorti à ses cheveux et à son bouc était appuyé contre un mur, les bras pliés, une jambe croisée devant l'autre. Il arborait un petit sourire ironique qui semblait tatoué de façon permanente sur son visage.

« Vous cherchez quelqu'un ? »

Intimidé par ce type et cet endroit en général, je me suis tourné vers Pete pour qu'il vienne à mon secours.

« Euh… ai-je commencé en me frottant la bouche, puis la mâchoire. Je pensais peut-être me mettre à la boxe. »

Le sourire du type s'est élargi et des fossettes sont apparues de chaque côté de son bouc soigneusement taillé.

« Te mettre à la boxe ? a-t-il répété, et j'ai senti mes joues en fusion. On fait pas de la zumba, ici, gamin. »

« Viens, on se tire », ai-je dit en prenant Pete par le bras.

Mais Pete a soutenu le regard de l'homme avant de désigner ma taille.

« Regardez-le. Sérieux, vous pensez qu'il est gaulé pour faire de la zumba ? »

Le type a passé les doigts dans sa barbe.

« La zumba, c'est pas n'importe quoi. Du moins, c'est que ce dit ma belle-mère. C'est bon pour l'arthrite, il paraît. »

Il se foutait de moi, je le voyais à ses yeux plissés.

« Écoutez, ai-je repris. Je suis venu... parce qu'on m'a dit que ça pouvait m'aider, c'est tout. »

« T'aider à quoi ? »

« Laissez tomber. »

J'ai préféré ne pas m'expliquer. Je me sentais complètement débile.

La sonnerie a de nouveau retenti et tout le monde s'est remis en mouvement, dans le claquement des cordes à sauter, le fracas des gants de boxe heurtant le sac de frappe, les rebonds retentissants de la poire de vitesse.

Pete a poussé un soupir exaspéré.

« Il était au Balcony, d'accord ? Il a des problèmes. C'est moi qui l'ai convaincu de venir. »

Le sourire ironique n'était pas si permanent que ça ; il a aussitôt disparu du visage du type. Sa peau, déjà plutôt pâle, est devenue presque aussi grise que son bouc. Il s'est frotté la nuque avant de relever les yeux sur moi.

« Désolé, a-t-il dit, et puis il m'a tendu la main. Leo. Leo Springer. Je suis le patron. Et toi, tu es ? »

« Lucas », ai-je répondu en lui serrant la main.

« Lucas ? Lucas comment ? »

« Rossi. »

Il m'a regardé des pieds à la tête, et j'ai presque vu les bribes d'information s'assembler dans son esprit.

Les types comme Leo connaissent bien le nom de Jason et ce que Jason aurait dû devenir, l'espoir que tant d'habitants de Rockaway avaient placé en lui : qu'il réussisse et devienne célèbre en leur nom à tous. Comme Sergey Aminev.

Puis ça a été terminé et Leo est passé à autre chose.

« Tu cours, Lucas ?

« Pas trop. »

« Alors tu vas t'y mettre, a-t-il répliqué en me faisant signe de le suivre. Il faut que tu fasses huit kilomètres. »

« *Huit kilomètres ?* »

Il s'est arrêté et m'a foudroyé du regard.

« Tu réponds déjà ? »

« Euh… non… ai-je dit en secouant la tête. Combien de fois par semaine ? »

« Tous les jours, si tu es sérieux. Compris ? »

J'ai hoché la tête. J'étais sérieux. Du moins c'est ce que je pensais. Je ne savais plus trop. Parce que quand même… huit kilomètres !

Leo m'a tendu une corde à sauter.

« Fais-en pendant deux minutes, que je sache d'où on part. »

Je me suis pris les pieds dans la corde, puis dans mes propres pieds, avant même de pouvoir la faire siffler en fouettant l'air, alors il me l'a reprise des mains.

« OK, de zéro. Pas de problème. Tu vas prendre le coup. Orthodoxe ou fausse patte ? »

J'ai tenté de me rappeler ce que ça voulait dire.

« Euh… »

Il me l'a expliqué lentement, comme si j'avais du mal à suivre… ce qui était le cas.

« Tu frappes de la main droite, ou de la main gauche ? » a-t-il demandé en levant un poing puis l'autre en guise d'illustration.

J'avais envie de répondre : « Je ne frappe pas » mais ça ne m'aurait pas aidé.

« De la main droite. »

« Montre-moi ta position orthodoxe », a-t-il demandé en croisant les bras.

J'ai placé mes deux poings devant mon visage ; il a secoué la tête.

« Tu es droitier, alors mets ton pied gauche en avant et ton poing gauche en l'air. »

Il m'a fait une démonstration.

« Tu vas donner un petit coup du gauche, et ensuite frapper fort avec le droit. »

J'ai pris ce que je croyais être la bonne position. Il a encore secoué la tête.

« Déplace ton épaule pour qu'elle soit face à ton adversaire. Écarte plus les jambes, de la largeur de tes épaules. Pas si raide, fléchis un peu les genoux, le pied gauche vers ton adversaire. Les poings détendus, pas aussi serrés. Mets ta main droite là, à côté de ton menton. La main gauche devant ton visage. Menton baissé. Yeux relevés. Voilà, tiens la pose. »

Je me sentais ridicule, mais je suis resté ainsi tandis qu'il reculait, les yeux plissés. Quand mes coudes ont commencé à glisser, sa main a jailli, rapide, s'arrêtant juste avant de me frapper. J'ai reculé.

« Si tes mains tombent, tu tombes. Ne les baisse surtout pas. »

Alors que j'étais toujours dans la même position, il m'a donné un coup dans le ventre du revers de la main. Je n'étais pas prêt à encaisser, mais au moins j'ai réussi à ne pas reculer cette fois-ci.

« Pas mal, mais il faut qu'ils soient aussi durs qu'un tas de parpaings, a-t-il commenté avant de croiser les bras. De toute évidence, tu es costaud, mais si tu veux devenir boxeur, il va falloir saigner pour moi. Voilà la question à un million de dollars : pourquoi tu es là ? »

Je savais ce qu'il voulait savoir, mais ça n'a pas empêché la fosse marécageuse dans mon ventre de se mettre à tourbillonner. C'était la question que je me posais depuis ce soir-là. Pourquoi j'étais là ? Pourquoi moi et pas Jason ?

« Je vous l'ai dit… » j'ai bredouillé.

« Nan. Pour de vrai. Qu'est-ce qui va te motiver à te lever à 5 heures du matin pour aller courir ? a-t-il insisté en se tapotant la tête. Qu'est-ce qui va te pousser à continuer quand tu penseras qu'il ne te reste plus rien ? »

Je n'avais pas la réponse.

« Pose cette question à n'importe qui ici et ils auront tous une réponse différente à te donner, a-t-il poursuivi en les énumérant sur ses doigts. L'argent, la célébrité, la forme. »

Il a tendu la main vers moi, comme pour me proposer d'emprunter une de ces raisons si je le souhaitais.

« Les filles ! » a lancé avec un grand sourire le type au crâne rasé qui tapait sur la poire de vitesse.

– « Dans tes rêves, a répondu Leo en le désignant du pouce. Le beau-père d'Honor lui disait toujours qu'il ne vaudrait jamais rien. Alors chaque fois qu'il monte sur le ring, il se prouve quelque chose à lui-même. "Je suis quelqu'un." »

J'ai inspiré profondément l'air âcre du club, m'attendant à ce que Leo me fiche dehors parce que je n'avais pas encore de véritable but.

« Suis-moi. »

Apparemment, non. Il s'est retourné et a pointé le doigt sur Pete.

« Et toi ? »

Mon ami a secoué la tête d'un air paniqué. Leo a levé la main.

« D'accord. Attends ici, dans ce cas. »

Je l'ai suivi dans son bureau exigu. Il s'est assis derrière son bureau, a sorti une feuille de papier et s'est mis à écrire.

« Je te note un tas d'exercices que tu dois commencer à faire dès maintenant, d'accord ? Quel âge as-tu ? »

« Dix-sept ans. Dix-huit en janvier. »

« C'est le bon âge pour commencer », a-t-il commenté en continuant d'écrire.

Il a sorti une autre feuille de papier d'un dossier.

« Tu feras signer ça. »

« Qu'est-ce que c'est ? »

« Consentement parental. »

« Ah, merde. »

« Il y a un problème ? »

« C'est obligatoire ? »

« Ouais, jusqu'à tes dix-huit ans, a-t-il répondu en me tendant la liste d'exercices. Reviens avec ce formulaire signé et une carte de crédit samedi matin, et tu pourras commencer. »

J'ai retrouvé Pete qui m'attendait près de la porte. Avant de partir, j'ai balayé une dernière fois la salle du regard. Mes poings se sont serrés, comme si j'avais une mémoire musculaire, comme si j'avais déjà fait ça, ou comme si j'étais né pour faire ça. J'ai regardé le type frapper la poire de vitesse, le rythme fluide de ses poings, sa concentration intense. Mes bras me démangeaient : j'avais envie d'essayer. J'avais envie de ça.

Quand mon père est rentré à la maison ce soir-là, je l'ai convaincu de signer le formulaire de consentement parental. Lui s'est chargé de convaincre ma mère. Je crois qu'ils espéraient tous les deux que j'abandonnerais au bout de quelques semaines, comme le foot, et avant ça avec le baseball. Je leur ai promis que je m'entraînerais seulement, que je ne ferais pas de combats.

Ce samedi-là, je suis allé à la salle de boxe pour la première fois. Leo m'a montré comment me bander les mains pour les protéger. J'ai emprunté des gants, qui étaient encore humides de la sueur de quelqu'un d'autre. Leo m'a montré les mouvements de base… les directs, les crochets, les coups de poing arrière, les uppercuts. Il observait chacun de mes gestes de son regard d'aigle, sérieux, calculateur. Et puis il a tapé dans ses mains.

« Très bien. C'est parti. »

J'ai passé une heure à m'entraîner : quinze minutes de corde à sauter et de shadow-boxing, huit sessions de trois minutes sur le sac de frappe, quinze minutes d'abdos et de gainage, avec une minute de repos après chaque exercice.

À la fin, Leo m'a donné un grand coup dans le ventre. Cette fois, j'ai contracté mes abdos. J'étais prêt.

« Mal aux mains ? m'a-t-il demandé, et j'ai hoché la tête. Épaules douloureuses ? »

J'ai encore acquiescé, m'efforçant de ne pas vomir devant tout le monde.

« Abdos en feu ? Envie de vomir ? Parfait. Rentre chez toi maintenant. Reviens lundi. On recommencera du début. »

Mes doigts puaient comme si je les avais fourrés sous mes aisselles pendant des heures. Je me suis acheté une paire de gants. Je sentais que je m'en servirais beaucoup.

Leo m'a pris sous son aile. J'aime bien m'imaginer que c'est parce qu'il a décelé un grand potentiel en moi, mais je sais que c'est plutôt parce que je suis un de ces petits jeunes pour qui tout le monde a de la peine depuis ce soir-là. Cela dit, il ne rigolait pas. Si je ne faisais pas exactement ce qu'il me demandait, il me virerait. Alors je me suis mis à me lever tôt et à courir un jour sur deux avant d'aller au lycée. Je pratiquais mes combinaisons à deux, trois, quatre, cinq coups sur le sac de frappe. Je travaillais avec Kenny, l'un des entraîneurs, pour affûter ma précision sur des pattes d'ours.

En neuf mois, je me suis mis à aimer les bruits du gymnase : la sonnerie de la cloche – trois minutes d'exercice, une minute de repos –, le claquement de la corde à sauter, le bruit répétitif de la poire de vitesse, celui, sourd et profond, du sac de frappe. Ce sont les sons qui noient les cris et les coups de feu qui résonnent toujours dans ma tête.

Je sens mon téléphone vibrer.

Où es-tu ? Pourquoi tu ne réponds pas ?!

J'arrive.

– Je dois y aller, dis-je à Pete, et je m'éloigne avant que ma mère ne pète les plombs.

JESS

La clôture grince lorsque je la pousse, tout en cherchant mes clés dans mon sac à dos.

Ma migraine, qui a commencé dans le bureau de Reggie, est montée crescendo et tambourine derrière mes paupières.

– Jessica !

Je me retourne. Mme Alvarez sort de chez moi.

Mme Alvarez a toujours été à la fois notre voisine et ce qui se rapproche le plus d'une grand-mère pour moi. Elle a d'abord gardé Ethan, puis nous deux, quand ma mère a repris le travail. Maintenant, elle est devenue la baby-sitter de ma mère. Elle lui rend visite tous les jours. Elle l'aide même pour les tâches ménagères. Dans les mauvais jours, elles se contentent de s'asseoir et de regarder la télé toutes les deux.

Elle s'approche de moi, son cardigan sur les épaules, boutonné autour du cou pour le maintenir en place. Sa perruque grise est méticuleusement peignée, comme toujours. Je sais qu'elle a mis une nouvelle couche de rouge à lèvres juste pour sortir. Elle ne quitte jamais sa maison sans sa perruque et son rouge à lèvres.

– On se faisait du souci pour toi. Le lycée a appelé. Ils disent que tu n'étais pas en cours, ce matin. Où étais-tu?

– Je cherchais du travail. Il faut bien que quelqu'un le fasse.

Je tente de cacher mes émotions mais je doute de pouvoir y arriver avec Mme Alvarez.

– Oh, ma chérie.

Elle m'enlace et me tapote le dos, comme pour me faire faire un rot. J'inhale son odeur familière, un mélange de poudre et de parfum de vieille dame. Elle est incrustée dans ma mémoire depuis cette époque où on s'occupait de moi.

– La compagnie de gaz et d'électricité a appelé aussi, ajoute-t-elle en tordant nerveusement le col de son cardigan. Il semble que vous ayez oublié de payer la facture.

– Super.

Et moi qui essayais de ne pas trop penser à la pile d'enveloppes sur la table de la salle à manger.

– Il y a encore de l'argent sur le compte. Je le sais, j'ai vu son relevé bancaire. Il faut juste qu'elle s'asseye à table et qu'elle remplisse les chèques, dit-elle.

Il y a beaucoup de choses que ma mère devrait faire: sortir de son lit, prendre une douche, préparer le dîner… ce serait déjà un bon début.

– Le peu qu'il reste ne durera pas longtemps, dis-je, et Mme Alvarez hoche la tête d'un air sombre.

– J'aimerais pouvoir vous aider davantage, ajoute-t-elle en frottant les jointures enflées de ses doigts. Mais tu sais, entre la retraite de M. Alvarez et mes allocations, j'ai déjà du mal à m'en sortir.

– Je sais, dis-je en la serrant dans mes bras, juste parce qu'elle est super. J'ai trouvé un emploi chez Enzo, alors ça devrait aider. Au moins un peu, non ?

– Je suis sûre que oui, me rassure-t-elle en me poussant vers la porte tout en me caressant le dos. J'ai fait trop de soupe aujourd'hui. Aux nouilles et au poulet. Va manger quelque chose. Tu es maigre comme un clou.

– D'accord.

Je hoche la tête, reconnaissante. Elle prépare toujours trop à manger, c'est sa façon de prendre soin de nous. Des repas faits maison, ça ne peut rien réparer, mais ça ne peut que faire du bien.

Une fois à l'intérieur, je referme la porte d'un coup de pied. La maison est en bazar et ça sent la choucroute. J'ai bien peur que cette odeur ne vienne de ma mère.

Elle se trouve à sa place habituelle, sur le fauteuil inclinable marron et usé devant la télévision. Ses cheveux blonds sont mous et sales, et ses yeux bruns et ternes sont rivés à une émission culinaire.

Je m'approche et pose doucement une main sur son épaule.

– C'est quoi, la recette ?

– Du coq au vin, répond-elle d'une voix morne.

– Il y a quoi dedans ? je demande, essayant d'engager la conversation.

– De l'oignon et des carottes, je crois.

– Hmmm, ça a l'air bon. Au fait… Mme Alvarez m'a dit qu'elle avait apporté de la soupe au poulet et aux nouilles. Tu as déjà mangé ?

Elle secoue la tête et me jette un coup d'œil.

– Je n'ai pas faim.

C'est dur de la regarder dans les yeux en ce moment. J'ai vu beaucoup de regards tristes cette année, mais celui de ma mère est de loin le plus désespéré.

– D'après elle, on n'a pas payé l'électricité, dis-je, et elle passe une main sur son visage, comme si cette simple nouvelle l'accablait. Je peux peut-être t'aider à t'en occuper ? Je vais remplir les chèques, tu auras juste à les signer.

Je jette un coup d'œil au courrier empilé sur la table, et mon ventre se noue un peu plus.

– Je ne peux pas. Pas tout de suite, Jess. Peut-être plus tard.

Elle reporte son attention sur la télévision où les oignons grésillent.

Ma mère me manque autant qu'Ethan, si ce n'est plus.

Sur l'insistance de Mme Alvarez (« Ce dont vous avez besoin, Nicole, c'est de sortir de cette maison et de faire un peu d'exercice ! Un peu d'air frais vous ferait un bien fou ! »), ma mère a tenté de faire le tour du pâté de maisons il y a quelques semaines. Une voisine l'a trouvée assise sur une chaise de sa véranda, en train de sangloter. Apparemment, elle avait vu un garçon qui faisait du skate et qui ressemblait à Ethan. Moi, j'ai le problème inverse. C'est le fait de ne pas le voir, de ne pas l'entendre qui me hante. Au lycée, à la maison. Je ne peux pas échapper à ça.

Je m'engage dans le couloir et m'arrête une seconde devant sa chambre, à la porte fermée, comme pour embaumer sa dernière journée avec nous. Je ne comprends pas ce qu'on peut trouver aux cimetières. Si je pouvais, je lui rendrais visite dans sa chambre.

Peu de temps après sa mort, j'ai essayé mais elle m'a saisi par le bras pour m'arrêter en criant : « Jess, non ! ». On aurait dit que je m'apprêtais à profaner la tombe de mon frère. Moi, tout ce que je voulais, c'était trouver un moyen de me sentir plus proche de lui. De le sentir de nouveau près de moi.

Je vais dans la salle de bains à la recherche de Doliprane, d'Advil, d'aspirine, n'importe quoi pour atténuer ma migraine. Dans l'armoire à pharmacie, je trouve un diorama de la famille Nolan : avant-après. Le rasoir de papa, celui qu'il a oublié d'emmener quand il nous a abandonnés il y a deux ans, un tube de crème contre l'acné que moi et Ethan utilisions tous les deux, une vieille bouteille de désinfectant, l'appareil dentaire à cinq cents dollars d'Ethan que nous avons dû remplacer deux fois parce qu'il perdait toujours tout. Et puis la petite nouvelle : la boîte d'antidépresseurs de maman.

Elle en a pris pendant environ quatre mois, quand elle a laissé tomber son travail, puis elle a arrêté, tout comme elle a arrêté sa thérapie. D'après elle, ça ne servait à rien ; la souffrance était toujours là, à chaque moment de la journée. Elle ne voulait pas sortir de son lit ni prendre une douche ni manger quoi que ce soit. J'ai trouvé la carte de sa psychiatre dans son sac à main et je l'ai appelée pour lui demander quoi faire.

« Votre mère est totalement réfractaire », m'a-t-elle répondu d'un ton dépourvu de toute compassion. On aurait dit que j'allais lui intenter un procès pour faute professionnelle. Elle refusait d'assumer la moindre responsabilité.

« Non, elle est triste. Et vous ne l'aidez pas ! » ai-je protesté avant de raccrocher.

« Elle n'est pas très sympa, ai-je dit à ma mère ce jour-là alors qu'elle était au lit. On pourrait chercher quelqu'un d'autre ? Tu devrais peut-être essayer un autre médicament. »

« À quoi bon ? a-t-elle répliqué. Ça ne changera rien. »

Un médicament ne ramènera jamais Ethan, c'est vrai, mais il pourrait me ramener ma mère. Alors je lui en parle de temps en temps. J'obtiens toujours la même réponse.

Je claque la porte de l'armoire à pharmacie comme si je pouvais y enfermer les souvenirs qui y sont attachés, et je vais dans la cuisine. Un gros pot de fromage blanc est posé sur le plan de travail, la carte de visite de Mme Alvarez. Elle recycle toujours ses pots de fromage blanc pour y mettre des restes. Je verse un peu de soupe au poulet dans un bol et je vais le poser sur la table basse et ronde à côté de ma mère. Son alliance et sa bague de fiançailles s'y trouvent déjà. Au bout de deux ans, elle a fini par les retirer.

– Tu veux que je les range dans un endroit sûr ? je demande en les ramassant.

– Laisse-les là où je peux les voir.

Elle croise mon regard et hoche la tête, comme si sa logique était parfaitement claire. Elle tapote la table avec son doigt.

Elle n'a peut-être pas complètement accepté le fait que mon père est parti pour de bon, finalement.

Je les remets à leur place.

– Il faut que tu manges.

– Je n'ai pas faim, Jess, répète-t-elle, découragée à la vue du bol de soupe.

Je prends le siège à côté du sien et lui en tends une cuillerée.

– *Jess.*

Mon prénom est une plainte sur ses lèvres gercées.

Votre mère est totalement réfractaire.

Je rapproche la cuillère de sa bouche. Je la laisserai là toute la journée s'il le faut.

– D’accord, dit-elle, trop fatiguée pour lutter.

Elle me prend le bol des mains et se met à manger. Pendant une seconde fugace, magnifique, ses yeux pétillent comme avant et elle me sourit.

– Merci.

Nous nous regardons un moment avec douceur. Puis son regard redevient triste.

– Je suis désolée, Jess.

Je détourne les yeux en hochant la tête. Elle ne fait jamais de promesses qu’elle ne pourrait pas tenir, comme « Je vais essayer » ou « Tout va s’arranger », même si, à cet instant précis, j’aurais bien besoin de ce genre de platitudes.

Je change donc de sujet pour aborder celui que j’ai repoussé trop longtemps.

– Maman ? Il faut vraiment que tu prennes une douche. Tes cheveux sont… euh, franchement, ils commencent à sentir mauvais. Tu veux de l’aide ?

Elle passe délicatement une main sur ses cheveux, les effleurant à peine.

– Ce n’est pas la peine.

– Si, vraiment. Tu veux bien essayer ? Pour moi ?

Elle se lève et se dirige vers la salle de bains. Si je craignais qu’elle prenne une douche trop courte, c’est l’inverse qui se produit. Elle y reste une éternité, ou du moins probablement jusqu’à ce qu’il n’y ait plus d’eau chaude. Puis elle sort en peignoir, les joues rouges à cause de la vapeur. Elle semble presque redevenue elle-même.

– Je vais aller m’allonger un moment, dit-elle, puis elle part en direction de sa chambre.

Je ne la reverrai plus de la soirée. Les factures devront attendre, une fois de plus.

Ou pas.

J'ouvre la facture d'électricité la plus récente.

Aïe. Quatre cent vingt-cinq dollars.

Je trouve le chéquier et je remplis un chèque, mettant enfin à profit les compétences vitales apprises en quatrième. Je fixe la porte fermée de la chambre de maman au bout du couloir, puis j'imite sa signature, comme je l'ai fait toute l'année, sur tous les formulaires ramenés du lycée, sur tous les mots d'excuse quand j'étais en retard, ou quand je partais plus tôt.

Je glisse ensuite le chèque dans l'enveloppe, je colle un timbre dessus et je la mets de côté pour la poster demain.

Je pourrais continuer, mais je n'ose pas. J'ai peur que la somme qu'il reste sur notre compte en banque se réduise encore plus. Je laisse donc la pile de courrier et je vais dans la cuisine pour manger le reste de la soupe directement dans le pot de fromage blanc.

Il y a encore des dessins qu'Ethan et moi avons faits enfants sur le réfrigérateur, tenus par des aimants : des fleurs en papier pour la fête des Mères et un cœur pour la Saint-Valentin, avec un « Je t'aime » écrit de travers au crayon de papier. Ethan était plus doué que moi en motricité fine. Ses cœurs étaient toujours parfaits alors que les miens ressemblaient franchement à des reins.

Ethan était plus gâté que moi niveau ADN – il avait les cheveux blonds de maman, moi les cheveux roux, la peau pâle et les taches de rousseur de papa –, mais il ne la ramenait jamais avec ça. Il pouvait être agaçant sur plein d'autres sujets, bien sûr. Il avait onze mois de plus que moi. Quand on n'était pas en train de se disputer, on avait seulement besoin d'un coup d'œil ou d'une grimace pour éclater de rire, un rire que je ne partageais qu'avec lui, pas même avec Marissa.

Marissa et les amis d'Ethan venaient souvent dîner à la maison. On allait chercher des chaises dans la salle à manger et on se serrait autour de la table de la cuisine. Mais tout ça appartient au passé. Maintenant, il n'y a plus que des chaises vides.

LUCAS

Déjà que ça craint un peu de rater les cours pour aller chez le médecin alors que je ne suis pas malade, en plus c'est un pédiatre et j'ai dix-huit ans.

Entre les murs vert pomme et bleu vif de la salle d'attente et les chaises en plastique orange et violettes, on dirait que quelqu'un a avalé un sachet de bonbons multicolores avant de vomir partout. Dans un coin se trouve une table sur laquelle je jouais aux Lego, à côté de la PlayStation. On se disputait toujours pour l'avoir, avec Jason. Et ensuite on allait se faire examiner en même temps. C'était plus simple pour notre mère. De toute manière, je n'étais jamais bien loin de Jason.

On était tous les deux largement plus grands que la moyenne, mais lui avait deux ans de plus que moi. Chaque année j'avais droit à la même blague du Dr Patel sur le fait que je devais continuer à manger des légumes si je voulais rattraper mon grand frère. Quand j'ai eu douze ans, il est néanmoins devenu évident que Jason serait toujours plus grand que moi.

Le médecin apparaît, mon dossier à la main. Ses cheveux autrefois gris et raides sont devenus une sorte de gros nuage blanc. Un sourire émerge de son visage buriné.

– Lucas. Mon patient préféré.

Une petite fille assise avec sa mère lui fait les gros yeux.

– Mais vous êtes tous mes patients préférés, lui assure-t-il avec un clin d'œil.

Je me lève pendant qu'il consulte mon dossier. Ma mère prend son sac et me suit. Je me retourne pour l'arrêter.

– Je vais y aller tout seul, maman. OK?

– Bien sûr, répond-elle en remontant la bandoulière de son sac sur son épaule, bien qu'elle arbore l'expression choquée d'une personne attaquée par surprise. N'oublie pas de bien lui dire que tu as toussé toute la nuit.

– Sans faute, dis-je, tout en pensant: *tu viens de le faire*.

Des dessins d'enfants malades sont scotchés sur les murs du cabinet. J'évite la table d'examen recouverte de papier et je m'assieds sur la chaise réservée aux parents. Le Dr Patel s'appuie contre la table et croise les bras, mon dossier coincé sous son aisselle.

– Que se passe-t-il, Lucas?

– Je ne suis pas malade. Je tousse un peu parce que je m'étrangle avec ma salive en ronflant, c'est tout.

Ses sourcils broussailleux se haussent au-dessus des montures rondes en acier de ses lunettes, mais il ne dit rien.

– Elle a peur, je sais bien. Moi aussi, j'ai peur. Mais ça n'arrange rien qu'elle soit toujours sur mon dos. Les clés de ma voiture ont disparu et je suis sûr qu'elle y est pour quelque chose, parce que pour elle, *tout* est trop dangereux. Elle veut que j'aille à Queensborough l'année prochaine parce qu'elle a peur que je ne sois pas encore prêt à quitter la maison. Bon, c'est peut-être le cas… mais je crois surtout que c'est *elle* qui n'est pas prête. Vous comprenez?

– Hummm, fait-il en rouvrant mon dossier avant de tapoter la table avec ses doigts. Fais-moi plaisir, puisque tu es là.

Il met son stéthoscope dans ses oreilles tandis que je m'assieds sur la table qui me semblait si haute quand j'étais petit. Il se met sur la pointe des pieds en tendant le cou pour exagérer notre différence de taille déjà significative, et ses semelles en caoutchouc couinent sur le lino.

– Bonjour là-haut ! s'esclaffe-t-il. Tu sais quoi ? Tu peux redescendre. Tu es trop grand pour moi, maintenant.

Il me sourit avec fierté. Un souvenir de ce même sourire, de ces mêmes mots, me heurte de plein fouet. Sauf qu'ils étaient pour Jason. Sa dernière visite chez le Dr Patel avant qu'il n'annonce à ma mère que désormais il irait voir un médecin pour adultes, à l'autre bout du couloir.

Le stéthoscope se glisse sous mon tee-shirt.

– Prends une grande inspiration, Lucas.

Je n'y arrive pas. Mes poumons se compriment.

– Une grande inspiration, répète-t-il.

J'essaie, mais je halète. Je suis étouffé par le chagrin et la douleur qui continuent de m'assaillir quand je m'y attends le moins. La sensation du corps de Jason sur le mien, me coupant le souffle. Le moment où j'ai compris que c'était mon cœur qui tambourinait dans tout mon corps, et pas le sien.

Au bout d'un moment, je sens que la main du Dr Patel prend la place du stéthoscope tandis que je traverse cette nouvelle crise.

Quelques instants plus tard, il me raccompagne dans la salle d'attente. Ma mère se lève brusquement de sa chaise, remontant encore une fois la bandoulière de son sac sur son épaule.

– Il a une santé de fer, annonce le Dr Patel. Je parie qu'il a un sacré appétit.

Maman hoche la tête et sourit faiblement.

– Il tousse tellement, pourtant.

– Ses poumons sont dégagés.

– Ah… D'accord. Alors très bien, dit-elle, le soulagement effaçant les marques de l'inquiétude sur son visage.

Avant, elle stressait à cause de son travail. Mais maintenant je suis l'unique raison de toutes ces petites rides qui se creusent autour de sa bouche, sur son front.

Le Dr Patel me regarde, puis il se tourne vers ma mère.

– Et si tu t'asseyais, Lucas ? Ta mère et moi allons discuter un moment dans mon bureau.

L'inquiétude revient aussitôt dans le regard de ma mère, comme s'il allait lui annoncer en privé que j'ai une maladie incurable.

J'espère que quand il lui aura assuré que je ne suis pas gravement malade, ça suffira à atténuer son expression de souffrance permanente, même si elle ne va pas aimer ce qu'il va lui raconter.

Sur le chemin du retour, elle garde le silence. De temps à autre, elle ouvre la bouche comme pour dire quelque chose, puis elle expire et la referme. Je devrais lui demander de quoi le Dr Patel et elle ont parlé. Mais je n'ai vraiment pas envie de le savoir.

Finalement, elle se tourne vers moi et demande :

– Tu te sens mieux ?

Je hoche la tête.

– Tu peux me déposer au gymnase ?

– Vraiment ? Après ce qui vient de se passer ?

– Ça va me faire du bien.

– Tu es sûr ?

– Certain.

– Très bien, cède-t-elle.

Peut-être que cette visite chez le médecin n'a pas été une totale perte de temps, tout compte fait.

Je m'entraîne avec Kenny et Leo pendant deux heures, puis je rentre chez moi pour réviser. La sonnerie retentit quelques instants plus tard.

« Bonsoir, madame Rossi », dit une voix.

Depuis mon lit, j'entends Pete traverser la maison en faisant un arrêt dans la cuisine pour que ma mère puisse le bourrer de nourriture. Quelques minutes plus tard, il entre dans ma chambre avec une assiette de tacos et referme ma porte d'un coup de pied.

– Merde, quelle cuisinière, ta mère ! Qu'est-ce qu'elle peut bien mettre là-dedans ?

Avec la laitue qui pend de sa bouche, on dirait un déchiqueteur à papier humain.

– Des conservateurs, je réponds.

Pete se laisse tomber sur le lit de Jason avec son assiette. C'est le genre de choses qui ramènerait ma mère plusieurs mois en arrière si elle voyait ça. Elle change encore les draps de Jason toutes les semaines, quand elle époussette ses étagères et ses trophées. Il y a aussi une photo où il est avec Reggie. Elle a la même dans son bureau.

Jason et moi, on a toujours partagé notre chambre. Je pensais que je l'aurais rien que pour moi une fois qu'il aurait fini le lycée, mais il n'est pas parti à la fac comme prévu. J'entends encore mon père beugler : « Tu es en train de bousiller ta vie ! » On n'imaginait pas que quelqu'un d'autre s'en chargerait pendant qu'on serait au cinéma.

Jason n'avait même pas envie de voir ce film. Mais ma mère était à Los Angeles pour son boulot, mon père travaillait tard, et moi je devais aller à une fête. Jason était en train de manger dans la cuisine, comme d'habitude, pendant que Pete me donnait toutes les infos par téléphone.

« C'est où, ta fête ? m'a demandé Jason après que j'ai eu raccroché. »

« Dans le vieil entrepôt, sur Brunswick Avenue. Ça va être mortel. »

C'est une expression que je n'emploie plus jamais. Tout comme « je vais te tuer », « mort de rire » et « plutôt crever ».

J'étais content de lui en parler. Pour moi, Jason était plus un ami qu'un grand frère. Après tout, deux ans d'écart, ce n'est pas grand-chose.

« Tu n'y vas pas », a-t-il décrété en se levant pour aller déposer son assiette dans l'évier.

« Depuis quand c'est toi qui commandes ? » ai-je demandé.

Il s'est approché de moi, lentement, d'un air menaçant, me foudroyant du regard par-dessus son nez énorme.

« Depuis tout de suite. Papa et maman vont me tomber dessus s'il t'arrive quoi que ce soit alors que tu es sous ma responsabilité. »

Alors il est allé sur Internet et il a acheté des billets pour le dernier Marvel au Balcony.

Maman a démissionné juste après ce soir-là. Elle était assez haut placée dans une agence de pub, vice-présidente ou directrice générale ou directrice de la création, bref quelque chose qui voulait dire qu'elle était très importante et très douée pour faire des pubs. Désormais, c'est moi son unique travail.

Une fois qu'il a avalé ses tacos, Pete prend le ballon de foot de Jason et se met à le lancer en l'air. Pete est toujours dans son monde et il n'a aucune limite. Il ne respecte pas cet autel parce que pour lui ce n'en est pas un. Je suis content qu'il soit comme ça, parce que j'en ai marre de toutes ces barrières invisibles dans lesquelles on essaie sans cesse de ne pas trébucher.

– Tu veux toujours que je passe te chercher demain? me propose-t-il.

– Oui.

– Jason doit bien avoir caché un deuxième jeu de clés quelque part, dit-il en faisant tourner le ballon dans ses mains.

– Ce n'est pas comme si je pouvais lui poser la question.

Ça ne me dérange même pas quand il dit des trucs aussi débiles. Je préfère ça à la manière dont certaines personnes évitent à tout prix de prononcer le nom de mon frère.

– C'était comment, le boulot? je demande.

– Bien. J'ai du nouveau: Reggie a embauché quelqu'un.

– Ah, super. Qui ça?

J'ai parlé de ce job à plusieurs gars du lycée mais personne n'a eu l'air très intéressé. De toute manière, il nous faut quelqu'un qui n'a pas prévu de partir à la fac à la rentrée. Au mois d'août, il faudra aussi quelqu'un pour remplacer Pete. Enfin moi, je ne peux pas me projeter plus loin que le jour d'après.

– Devine.

Il m'envoie le ballon à travers la chambre. Je l'attrape.

À son expression niaise, je me doute que c'est quelqu'un que je n'imagine pas du tout faire ça.

– M. Riccardi, dis-je en lui renvoyant le ballon.

On n'arrête pas de voir des flyers du groupe de notre ancien prof de techno agrafés à des poteaux électriques. Ils s'appellent les Dead Freds, et ils font des reprises de Grateful Dead. Il y a deux Fred dans son groupe et ils jouent tous les mercredis soir au Salty Dog. Je ne serais pas étonné que M. Riccardi se pointe un jour chez Enzo à la recherche d'un troisième boulot. Tout le monde sait que les profs sont super mal payés, surtout les profs de techno.

– Plus jeune, répond Pete en rattrapant le ballon.

– Pitbull.

Son vrai nom, c'est Pete Bull. Son père est électricien, il est toujours fourré au magasin pour acheter des trucs. La réduction pour les employés lui serait sûrement bien utile.

Pete fait la grimace et secoue la tête.

– Tu pourrais te creuser un peu.

J'attrape le ballon et le fais passer d'une main à l'autre tout en réfléchissant. Quelqu'un d'inattendu mais qui est quand même physiquement capable de faire ce job.

– Charmaine, dis-je en lui renvoyant le ballon.

Charmaine a été la toute première fille à rejoindre l'équipe de foot du lycée. Elle est franchement impressionnante. Du genre solide comme un cheval.

Pete sourit.

– Tu chauffes.

– Je chauffe ? C'est une fille ?

Il hausse les sourcils, mais il sourit toujours. Donc j'ai raison.

Une fille. Il faut que je trouve une fille aussi forte que Charmaine. Je propose plusieurs prénoms pendant que nous continuons de nous faire des passes.

Erin.

Jasmine.

Natalie.

Mina.

Pete brandit le ballon, prêt à le lancer.

– Tu ne trouveras jamais.

Je prends mon téléphone.

– C'est débile. Je n'ai qu'à demander à Reggie.

– Après tout ça, tu as vraiment l'intention de me gâcher mon effet ? OK, c'est Jess Nolan.

Il lance le ballon. Je tiens toujours mon téléphone, stupéfait. Le ballon frôle ma tête en rebondissant sur le mur et roule sur le lit.

– Jess Nolan ? Elle…

– Elle est petite, dit-il à ma place.

En réalité, ce n'est pas ce que j'allais dire. Elle aussi était au Balcony ce soir-là.

Je comprends un peu mieux pourquoi elle m'a souri aujourd'hui. Est-ce qu'elle savait déjà qu'on allait travailler ensemble ?

Ce n'est pas une bonne nouvelle.

La boxe et le travail sont mes moyens de m'évader. Ça me permet d'échapper au regard scrutateur de ma mère et des profs. Je repense à l'expression de Jess tout à l'heure, le signe de reconnaissance de la société secrète – quoique pas tant que ça – des survivants qui partagent tous quelque chose de vraiment moche.

Je me demande si des gens éprouvent du réconfort à côtoyer d'autres survivants, parce que ce n'est pas du tout mon cas. C'est difficile de travailler avec Reggie, mais elle est comme un membre de ma famille. Je ne veux pas d'une autre personne dans ma vie qui soit tragiquement et irrémédiablement endommagée par la maladie épidémique qui circule dans le quartier. Me réveiller tous les matins face au lit vide de Jason me suffit largement. J'ai beau ne pas croire aux fantômes, j'en vois tout le temps.

« Le chagrin est inconfortable, m'a un jour dit le Dr Engel. Les gens préfèrent le fuir plutôt que l'affronter. »

« Je l'affronte chaque foutue journée », lui ai-je répondu.

– C'est ridicule, dis-je à Pete. J'en parle immédiatement à Reggie. (Je tombe sur son répondeur.) Reggie… Jess Nolan, sérieux ? Tu te ramollis ou quoi ? Rappelle-moi !

Quand je raccroche, Pete me regarde en fronçant les sourcils, et il transpire la réprobation.

– Quoi ?

Son froncement de sourcil s'intensifie.

– *Quoi ?* Tu es vraiment en train d'essayer de faire virer Jess avant même qu'elle ait commencé ?

– Pas du tout ! je proteste, même si c'est la vérité. C'est juste que…

Il lève les mains en l'air pour m'indiquer qu'il veut que je lui renvoie le ballon. Je le ramasse pour lui faire la passe.

– Si tu veux mon avis, poursuit-il, si Jess postule chez Enzo… chez *Enzo,* mec… c'est qu'elle doit vraiment avoir besoin de ce job pourri.

Je me laisse tomber sur mes oreillers, vaincu.

Oh non.

Je ferme les yeux et je les frotte avec mes paumes.

Le chagrin est inconfortable.

Sans blague, Dr Engel. Si je savais comment on le fuit, je l'aurais déjà fait depuis longtemps.

JESS

Je fourre mon sac à dos et ma veste dans mon nouveau casier d'employée qui se referme bruyamment.

– J'aurais dû te dire d'apporter un cadenas, intervient Reggie. Si tu as quelque chose de valeur, je peux te le garder.

– Pas vraiment.

L'unique objet auquel je tiens réellement est mon vieux téléphone, celui que mes parents m'ont offert pour mes treize ans. Comme ils travaillaient tous les deux, à l'époque, c'était un investissement pratique, pour les cas d'urgence. Quatre ans, c'est long, pour un téléphone. À part un conservateur de musée, ça m'étonnerait que quelqu'un le convoite, mais de toute manière, il est tout le temps dans ma poche. Mes parents n'auraient jamais pu imaginer que ce téléphone deviendrait ma planche de salut.

Elle sourit.

– Très bien, alors on y va.

Elle me précède dans un couloir faiblement éclairé qui débouche sur un entrepôt, un labyrinthe de rayonnages métalliques remplis de matériel. De lourdes portes en métal s'ouvrent, laissant entrer la vive lumière du soleil. Un camion de marchandises recule en bipant jusqu'à la plateforme de chargement.

– Timing parfait, constate Reggie. Tu vas les aider à décharger.

Deux types – l'un grand et pâle, l'autre basané et trapu – entrent dans l'entrepôt en riant. Je reconnais le plus pâle, c'est Pete Brickner. L'autre ne me dit rien. Lucas les suit, à quelques pas de distance. Il est hilare, lui aussi. J'ai dû rater une super blague.

– Les gars, Jess est là, annonce Reggie.

Lucas s'arrête de rire en me voyant. Il laisse les deux autres et s'approche de nous en tapant une fois dans ses mains.

– Journée d'intégration ?

– Elle va te suivre, aujourd'hui, dit Reggie avant de s'en aller.

Lucas regarde la plateforme de chargement tandis que le livreur ouvre la porte arrière.

– Tu es sûre de toi, là ?

Je crois d'abord qu'il s'adresse au chauffeur, mais non, c'est bien à moi qu'il parle. Avant que je puisse répondre, il ajoute :

– Dernière chance de changer d'avis. Je te promets, personne ne te jugera si tu prends tes jambes à ton cou.

Il ricane un peu, comme s'il plaisantait, mais je n'ai pas l'impression que ce soit le cas. D'ailleurs, ce n'est pas très drôle.

– Non… c'est bon, je réponds en secouant la tête.

Il balaie l'entrepôt du regard en se grattant le crâne.

– Bon, on décharge ? je propose.

Je redresse ma colonne vertébrale, essayant de remplir l'espace entre chaque vertèbre pour donner l'impression que je mesure quelques centimètres de plus.

Il expire, puis me tend un porte-bloc.

– Pour ton premier jour, c'est peut-être mieux que tu fasses l'inventaire. Pete, va chercher le bon de livraison pour Jess.

– OK, je réponds.

Je hoche la tête pour lui montrer à quel point je suis coopérative et faite pour ce job. Toute la joie que j'éprouvais à avoir décroché ce boulot tombe à plat à cause de son manque de confiance en moi. Je suis furieuse qu'il ait déjà réussi à saper toute mon assurance.

Pete s'approche en souriant. Si on peut difficilement rater Lucas au lycée avec sa taille, on peut difficilement rater Pete parce qu'il irradie toujours de bonheur.

– Le bon de livraison, dit-il en me tendant une liasse de papiers. C'est la liste de tout ce qu'il devrait y avoir dans ce camion. Il ne faut pas le signer si le moindre truc n'a pas été livré.

Je hoche la tête et accroche la feuille à mon porte-bloc avant de le suivre. Pete se penche vers moi, comme pour me dire un secret.

– Ce n'était pas particulièrement chaleureux, j'imagine. On n'est pas réputés pour notre hospitalité, ici, reconnaît-il, puis il me tend la main et je la serre. Je m'appelle Pete.

– Je sais. Moi, c'est Jess.

– Je sais, répond-il en souriant, mais je me suis dit qu'il fallait officialiser les choses. Lui, c'est Joe.

Il désigne l'autre type, qui sourit en me faisant coucou.

– Bon, Pete ! Tu prends un transpal et mets-toi au boulot ! lance Lucas en passant à toute vitesse devant nous, poussant une sorte de chariot avec deux longues dents à l'avant.

J'imagine que c'est ça, un « transpal ».

Pete met une main en coupe à côté de sa bouche et crie :

– On se calme, mon pote ! J'aide la nouvelle à s'acclimater !

– Je vous cède volontiers ma tâche, messire ! répond Lucas en s'inclinant.

Pete se tourne vers moi et sourit.

– Reggie l'a nommé responsable pour je ne sais quelle raison stupide. Du coup, sa grosse tête a encore enflé. Bon, on y va.

Il prend le transpal. Mon objectif est de donner au moins l'impression que je sais ce que je fais, même si je suis tétanisée. Je ramène mes épaules en arrière et je me mets au travail. Je dois m'assurer que tous les numéros écrits sur les cartons apparaissent bien sur le bon de livraison. Il leur faut une demi-heure pour décharger le camion. Quand j'ai fini, je tends le porte-bloc à Lucas.

– Tout est là, dis-je.

– Super, merci, répond-il sans croiser mon regard.

– J'ai vérifié deux fois, j'ajoute, espérant un signe d'approbation.

Après une pathétique tentative de sourire, il s'éloigne. Je le suis.

– Qu'est-ce que je fais, maintenant ?

Il s'arrête et se passe la main dans les cheveux.

– Euh, ben… (Il regarde autour de lui, à la recherche d'une tâche à me confier.) Et si tu défaisais ces cartons, là-bas ? C'est facile.

Facile ? Il se rend compte à quel point c'est vexant, ce qu'il dit ?

– Je ne demande pas spécialement quelque chose de facile, je réplique en croisant les bras. Tu as besoin que je fasse quoi ?

– Il me faudrait un peu d'aide avec ces caisses, intervient Joe.

– J'y vais, dis-je, reprenant du poil de la bête.

– Je ne sais pas, ajoute Lucas d'un air dubitatif. Ça risque d'être trop dur pour toi.

Je serre les poings. La rage d'être sous-estimée, rabaissée, enfle en moi. Mais il n'est pas question que je me fasse virer parce que je l'ai envoyé balader. Mieux vaut qu'ils apprennent à me connaître avant que je commence à dire ce que je pense. J'inspire profondément pour éteindre les flammes de la colère qui brûle en moi, puis je demande calmement :

– Comment tu sais que c'est trop dur pour moi ?

– OK, répond-il en hochant la tête. Tu as raison. Tu n'as qu'à aider Joe, dit-il avant de s'en aller.

Joe me regarde approcher. Il tient un pied-de-biche qu'il coince dans une fente de la caisse.

– Tu t'appuies dessus et tu ouvres le couvercle. Ensuite tu mets tout sur un diable, ajoute-t-il en désignant le mur contre lequel plusieurs petits chariots à deux roues sont alignés. Quand tu en auras rempli un, je te montrerai où ranger tout ça dans le magasin.

Ça paraît plutôt simple. Il me tend son pied-de-biche et je trouve une caisse encore fermée. Je fais exactement comme lui et pousse de toutes mes forces. Le couvercle ne bouge pas.

Du coin de l'œil, j'aperçois Lucas qui m'observe, les bras croisés, de l'autre côté de l'entrepôt. J'imagine qu'il attend que je laisse tomber.

Il faut que j'ouvre cette caisse. Il le faut.

– Pèse dessus de tout ton poids, me suggère tranquillement Joe.

Au moins, lui, il est de mon côté, même s'il a l'air complètement atterré.

Je m'appuie sur le pied-de-biche jusqu'à ce que mes pieds se soulèvent du sol. Le couvercle s'ouvre brusquement et me déséquilibre. J'atterris sur mes pieds, mais ne peux résister à l'élan qui m'entraîne en arrière. Le pied-de-biche tombe en tintant sur le sol je m'effondre en essayant en vain de me raccrocher à quelque chose. Je m'écrase sur un carton. J'entends un *crac*.

Joe se précipite vers moi et m'aide à me relever. Ses yeux passent de moi au carton sur lequel on peut lire le mot « FRAGILE ».

– J'ai entendu quelque chose se briser. Apparemment, ce n'était pas toi.

Mon cœur tambourine dans mes oreilles. Je sens que leurs regards sont rivés sur moi.

Joe sort un cutter de sa poche arrière et ouvre le carton. Il regarde à l'intérieur et secoue la tête. Pete nous rejoint.

– Première victime, dit Joe en me jetant un regard en biais.

Pete regarde à l'intérieur du carton et grimace. Mes joues sont radioactives. Je plaque mes mains sur mon nez et ma bouche pour cacher ma gêne.

– Je suis désolée.

Pete fait comme si ça n'avait pas d'importance, mais je vois bien ce que je lui inspire : de la pitié. Le pire truc !

– Ce n'est pas grave, Jess. Ça arrive, dit-il avant de regarder par-dessus mon épaule.

Je sais que Lucas est juste derrière moi, mais je ne peux pas me résoudre à me retourner. Il nous contourne et se penche pour inspecter les dégâts.

– Il est foutu, lâche-t-il avant de me regarder en grimaçant. Ça va ? Tu ne t'es pas fait mal ?

Je secoue la tête et je bafouille des excuses à travers mes doigts.

– Non… ça va. Je suis désolée. Je le rembourserai. Vous n'avez qu'à retirer ça de mon salaire.

Je m'attends à ce qu'il me lance un « je te l'avais bien dit ». Il aurait raison.

Mais à ma grande surprise, il se met à rire.

– Ça arrive, Jess. C'est juste arrivé plus tôt pour toi que pour les autres.

Pete et Joe éclatent de rire. Lucas pointe le doigt sur Pete.

– Ça te fait marrer, toi ? (Il se tourne vers moi.) Pas plus tard que le mois dernier, il a explosé tout un rayonnage de détergents avec le chariot élévateur.

– L'horreur, lâche Pete en fermant les yeux. On a dû évacuer tout le bâtiment et faire venir une équipe spécialisée en produits toxiques.

– *Nettoyage allée 6*, dit Joe en imitant la voix d'un talkie-walkie.

– Tu peux parler ! lance Pete.

– Arrête, grogne Joe en s'arrêtant de rire.

Mais Pete balance tout : Joe a renversé une grosse livraison d'engrais et il leur a fallu une nuit entière pour tout nettoyer.

– Il ne se passe pas une semaine sans un accident dans ce genre-là, ajoute Pete. Je ne sais vraiment pas pourquoi Enzo ne nous a pas déjà tous virés. Vous vous rappelez la fois où…

Tandis que Pete raconte une autre anecdote, Lucas croise mon regard. Il hausse les épaules et j'accepte son sourire. Au moins, j'ai toujours mon job.

Je passe le reste de l'après-midi à suivre Joe ou Pete pour remplir des rayonnages de marteaux, de pinceaux, de carreaux en céramique, et même de moquette. Je ne vois presque pas Lucas.

À 19 heures, Enzo tourne l'écriteau sur la porte: « FERMÉ ».

– Tu es toujours vivante ! me lance Joe par-dessus son épaule alors que je le suis au fond du magasin.

De justesse, je pense, mais je me force à sourire. Un sourire héroïque. Un sourire triomphant. Un sourire pour tenter de le convaincre que je ne suis pas une catastrophe ambulante.

– C'est l'heure de se tirer ! s'exclame Pete, qui nous dépasse en courant.

Une fois devant mon casier, je glisse mes bras lourds et tremblants dans les manches de ma veste, et je sais déjà que demain je souffrirai le martyre. À chaque pas, j'ai mal au bas du dos. Mais je ne laisse rien paraître sur mon visage, même si les garçons ricanent quand j'ajuste lentement mon sac à dos sur mes épaules endolories.

– Tu as besoin d'aide ? me taquine Pete.

Je souris, comme si ça me faisait rire. Puis je passe devant Lucas, qui est en train de feuilleter de la paperasse.

– Bonne soirée, dis-je d'un ton hésitant.

– Tu reviens demain ? me demande-t-il en souriant.

C'est un vrai grand sourire, le premier de la journée, et… waouh. J'ai l'impression que je viens d'ouvrir la fenêtre sur une parfaite journée de printemps.

– Tu m'étonnes, dis-je en avançant lourdement sur mes jambes fatiguées.

Je l'entends ricaner doucement.

Pendant le voyage de retour, chaque muscle de mon corps a l'air de se moquer de moi.

Je m'arrête pour sortir mon téléphone. Je le fixe un moment, mais je n'ai pas envie de lire de vieux textos. J'ai besoin de parler à quelqu'un. La petite voix de la raison me supplie de le ranger et de rentrer chez moi. Mais je ne peux pas. Des larmes palpitent derrière mes yeux alors que je me repasse cette journée.

Je trouve mon ancien fil de discussion avec Marissa, celui que je n'arrête pas de relire.

Je sais que ça ne sert à rien. Je sais qu'elle ne recevra pas ce message, pas avant des mois au moins. Mais ça ne suffit pas à m'arrêter.

Alors... Le Colorado? C'est comment? J'ai regardé le site du lycée. De l'équithérapie. Cool.

Envoyer.

Une partie de moi se défait encore un peu plus quand, au lieu du gazouillis de sa réponse, je n'obtiens que le silence. Mais je continue d'écrire.

Bon, OK, assez parlé de la pluie et du beau temps. Quand tu recevras ça, ce sera déjà de l'histoire ancienne, mais j'ai un nouveau job. Tu te souviens de Lucas Rossi et Pete Brickner? Un an de plus que nous. Je travaille avec eux.

Envoyer.

Et imagine ce qui s'est passé : je n'étais pas là depuis un quart d'heure que je cassais un évier. Comme celui que tu as dans ta salle de bains du rez-de-chaussée. Ça vaut cher, non ? Ne me dis pas ! Je ne veux pas le savoir. J'ai cru que j'avais battu le record du monde du job le plus court.

Envoyer.

Ils ont tous essayé de me remonter le moral. Mais en fait je leur faisais PITIÉ ! Brrr…

Envoyer.

Pete est super sympa. Pareil pour l'autre mec, Joe. Il est plus âgé. Il a fini le lycée il y a deux ans. Mais alors Lucas…

Envoyer.

Je démêle les pensées qui fusent dans mon esprit quand je pense à lui.

Il est du genre distant.

Envoyer.

Mais il est mignon. Il a une fossette au menton.

Envoyer.

Je regarde autour de moi pour m'assurer que je suis toujours toute seule.

Figure-toi qu'il n'arrive pas à me regarder en face. C'est TROP BIZARRE ! On dirait que sinon, il va se pétrifier ou je ne sais quoi. Je crois qu'il n'a vraiment pas envie que je travaille avec lui.

Envoyer.

À vrai dire, je SAIS qu'il n'en a pas envie. Il l'a presque dit. Mais j'ai besoin de ce boulot.

Envoyer.

Pourquoi je m'intéresse à ce qu'il pense ?!!!

Je m'appuie contre un mur de brique pour regarder un avion qui survole Rockaway en rugissant. Il est si proche que je peux voir le nom de la compagnie.

Des tas d'émotions me submergent. De la gratitude qu'on m'ait enfin donné un job, et aussi pour la gentillesse de Pete et Joe. De la honte à cause de l'incident de l'évier. Mais ce qui me perturbe le plus, c'est la première impression que m'a faite Lucas, et la dernière… Ce sourire…

D'un seul coup, une réplique de *Frankenstein Junior*, le meilleur film de tous les temps, surgit dans mon esprit : « Vivant ! Il est vivant ! »

Je ris toute seule, doucement, comme une cinglée. C'est le genre de choses que Marissa et moi aurions faites dans ces circonstances, si elle avait été là pour m'écouter. C'est typiquement le genre de moment où on ne sait plus s'il faut rire ou pleurer.

LUCAS

Je me déchaîne sur le sac de frappe en essayant de fortifier ma fausse patte pour équilibrer mon corps. J'ai largement dépassé les dix séries quand Leo vient me voir.

– Il se passe quoi, là-dedans? dit-il en se tapotant le front.

– Rien.

– Ha! C'est toi qui l'as dit, pas moi! s'esclaffe-t-il alors que je continue à frapper. Pourtant je vois bien qu'il se passe quelque chose. Je ne t'ai jamais vu aussi combatif.

Je danse sur place pour que l'adrénaline continue de monter.

– J'ai passé une mauvaise journée.

« Une mauvaise journée », c'est un peu faible. Une mauvaise journée, c'est quand on marche dans une crotte de chien. Quand on casse l'écran de son téléphone. Quand on oublie de sauvegarder un devoir d'anglais alors qu'on travaille dessus depuis des heures. Aujourd'hui, c'était une journée de merde. Et le pire, c'est que je ne peux m'en prendre qu'à moi-même.

L'accident avec l'évier n'était pas la faute de Jess, c'était la mienne. Quand Reggie nous a formés, Pete et moi, elle nous a laissé beaucoup de temps pour nous adapter au job en douceur.

Jess s'est sentie obligée de prouver quelque chose parce que j'ai sous-entendu qu'elle n'y arriverait pas.

Elle m'a demontré que je me trompais.

Pourquoi il a fallu que je fasse cette blague débile sur le fait qu'elle aurait envie de partir dès le premier jour ? Je ne peux pas m'empêcher de revoir la vitesse à laquelle son expression ouverte et amicale a disparu.

J'arrache mes gants pour prendre la corde... Aujourd'hui, pour la première fois, rien ne me suffit. Je pourrais me transformer en flaque de sueur que j'aurais encore de l'énergie en rab.

Leo commence à s'éloigner.

– Hé, Leo ? Je crois que je suis prêt.

– Prêt à quoi ? demande-t-il en se retournant.

Je désigne Honor, qui s'entraîne sur la poire de vitesse en prévision d'un combat ce week-end.

– Pour un combat. J'en ai envie. Je crois que je suis prêt.

Tchac, tchac, tchac.

Leo revient sur ses pas alors que je fais tourner la corde.

– OK, mais est-ce que tu es *vraiment* prêt ? demande-t-il en se tapotant encore le front.

Tchac, tchac, tchac.

– Oui, je crois, dis-je, haletant.

– Quand tu seras sûr, on pourra discuter.

– Je suis prêt, je suis sûr.

Leo tape dans ses mains.

– Bon, super. Enfile ton équipement. Tu vas combattre avec Honor.

Je ravale la bile nerveuse qui remonte dans ma gorge rien qu'à l'idée de boxer avec le toujours invaincu Honor McAlister, dit Big Mac.

Kenny m'aide à lacer mes gants tandis qu'Honor monte sur le ring avec un immense sourire carnassier, comme s'il savait déjà qu'il allait se servir de moi pour passer la serpillière. Leo secoue mes épaules pour ramener mon attention sur lui et me fourre trois doigts sous le nez.

– Trois rounds. Ensuite, si tu as encore envie de combattre, viens dans mon bureau et on préparera les papiers. (Il se tourne vers Honor.) Tu peux le mettre en difficulté mais vas-y mollo, quand même. Compris ?

Kenny me met mon protège-dents et Honor me ressert son grand sourire.

– J'essaierai de pas trop abîmer ta tête de beau gosse.

Trois rounds.

La sonnerie retentit.

– C'est parti, dit Leo.

– Continue d'appuyer la glace dessus, ça limitera le gonflement, m'ordonne Leo alors que je quitte le gymnase.

Je fais un check à Honor au passage. C'est dingue, ce mode de fonctionnement, cette absence de ressentiment en dehors du ring. Il y a un lieu et un moment pour toute cette colère, je les ai enfin trouvés.

Ce soir, j'ai appris que ça ne me dérange pas de prendre des coups. À chaque fois que Honor m'en donnait un, je lui en rendais trois. La douleur me soutenait. Elle transperçait tout le poison qui pourrit en moi. J'ai enfin trouvé quoi en faire.

Sur le chemin du retour, je m'arrête devant une boucherie pour regarder mon reflet dans la vitrine. Je souris, et je le regrette aussitôt parce que ma lèvre enflée se fend.

Leo a dit qu'il préparerait les documents pour ma licence de boxe. Ensuite, je pourrai participer à mon tout premier combat. Je suis prêt.

De la fenêtre de ma chambre, la porte ouverte du garage de Mme Graham me nargue. Sa Buick Century marron a le même âge que moi. La porte était déjà ouverte quand je suis rentré du gymnase, il y a une heure. Ça n'arrive jamais.

Elle a sans doute oublié de la fermer, tout simplement. *Concentre-toi,* me dis-je alors que mes pensées s'affolent, sautant sur le pire scénario, comme toujours ces derniers temps. J'essaie de repousser les images perturbantes qui surgissent dans mon esprit : le corps frêle de Mme Graham recroquevillé au pied de son escalier tandis qu'elle appelle à l'aide d'une voix faible. Mme Graham ligotée, contusionnée, battue par un type qui lui a fait croire qu'il venait relever les compteurs.

Je m'efforce d'avancer sur mon devoir trimestriel. *Les Fleurs de soleil* de Simon Wiesenthal raconte la fois où, jeune juif prisonnier dans un camp de concentration, il a été appelé au chevet d'un nazi blessé. Le nazi (dans le livre, il s'appelle Karl, mais un nazi, c'est un nazi) supplie Simon de l'absoudre de sa participation dans l'incendie d'un village où tous les juifs ont été brûlés vifs. Il dit qu'il ne peut pas mourir sans le pardon de Simon. Simon reste silencieux, mais ça le hante pendant tout le reste de sa vie, et il ne cessera de se demander s'il aurait dû lui pardonner.

Du coup, je dois écrire une dissertation sur la puissance du pardon. Je préférerais l'écrire sur la puissance du refus de pardonner. Ça aurait plus de sens pour moi. Beaucoup plus de sens. Mais ce n'est pas ce que M. Wong a demandé.

Je ne dois rendre ce devoir qu'en mai, mais j'ai du mal à m'y mettre. Pas la peine de se demander pourquoi.

Mon curseur qui clignote semble me demander ce que je veux faire : travailler sur cette dissert ou calmer les voix dans ma tête qui s'inquiètent pour Mme Graham.

Je connais déjà la réponse.

Je descends à toute vitesse l'escalier recouvert de moquette qui ne suffit pas à amortir le bruit de mes pas.

Assise sur le canapé du salon, ma mère relève les yeux de son livre.

– Qu'est-ce qui ne va pas ?

Il n'en faut pas beaucoup non plus pour déclencher une panique de type alerte rouge chez elle.

– La porte du garage de Mme Graham est ouverte, dis-je en ouvrant un tiroir. Je vais voir si tout va bien. Elle est où, sa clé ?

Mme Graham nous a donné un double après s'être retrouvée enfermée dehors il y a quelques années. Elle n'en a jamais eu besoin, mais on la garde en cas d'urgence. Comme maintenant.

Maman se lève d'un bond et me rejoint dans la cuisine, où elle referme le tiroir.

– Tu ne peux pas débouler comme ça chez elle. Je vais l'appeler, d'abord.

Elle décroche le téléphone et attend en regardant l'horloge de la cuisine. 21 h 20.

– Il est tard. J'espère que je ne vais pas la réveiller. Tu es sûr que sa voiture est là ? demande-t-elle en me regardant, le combiné toujours collé à l'oreille.

– Oui, dans le garage.

Le téléphone sonne plusieurs fois, puis le répondeur se déclenche.

– Bonjour, Marie, c'est Jill. Nous avons remarqué que votre porte de garage était ouverte depuis un moment et nous voulions nous assurer que vous alliez bien. Je vous envoie Lucas.

Elle raccroche, sort la clé du tiroir et me la tend.

– Sonne plusieurs fois, d'abord. Elle n'entend plus très bien. (Soudain, son expression se transforme.) Tu sais quoi ? Je vais venir avec toi.

Je lève les mains en l'air pour l'arrêter.

– Je m'en occupe. Reste ici. Je t'appellerai si… s'il y a un problème, dis-je en espérant, en priant pour qu'il n'y en ait pas.

Je ne suis pas sûr que je pourrais supporter ça.

Tout en traversant la rue au pas de course, j'allume la lampe-torche de mon téléphone pour regarder dans le garage de Mme Graham et m'assurer qu'elle n'est pas tombée et… merde, ce serait trop affreux de la trouver là. Mais non, la voie est libre. Aucun signe de la voisine.

Je sonne à la porte, assez longtemps pour que Mme Graham m'entende. J'ouvre la porte-moustiquaire et appuie mon oreille contre la porte en bois, à l'affût du moindre bruit, de préférence celui de ses pas.

Rien.

Je sonne encore.

Et puis je tambourine à la porte.

Je recule dans l'allée et tends le cou. Les lumières sont allumées. Une fenêtre est ouverte dans la chambre.

– MADAME GRAHAM ! VOUS M'ENTENDEZ ? HÉ HO !

Puis je me remets à tambouriner en gardant un doigt enfoncé sur la sonnette jusqu'à ce que Mme Graham ouvre la porte à toute volée, son téléphone pressé contre son oreille.

– Attends une seconde, Louise… *Lucas ?* Que se passe-t-il, au nom du Ciel ? Tu vas bien ?

Mon corps se ramollit sous l'effet du soulagement.

– Oh, merci mon Dieu… je marmonne, avant de reprendre d'une voix plus forte, pour qu'elle puisse m'entendre : On a essayé de vous appeler !

– Ah, c'était vous ?

Elle écarte le téléphone de son oreille pour regarder le combiné.

– Je ne sais toujours pas me servir du double appel. Chaque fois que j'essaie, je raccroche au nez de quelqu'un.

– Votre garage est ouvert, alors je me suis inquiété.

Elle fait quelques pas dehors pour vérifier par elle-même.

– Oh… voyez-vous ça ! s'exclame-t-elle en plaquant sa main veineuse sur son front, avant de parler dans le combiné : C'est ta faute, Louise ! Je me suis tellement épuisée aujourd'hui à t'emmener à tous tes fichus rendez-vous chez le docteur que j'ai laissé la porte du garage ouverte. Le garçon d'en face a cru que j'étais morte, ou je ne sais quoi ! (Elle place une main sur le combiné et se met à chuchoter à mon intention.) C'est une hypocondriaque. (Puis elle me presse la main affectueusement.) Merci, Lucas. Tu es un gentil garçon. Tu veux bien fermer le garage pour moi, tant que tu es là ?

– Bien sûr, dis-je en hochant la tête.

Elle se détourne, mais je l'entends quand même recommencer à se chamailler avec Louise.

– Tu n'étais pas censée m'entendre. Mais le fait est que tu es une hypocondriaque, et tu le sais très bien !

Elle ferme la porte et je me demande ce que Louise a bien pu répliquer. Je passe le bras à l'intérieur du garage et j'appuie sur la télécommande pour le fermer. Les conteneurs à ordures de la vieille dame sont toujours dans la rue. Je les ramène et les place soigneusement derrière sa clôture.

De retour à la maison, je ne vois plus ma mère dans le salon.

– Maman !

– Une seconde ! répond-elle depuis l'étage.

En ouvrant le tiroir pour y remettre la clé, j'aperçois un objet familier. Je le sors avec un doigt. Mon porte-clés avec des gants de boxe.

Je referme le tiroir juste au moment où maman descend l'escalier.

– Tout va bien ? demande-t-elle.

Je hoche la tête.

– Oui. Elle avait oublié de fermer la porte du garage en rentrant.

Maman passe devant moi et se dirige vers l'évier pour aller laver la poêle à frire.

– Ça m'inquiète de la savoir seule, dit-elle en me tournant le dos. J'espère que ses enfants passent la voir de temps en temps.

Je la regarde faire la vaisselle du dîner. Encore des tacos. Classique. Les galettes achetées au supermarché sont posées sur la table, attendant le retour de mon père, qui une fois de plus travaille tard, à côté d'un bol de salade, d'un autre rempli de dés de tomate, et d'un flacon de sauce douce. L'idée est que tout ait l'air authentique.

Et moi, je fais comme si je ne venais pas de découvrir que ma mère a caché mes clés histoire d'avoir un sujet d'inquiétude en moins – la crainte que je meure dans un accident de voiture. Car sinon, on serait obligés de parler de ce qu'on ressent.

Je vais avoir besoin de l'aide de mon père sur ce coup-là. Je ne veux pas la mettre mal à l'aise en lui avouant que je les ai trouvées, je n'ai aucune envie de lui dire qu'elle me surprotège, car cela nous mènerait au *pourquoi* et je ne me sens pas du tout capable d'affronter ça. Peut-être qu'il arrivera à lui en parler en me laissant en dehors de tout ça.

De retour dans ma chambre, je ne sais toujours pas comment remplir le document vierge ouvert sur mon écran. Le curseur continue de clignoter, désapprobateur.

J'ouvre le document BA.xlsx. Je relis la dernière entrée et en ajoute une nouvelle.

1er avril : j'ai remplacé Joe qui était malade.

2 avril : j'ai trouvé un chien qui s'était échappé de son jardin, je l'ai ramené chez lui.

3 avril : je suis allé voir si Mme Graham allait bien. J'ai rentré ses poubelles.

Je fais défiler le tableau Excel. Deux cent trente-trois bonnes actions. J'ai commencé à les compter pour me convaincre que le fait que je sois encore là n'était pas une erreur. Certaines vont de soi ; ce sont des choses que tout le monde devrait faire, comme céder sa place dans le métro à quelqu'un qui en a manifestement plus besoin que soi. Mais parfois, c'est difficile de trouver un moyen de faire quelque chose de bien.

Si le caractère aléatoire de mon existence est toujours au centre de ma crise existentielle, j'espère que ces petites actions comptent au moins un peu et justifient ma présence sur cette planète.

Je ferme les yeux pour rediriger mes pensées, comme me l'a appris le Dr Engel. Quand les images violentes l'emportent sur l'ici et maintenant, essayant de me ramener dans cet endroit sombre. Quand je me souviens du moindre gramme des cent kilos de mon frère m'écrasant, m'étouffant après s'être jeté sur moi pour me sauver.

Je ne veux plus jamais croire que mon existence va de soi. Surtout quand les affaires de Jason me rappellent chaque jour que j'ai une dette envers l'Univers.

JESS

Tu vas rire : je me suis fait choper en train de mater les fesses de Lucas aujourd'hui.

Joe m'a vue. Il a juste dit « Hum, hum » sans s'arrêter de marcher. Mais je l'ai entendu rigoler. Grillée.

Alors même si je ne me suis pas fait virer pour avoir cassé un lavabo le premier jour, sûr que je vais l'être pour avoir reluqué mon patron !

Et oui, il a de très belles fesses.

Ça fait une semaine que je travaille chez Enzo, et j'ai réussi à ne rien casser d'autre. Je ne peux pas en dire autant des autres. Joe a fait reculer le chariot dans un pare-étincelles, la grille qu'on met devant une cheminée, et il l'a massacré. Tout le monde couvre tout le monde, ici, et même Reggie n'est pas toujours au courant.

Comme il n'y a pas de livraisons aujourd'hui, je remplis les rayonnages du magasin. J'essaie de cacher mes grimaces de douleur chaque fois que je tends le bras ou que je m'accroupis. Mais tant pis. Je préfère encore cette douleur-là à l'autre.

Il a plu la plus grande partie de la journée, mais la pluie s'arrête juste avant ma pause. Même si tout est humide dehors, l'air me paraît frais et doux après tout un après-midi dans l'entrepôt, alors je prends une chaise en résine blanche près du quai de chargement pour manger le sandwich que je me suis préparé. Pete prend sa pause lui aussi et conduit le chariot élévateur sur le parking, dessinant des ronds et des huit en fonçant comme un malade à cinq kilomètres-heure.

Quand il a fini de jouer, il prend une deuxième chaise et la traîne jusqu'à moi. Il la retourne et l'enfourche, croisant les bras sur le dossier.

– Comment va Marissa ? demande-t-il de but en blanc.

– Euh… Je ne sais pas.

– Ah bon, pourquoi ?

Au-dessus de nous, une bande bleue apparaît entre les nuages qui s'écartent.

– Elle n'a pas le droit d'avoir son téléphone, dis-je en regardant le ciel bleu s'étirer, essayant de repousser les nuages.

– Ça doit être dur. Je vous voyais tout le temps ensemble.

– Ouais.

– Mais bon, c'est bien que ses parents l'aient envoyée là-bas, non ?

Marissa n'allait pas bien du tout. Personne n'allait bien. Mon frère était mort, et elle était recouverte de son sang. Partir dans ce lycée privé à Boulder était une saine décision. J'aurais juste voulu qu'elle m'emmène avec elle.

Je m'étire et tapote du pied dans une minuscule flaque sur le bitume. Pete place son pied à côté du mien et donne des petits coups dans l'eau avec sa chaussure de travail.

– Elle doit te manquer ?

Je me racle la gorge.

– Oui, je réponds, mes yeux passant du ciel à la flaque. Ils me manquent tous les deux.

En réalité, j'ai dépassé le stade du manque la semaine dernière, quand j'ai commencé à envoyer des textos à mon amie pour ainsi dire imaginaire. Si Pete le remarque, il ne dit rien. Nous mangeons en silence pendant le reste de la pause.

LUCAS

– Tu lui as demandé ça?

C'est Pete qui conduit, car mon père et moi n'avons pas encore trouvé comment avouer à ma mère que je sais qu'elle a caché mes clés.

– Ouais, et alors? répond-il en haussant ses pouces.

– Tu ne peux pas lui poser des questions sur Marissa! Merde… ça aurait pu dégénérer!

Pete ne comprend pas ces choses-là, et je devrais sans doute être content pour lui. Content qu'il n'ait pas été là et que le moindre truc ne risque pas de le faire partir en vrille.

Ses oreilles virent au rose.

– Arrête de me culpabiliser. Je suis comme ça.

Maintenant, c'est moi qui culpabilise.

Je cherche de la musique sur Spotify et trouve une chanson sur sa playlist pour la voiture, un top 40 hyper sentimental qu'il adore et qu'il sait que je déteste. Je monte le volume. Il se tourne vers moi avec un grand sourire.

– OK, j'accepte tes excuses.

C'est tellement facile d'être son ami.

Il remue la tête au rythme de la musique tout en fredonnant. Puis il ajoute :

– Ça ne l'a pas dérangée.

– Ah bon ?

– Enfin, elle était triste, évidemment. Elle a dit qu'ils lui manquaient tous les deux. Ça m'a fait de la peine. Je crois qu'elle n'a personne d'autre de proche.

Il se gare devant le Five Guys. Ça fait une sacrée trotte de venir jusqu'ici, mais ça vaut le coup. Il y a des diners plus proches de chez nous, mais les burgers ne sont pas aussi bons. Je pousse la porte du restaurant.

À l'intérieur, je la relâche et elle se ferme d'un coup, comme poussée par une rafale. Je la rattrape avant qu'elle ne claque.

Le gars derrière le comptoir relève les yeux.

– Désolé, la porte est cassée.

– J'ai vu, dis-je en la refermant doucement.

Pete et moi commandons la même chose que d'habitude : des cheese bacon avec des frites. Je remplis nos gobelets de Coca pendant qu'il va chercher plein de sachets de ketchup.

– Comment elle a réagi, au fait ?

– Qui ça, Jess ?

– Non, ta mère. Bon oui, Jess.

– On en est restés là, conclut-il.

– OK, dis-je en le suivant, tirant sur une paille avec mes dents.

– Tu devrais essayer, un jour.

– Essayer quoi ?

– De parler aux gens de ce qu'ils ressentent.

– Ah, ça !

Je ris alors que nous nous asseyons l'un en face de l'autre.

– Et aussi d'arrêter de projeter tout ce que tu ressens sur les autres, tant que tu y es, ajoute-t-il en enfonçant une paille dans sa boisson. (Il en boit une gorgée et fait la grimace.) Mince, je regrette. On aurait dû commander des milk-shakes.

– Tu parles comme le Dr Engel.

Un type costaud passe devant le restaurant. Il s'arrête et me regarde à travers la vitre.

– Pourquoi, il aime les milk-shakes ? demande Pete.

– Qui ça ? je lance en soutenant le regard du type, qui plisse les yeux, comme s'il me cherchait.

– Le Dr Engel. On n'est pas sur la même longueur d'onde aujourd'hui, mon pote.

Le type continue de me foudroyer du regard. Puis il s'éloigne.

– Comment tu veux que je sache si le Dr Engel aime les milk-shakes ?

Soudain, plusieurs choses se produisent en même temps.

Le type revient avec deux autres gars. Ils ouvrent la porte à toute volée, laissant entrer une brise glaciale. Tous les muscles de mon corps se tendent.

– Numéro cinquante-deux ! crie la femme derrière le comptoir.

C'est le numéro de notre commande. Pete, qui tourne le dos à la porte, ne les voit pas entrer.

– J'y vais !

Il se lève et deux grosses détonations retentissent l'une après l'autre. Paw ! PAW !

Une femme se met à hurler.

Les trois types s'approchent du comptoir. *C'est un braquage*, me dis-je, mais je ne peux pas bouger. Les muscles et les os de mes jambes se liquéfient.

Mes yeux cherchent les armes, la source des coups de feu qui viennent de retentir dans le restaurant. J'attends le chaos, que les gens s'enfuient. Mais le chaos est interne.

Les types sont toujours au comptoir et désignent la carte. Il n'y a pas d'armes à feu. Mon cerveau s'efforce de s'adapter à la réalité, mais mon corps a d'autres projets.

Des points noirs apparaissent devant mes yeux ; tout ce qui est à la périphérie de mon champ de vision vire au gris.

Je n'entends rien par-dessus mon cœur qui tambourine dans mes oreilles.

Je suis assis, mais j'ai l'impression de basculer sur le côté.

Le visage de Pete est juste devant le mien. Il a les yeux écarquillés, inquiets. Une femme en blouse bleue d'infirmière s'approche et me met doucement la tête entre les genoux.

Je reste plié en deux pendant un moment, jusqu'à ce que mon ouïe revienne et que je ne me sente plus sur le point de m'évanouir. Je relève la tête. Quelqu'un pose un gobelet plein de glaçons sur la table. Des ongles rouges plongent dedans puis en frottent un sur ma nuque. C'est toujours la femme en blouse bleue ; je fixe une tranche de bacon orpheline par terre, à côté de ses Crocs. J'ai honte, mais la glace me fait du bien et j'ai encore trop la tête qui tourne pour lui demander d'arrêter. Et puis elle, elle sait ce qu'elle fait.

– Tu te sens un peu mieux ? demande-t-elle.

Je ne peux pas la regarder. Je risquerais de tomber. Je me contente d'acquiescer.

– Pete ? je dis d'une voix rauque. Tu peux me ramener ?

Je n'arrive à penser qu'à la sécurité de ma maison, la ligne d'arrivée, ma chambre. Il faut que je sorte d'ici tout de suite.

Je me lève en me tenant à la table. Les ongles rouges se referment sur mes avant-bras, me soutiennent.

– Vas-y doucement, dit-elle avant de demander à Pete : Où est ta voiture ?

– Juste devant, répond-il.

Il nous tient la porte pendant que nous sortons.

Ils m'aident à m'installer, et Pete incline le siège pour que je sois presque allongé.

– Je parie que tu fais ça à toutes les filles, parviens-je à plaisanter.

Il pousse un rire de soulagement, puis il remercie la femme et démarre.

La transpiration imprègne mon tee-shirt. Je bous de l'intérieur.

– Mets la clim, dis-je d'une voix rauque.

Pete appuie sur un bouton et dirige les ventilateurs sur mon visage. Nous roulons en silence pendant quelques minutes. Je commence à me sentir mieux. Suffisamment pour bien savourer la honte d'avoir failli tomber dans les pommes au Five Guys.

– Désolé, dis-je en relevant légèrement mon siège.

Pete émet une sorte de *pff,* comme si ce n'était pas grave.

– Qu'est-ce qui t'est arrivé ? me demande-t-il néanmoins.

Je prends une grande inspiration que j'emmène jusqu'au fond de mes poumons avant de la relâcher.

– J'ai entendu un gros bruit et… ça m'a fait quelque chose.

– La porte a claqué, explique-t-il. Et ma chaise est tombée au même moment. Ça a fait beaucoup de bruit. Une femme a hurlé, tu as entendu ?

Je hoche la tête, mais son silence exige plus d'explications.

– Je crois que je suis bon pour tripler ma dose d'anxyolitiques, dis-je, essayant de faire de l'auto-ironie.

Mais ça ne le fait pas rire.

Il pose sa main sur mon épaule et me regarde comme si… Oh non, pas lui. Il était le seul à ne m'avoir jamais regardé comme ça.

– Ça va, dis-je en riant faiblement afin d'effacer l'inquiétude dans son regard. Hé, au moins, comme ça, j'aurai quelque chose à raconter au Dr Engel mercredi !

Je relance la playlist pour faire taire la voix pathétique qui me répète que je n'irai plus jamais bien.

JESS

Tu te rappelles la déprime de ma mère quand mon père est parti ? Je pensais que rien ne pourrait jamais être pire que ça. Je me trompais. C'est tellement pire.

L'autre soir, j'ai fait des œufs brouillés pour le dîner. Tu sais ce qu'elle a dit ? « Ethan adorait prendre un petit déjeuner à l'heure du dîner, tu te souviens ? » Mais c'était MOI ! C'était moi qui adorais prendre un petit déjeuner en guise de dîner ! Pas Ethan !

C'est comme si je n'existais plus. J'ai été effacée.

Je m'arrête devant mon casier en allant en espagnol.

– Ah, Jess ! s'écrie Pete, comme si j'avais tenté de lui échapper toute la journée.

Je relève les yeux et le vois approcher dans le couloir avec Lucas. Le visage de Pete est luisant de sueur.

– Tu sors de sport ? je demande.

Son visage est aussi blanc et cireux qu'une boule de mozzarella.

– Non, j'ai envie de vomir. Je crois que je fais une intoxication alimentaire.

Lucas lève les yeux au ciel.

– J'ai mangé la même chose que toi.

– Attends un peu, tu vas voir, répond Pete en se tenant le ventre, avant de se tourner vers moi. Tu peux me remplacer aujourd'hui ?

– Oui, pas de problème.

Il pousse un soupir de soulagement.

– Merci.

Il me tapote gentiment l'épaule avant de s'éloigner, fendant la masse épaisse des lycéens.

– Je vais dégueuler ! crie-t-il, bien plus fort cette fois-ci.

Tout le monde s'écarte devant lui jusqu'au bureau de l'infirmière. J'espère qu'il arrivera à temps. Il n'y a rien de pire que quand ça sent le vomi dans les couloirs.

Lorsque je me retourne, Lucas est toujours là.

– Qu'est-ce qu'il y a ? je demande d'un air méfiant.

Il hausse les épaules et croise les bras. C'est la première fois qu'il reste aussi longtemps à côté de moi en dehors du travail. Il s'appuie contre les casiers et sourit. Son sourire illumine tout son visage. Une voix minuscule en moi me dit que quoi que je fasse, s'il trouve ça amusant, ça vaut la peine rien que pour le voir sourire. Mais j'ordonne à cette voix de se taire.

Je me mets sur la pointe des pieds pour déplacer tous les papiers, classeurs et manuels qui encombrent mon casier, essayant de l'ignorer.

– C'est un vrai bordel, là-dedans.

– Ah bon, tu trouves ?

– Tu cherches quoi ?

– Mon livre d'espagnol.

Il jette un coup d'œil à l'intérieur.

– Ah… Je le vois.

J'enlève ma veste et des piles de feuilles froisées.

– C'est froid, ajoute-t-il en riant.

Je regarde dans mon casier, je regarde *vraiment*, mais je ne le vois toujours pas. Je pousse mes livres d'histoire et de maths sur le côté.

– Là tu chauffes, ricane-t-il encore.

Le couloir se vide. La cloche va sonner d'une seconde à l'autre, et il faut encore que je me traîne à l'étage. Je n'ai plus le temps.

– Je te montre combien de doigts ? demande-t-il en faisant le signe de la victoire

– Deux.

Il hausse de nouveau les épaules.

– Ce n'est donc pas un problème de lunettes. Il est juste devant toi.

Je me remets à fouiller. Il pousse un soupir vaincu.

– Essaie le mot magique.

– Abracadabra.

– Pas celui-là.

– Ta-dam !

On dirait qu'il se retient de rire.

– Turlututu ?

Il ne peut s'empêcher de s'esclaffer, même s'il s'efforce de garder son sérieux. Nous sommes les deux dernières personnes dans le couloir.

– Sésame, ouvre-toi ?

Il secoue la tête d'un air désapprobateur. Je hausse les épaules. Puis il déplie les bras et en glisse un à l'intérieur.

– C'était ça. Tiens.

Il me donne mon livre. Effectivement, il était sous mon nez.

– Merci.

– Tu vois ? C'est ça, la magie. (La sonnerie retentit.) Mince… on est en retard. On ferait mieux de se dépêcher.

Il se détourne et s'éloigne en courant.

– Tu es en dehors de ta juridiction, je m'écrie. Tu n'es pas mon boss, ici !

Il tourne la tête en arrière et rit, un son de pure joie qui emplit le couloir vide.

LUCAS

Jess est seule dans la salle de pause, une canette de Coca dans une main, son téléphone dans l'autre, tapant furieusement sur l'écran avec son pouce. Elle a les pieds sur une chaise. Quand elle me voit, elle les retire comme si je l'avais prise en plein flagrant délit d'enfreinte au règlement.

Je pose sur la table le repas que je viens d'acheter chez Gino's et je prends une chaise.

– Tu ne manges pas ? je demande en mettant deux parts de pizza l'une sur l'autre.

Elle soulève sa canette en guise de réponse.

– C'est tout ?

– Je mangerai en rentrant, répond-elle en regardant son téléphone.

– J'aurais trop faim si je faisais pareil. Ça, c'est juste pour patienter. (Soudain, je me souviens qu'elle remplace Pete et qu'elle n'était pas censée travailler aujourd'hui.) Mince. Tu apportes quelque chose de chez toi d'habitude, non ?

Elle hoche la tête.

– Tu veux que je te prête de quoi t'acheter une part de pizza ? je propose.

Son visage se crispe.

– Non, c'est bon.

– J'en ai trois. Prends-en une, dis-je en poussant la boîte vers elle.

Elle regarde attentivement la part, pensive.

– Non. Merci.

Percevant son hésitation, je rapproche encore un peu la boîte d'elle.

– Je ne vais pas tout manger, je te jure.

– Alors pourquoi tu en as acheté autant ? demande-t-elle en repoussant la boîte.

– J'ai les yeux plus gros que le ventre.

Elle secoue la tête en sirotant son Coca.

– Tu n'as même pas commencé.

J'en prends une bouchée, juste pour jouer le jeu.

– Oh non mais stop, je cale, là, dis-je en mâchant. Tu sais que c'est risqué d'essayer de soulever trente kilos le ventre vide ?

– C'est ça, ricane-t-elle.

– C'est marqué dans le manuel de l'employé.

– On n'en a pas.

– Si on en avait un, ce serait marqué, et sur la première page.

Je fais faire des allers-retours à la boîte devant elle. Je ne me vois pas du tout m'empiffrer de pizza alors qu'elle n'a rien à manger. Même cette unique bouchée que j'ai avalée pour elle prend le chemin le plus cahoteux, le plus coupable vers mon estomac.

Plan B.

– Bon. Alors on va faire un jeu.

Elle relève les yeux de son téléphone.

– Quoi ?

– Choisis un nombre entre un et trente. Si c'est celui auquel je pensais, tu prends une part.

– Et sinon ? demande-t-elle en souriant.

– Je persuade Reggie de te donner une semaine de congé.

Son sourire s'élargit.

– Payée ?

– Ouais, pourquoi pas ?

– Tu es vraiment casse-pieds avec ta pizza, mais d'accord : vingt-sept.

Je prends un stylo posé sur la table et en donne un coup sur la canette de Coca.

– Nous avons une gagnante !

– C'est truqué, s'esclaffe-t-elle, mais elle finit par accepter de mordre dans la part de pizza. Tu es content ?

– Très content. Maintenant, je peux manger.

Jess reprend son téléphone. Je regarde ses mains, si petites et délicates, et pourtant si fortes. Elle n'a esquivé aucune tâche depuis qu'elle a commencé. C'est même presque un problème. Nous, on demande toujours de l'aide. Jess, elle, pense avoir quelque chose à prouver. Je suis sûr que c'est à cause de mon comportement le premier jour.

– Tu fais du super boulot, ici, au fait, dis-je en essayant de réparer les dégâts.

– Merci, répond-elle avant de fixer ma lèvre et de la pointer du doigt. Ce serait indiscret de te demander ce qui est arrivé à ta lèvre ? Ça n'a pas l'air de s'arranger.

Je grimace.

– Un combat.

Ça fait déjà une semaine que je m'entraîne avec Honor pour mon premier combat. Il se débrouille toujours pour me décocher un coup en plein dans la bouche. Leo dit que c'est ma faute: « Tu n'aurais pas la lèvre fendue si tu ne t'exposais pas autant. »

– Ah oui, de la boxe, dit-elle d'un air aussi dégoûté que si elle parlait d'une flaque de vomi.

– Qu'est-ce que tu sous-entends ?

– Non, rien, répond-elle tandis que des taches roses éclosent sur ses joues. Désolée. J'ai entendu dire que tu faisais de la boxe. C'est tout.

– Je m'entraîne. Mais je n'ai encore jamais fait de compète.

– Ça se comprend.

– Comment ça ?

Elle pose son téléphone sur la table, écran vers le bas.

– Je ne vois pas l'intérêt de la boxe. C'est trop violent.

J'essaie de ne pas me vexer. Mais je n'y arrive pas.

– Tu as déjà entendu parler de Sugar Ray Leonard ?

– Évidemment, répond-elle, sur la défensive.

J'essaie d'ignorer son ton mordant.

– Il dit que la boxe, c'est le défi ultime. Et aussi que rien ne te met autant à l'épreuve que quand tu es sur le ring.

Elle me jette un coup d'œil par-dessus sa canette.

– Pourquoi tu as besoin de te mettre à l'épreuve ?

Je mords dans ma double pizza.

– Parce que ça craint de vivre quand on se sent impuissant.

Elle hésite un moment avant de hocher la tête.

– Oui, je comprends. Désolée.

– C'est pas grave, dis-je. C'est juste que j'entends souvent ce genre de remarque. Certains types de mon club étaient dans des gangs. Leo, le propriétaire de la salle, demande à chaque mec qui vient chez lui de choisir : la rue ou le ring. On ne peut pas avoir les deux.

– Mais ça ne fait pas mal? demande-t-elle après une pause, en tendant la main pour montrer ma bouche.

Mon esprit vagabonde, et je l'imagine effleurer doucement ma lèvre.

– On s'habitue, dis-je d'une voix un peu plus rauque. Savoir que je peux supporter la douleur est l'une des raisons pour lesquelles je fais de la boxe. Si je peux gérer ça, je peux gérer n'importe quoi.

Elle reste silencieuse un moment. J'apprécie qu'elle donne à mes mots le temps de respirer, de se poser, qu'elle ne juge pas tout de suite, comme les autres.

– Ça se tient, dit-elle finalement.

Elle prend une dernière bouchée de pizza puis jette la croûte dans la boîte.

– Je suis dégoûtée d'avoir trouvé le vingt-sept. Ça m'aurait bien plu, une semaine de congé payé.

– Tu es malade! dis-je en désignant la croûte. Les os, c'est ce qu'il y a de meilleur!

– Qui peut penser un truc pareil? demande-t-elle en riant.

– Tout le monde!

Je récupère la croûte et la plie en deux avant de la fourrer dans ma bouche.

Elle me regarde mâcher en secouant lentement la tête.

– Pas de problème. À partir de maintenant, je garderai toutes mes croûtes…

– Tes os, je la corrige.

– Tous mes os pour toi. Ce sera la plus grande collection d'os que tu auras jamais vue.

La plupart du temps, Jess reste sur ses gardes, comme si elle se cachait derrière une grille en acier entourée de barbelé.

Elle est plutôt sympa, mais elle a tendance à rester dans son coin. Et à cet instant précis, elle baisse sa garde et sourit. Elle sourit vraiment. Un sourire solaire, éclatant, aveuglant. Et je ne peux pas m'empêcher de me demander ce que ça me ferait de l'embrasser.

JESS

Lucas ne sortait pas avec Krista G, avant? La cheerleader, pas Krista V la camée. Je demande pas pour moi, c'est pour une amie. Ha ha! Si seulement.

Je n'ai pas d'amie à part toi, et tu es à 2932 kilomètres d'ici! (J'ai vérifié!)

Je me demande s'il a un type de fille. Parce que si son genre, c'est Krista G, je suis mal. J'aurais plus de chance si c'était Krista V!

Sur le chemin de la maison, je m'arrête à un distributeur pour retirer vingt dollars, puis je me dirige vers la supérette.

Je prends un panier et y dépose des œufs, du pain et de la charcuterie, à l'affût des promotions pour ne pas dépasser ce que j'ai dans ma poche. Très vite, le poids du panier s'enfonce dans la chair de mon avant-bras.

Ça fait longtemps que je n'ai pas mangé de salade. Je choisis une laitue, un concombre et une tomate. Quand je passe devant les rangées débordantes de pommes, je me mets à saliver. Sur un coup de tête, je prends la plus grosse, la plus rouge que je puisse trouver.

Au détour d'un rayon, je manque de foncer dans Lucas.

– Qu'est-ce que tu fais là ?

Il me regarde d'un air amusé et soulève son panier.

– Du speed-dating.

– Ah, ah, fais-je en le contournant, et il m'emboîte le pas. Tu discutais avec Reggie quand je suis partie. Tu es drôlement rapide. Comment tu as fait pour être là aussi vite ?

– Ce n'est pas moi qui suis rapide, c'est toi qui es lente. Tu as analysé chaque article avant de le prendre.

Il fait mine de rapprocher quelque chose de son visage pour l'examiner avant de le reposer sur une étagère imaginaire.

– Tu m'espionnes ?

– On peut difficilement te rater, répond-il en désignant mes cheveux roux.

Avant, ma mère disait toujours que j'étais comme un phare ; elle pouvait toujours me repérer dans une foule.

– De la salade ? lance-t-il en regardant dans mon panier. Et une pomme solitaire. Tu dois nourrir ton lapin ?

– Bravo, Sherlock. Non, non, je n'ai pas de lapin.

Je jette un coup d'œil dans son panier : des pâtes, des boulettes de viande congelées et un pot de sauce tomate. J'aperçois de la focaccia. C'est malin, maintenant j'ai envie de spaghettis bolognaise !

– Et toi, soirée kebab ?

Il sort la sauce tomate de son panier.

– Reggie m'invite pour me remercier de l'avoir aidée à déménager. Sauf que je me retrouve à acheter toute la bouffe. (Il remet le pot dans son panier.) Tu veux venir ?

Son invitation sort de nulle part. Je change mon panier de bras.

– Oh… non… c'est bon. Mais merci quand même, dis-je pour le tirer d'affaire, puisque de toute évidence, il veut juste être poli.

Pourtant, j'ai le ventre qui gargouille rien qu'à imaginer une assiette de spaghettis.

– Pourquoi pas? demande-t-il en regardant mon panier. Tu pourras mettre tout ça dans son frigo.

– Je suis encore calée après toute cette pizza, je mens, tenant mon ventre pour l'empêcher de grogner.

– Tu peux passer vite fait, au moins.

Il se dirige vers la caisse et je me surprends à l'accompagner.

– Ça ne se fait pas de se pointer chez quelqu'un sans avoir été invité, tu ne crois pas ?

Je résiste à peine. Sans grande conviction.

– Je vais lui envoyer un texto tout de suite pour être sûr que ça ne la dérange pas. Mais franchement, je connais déjà la réponse.

Nous arrivons à la caisse express réservée aux paniers avec moins de dix articles. Je reconnais la caissière. C'est Sherri, une ancienne collègue d'Ethan.

– Passe en premier, dis-je pour gagner un peu de temps.

Je veux additionner une deuxième fois le prix de tous mes articles.

Lucas dépose tous ses achats sur le tapis. Puis c'est mon tour. Il attend à côté de moi tout en tapant un texto.

– Reggie dit « super ». Tu vois, elle est super contente que tu viennes.

Un sourire émerge. Je vais bel et bien passer du temps avec des gens qui pourraient devenir des amis. Jusqu'à maintenant, je ne m'y suis pas autorisée. J'étais trop occupée avec ma mère et le baby-sitting. Mais aujourd'hui… aujourd'hui, je me laisse emporter par mon enthousiasme.

Je donne mon billet de vingt à Sherri sans même regarder le total, souriant toujours comme une idiote à Lucas.

– Ce n'est pas assez, annonce Sherri d'une voix retentissante, en regardant autour d'elle pour s'assurer que tout le monde l'a entendue.

– Quoi ? Non, c'est impossible. J'ai tout compté.

Elle désigne la somme sur son écran. Vingt dollars et soixante-dix-huit cents.

– Tu n'as pas les soixante-dix-huit cents ? demande-t-elle de la même voix forte.

Des têtes se tournent vers moi.

– Non, je marmonne, refusant de croiser le regard de qui que ce soit, avant de sortir la pomme de mon sac. Enlève ça.

Alors qu'elle s'apprête à prendre la pomme, Lucas fourre un dollar dans sa main.

– Tiens.

Je proteste faiblement.

– C'est bon, c'est juste une pomme.

Même si c'est ce dont j'avais le plus envie. Une pomme croquante, sucrée, juteuse.

– Arrête. Pour un dollar, sérieux ? Allez, on y va.

Il prend mon sac et commence à s'éloigner pendant que Sherri termine d'encaisser. Avec ma pomme dans une main et vingt-deux cents de monnaie dans l'autre, je me précipite derrière lui.

– Merci. Je te rembourse demain, d'accord ?

– Ce n'est qu'un dollar, Jess, dit-il avant de me jeter un coup d'œil. Si tu y tiens, tu n'auras qu'à me payer un Coca au distributeur.

Avec son sac dans une main, le mien dans l'autre, il me précède dans le parking et je lui emboîte le pas.

– Bizarre, elle, non ? lance-t-il en faisant un signe de tête en direction du magasin.

– Sherri l'Humiliatrice ? je réponds en essuyant la pomme sur le devant de mon tee-shirt avant de croquer dedans. Ethan travaillait avec elle, c'est une sadique. Il paraît qu'elle prend son pied à crier « PAIEMENT REFUSÉ » quand une carte de crédit dépasse le plafond autorisé.

– J'avais oublié qu'Ethan travaillait ici. Je crois qu'il a été l'un des premiers à prendre un job.

– Oui. Dès qu'il a eu seize ans. Juste après que mon père a déménagé.

Je dis ça avec légèreté pour donner l'impression qu'on a décidé tous ensemble de ce déménagement lors d'une réunion de famille. En réalité, mon père a estimé que nous étions un membre gangrené de sa vie et qu'il devait l'amputer pour pouvoir arrêter de boire.

– Elle habite où, Reggie ? je demande quand nous parvenons à l'intersection.

Il tourne à gauche en direction de chez moi.

– Pas loin de chez toi, sur Gipson.

Je lui décoche un regard en biais.

– Comment tu sais où je vis ?

– Tu es un peu parano ou je me trompe ? s'esclaffe-t-il.

Je ne le laisse pas s'en tirer aussi facilement.

– Si tu me suis dans les supermarchés et si tu te renseignes sur l'endroit où j'habite, ce n'est plus de la parano.

Je souris juste assez pour qu'il comprenne que je plaisante. Plus ou moins. Je mords de nouveau dans ma pomme.

– Eh bien, figure-toi, Sherlock, que tu as écrit ton adresse sur le dossier d'embauche chez Enzo. Tu te souviens ?

– Ah oui, c'est vrai.

Je me sens un peu bête, et peut-être un tout petit peu déçue. J'aimais bien l'idée qu'il ait enquêté pour en savoir plus sur moi.

Au coin de Mott et Redfern, Shu sort de sa poissonnerie avec un grand seau blanc à la main. Lucas tend le bras sur le côté pour me barrer le passage juste au moment où il renverse toute l'eau sale sur le trottoir, emplissant l'air d'une odeur de poisson pourri.

– Waouh, on n'est pas passés loin, dis-je en me tournant vers Lucas. C'était quoi, ça ? Ton sixième sens ?

Il secoue la tête d'un air contrit.

– Non, la première fois, je ne l'ai pas vu venir et ça m'a suffi.

La rue principale se rétrécit. Les salons de manucure, les boutiques qui rachètent de l'or et les vendeurs de rues disparaissent alors que nous arrivons dans mon quartier. Quelques familles ont décoré leurs jardins de devant avec des accessoires kitch, des nains de jardin, des statues de la Vierge ou l'éternel grand favori : les guirlandes de Noël.

– Alors, tout va bien entre nous, maintenant ? je demande.

Le globe orange du soleil se couche derrière lui. J'incline la tête de façon à pouvoir le regarder sans m'abîmer la rétine à tout jamais, et son visage se retrouve en contre-jour. Il se rend compte que je bataille contre le soleil et me contourne pour se placer de mon côté droit. Pour la première fois, je remarque vraiment la couleur de ses yeux. L'éclairage de chez Enzo ne leur rend pas justice. Ils ne sont pas marron, mais ardoise, entre le bleu et le marron. Une couleur un peu difficile à définir. Tout comme lui.

– Comment ça ?

– Eh bien… au travail… j'ai bien vu que tu n'étais pas hyper enchanté que je sois là, au début.

– Désolé, dit-il en grimaçant. J'espère que tu ne l'as pas pris personnellement.

– Non, bien sûr que non. Comment aurais-je pu prendre « dernière chance de changer d'avis » personnellement ?

Une alarme de voiture retentit juste à côté de nous. Lucas se met à crier pour se faire entendre, et c'est plutôt drôle, car il semble vraiment déterminé à me convaincre qu'il ne me détestait pas le jour de mon arrivée.

– Ce n'était pas à cause de toi, je te jure ! C'est à cause de mes problèmes personnels.

Il se tait, peut-être pour éviter d'abîmer ses cordes vocales, même quand nous sommes assez loin de l'alarme pour pouvoir parler normalement. J'en déduis que l'incident est clos. Mais il reprend :

– J'ai du mal à fréquenter des gens qui étaient là.

Je jette le trognon de ma pomme dans la poubelle la plus proche et j'essuie mes mains pleines de jus sur mon jean.

– Je comprends. Pour moi, le pire c'est quand les gens disent : « Oh, regarde, c'est la sœur d'Ethan. » Avant ça n'avait pas du tout le même sens qu'aujourd'hui. Maintenant… quand les gens disent ça, je sais ce qu'ils pensent vraiment. Quand ils me regardent, je sais ce qu'ils voient vraiment. J'aimerais pouvoir redevenir Jess, tout simplement.

Il déglutit, puis hoche la tête. Il ne répond pas tout de suite. Je n'aurais peut-être pas dû être aussi directe.

Quand il finit par reprendre la parole, c'est d'une voix rauque.

– Être le petit frère de Jason, c'était super, en général. Tout le monde l'aimait et l'admirait. Et je pouvais profiter de sa gloire, tu vois ? (Il rit doucement, presque embarrassé.) J'étais toujours dans son ombre, mais ce n'était pas désagréable. Maintenant… j'ai l'impression d'être dans l'ombre de son fantôme. (Il garde les yeux rivés sur le trottoir.) Alors après… tu sais… j'ai passé un marché avec moi-même… essayer de faire autant de bien que possible dans l'Univers. Après tout, si je suis toujours là, c'est peut-être pour rendre ce qu'on m'a donné.

Il se gratte l'arrière de la tête, son sac de courses toujours dans la main. Ses biceps et même ses triceps se contractent sous la manche de son tee-shirt. Je détourne le regard.

– Comme si tu avais une dette ? je demande.

Il mord l'intérieur de sa lèvre.

– Un peu. J'essaie de faire au moins une bonne action par jour, même petite. Ça m'aide à me sentir moins… inutile.

Je hoche la tête.

– Je ferais mieux de me taire, maintenant, ajoute-t-il en riant nerveusement.

– Pourquoi ?

– Parce que je m'entends parler, et que c'est stupide, ce que je raconte.

Je souris.

– Non, ce n'est pas stupide. C'est… (Je m'arrête, cherchant mes mots.) Tu essaies de donner du sens à ce qui s'est passé.

– Oui, c'est ça, exactement.

Il me sourit, l'air presque soulagé.

Parfois, quand j'essaie d'ouvrir mon casier précipitamment, ça ne marche pas. Je dois rentrer soigneusement tous les numéros du code, et une fois qu'ils sont bien alignés, j'entends un *clic* et je suis heureuse de constater que tout se met en place.

À cet instant précis, avec ce sourire, j'entends Lucas Rossi s'ouvrir à moi.

Clic.

LUCAS

Il n'y avait pas de pitié dans ses yeux. Pas de regard à rayons X, comme si elle me scrutait à la recherche de fuites ou de fissures.

Elle comprenait.

Je n'avais jamais parlé à personne de mes bonnes actions. Pas même à Pete. Mais Jess a eu l'air de comprendre comment ça m'aide, jour après jour.

Bon, il y a peut-être des avantages à traîner avec des gens qui partagent la même expérience, finalement. Au moins, on n'est pas tout le temps obligé de se justifier. On essaie tous les deux de rassembler les morceaux de notre identité pour retrouver notre place dans ce monde.

Mais si ces morceaux finissaient par se blesser mutuellement, ainsi que tous ceux qui se trouvent autour de nous ?

JESS

– Hé, mais donne-moi ça !

Je fais mine de lui prendre le sac des mains ; il le soulève pour m'en empêcher.

– Je m'en occupe, dit-il en s'écartant.

J'essaie de l'attraper mais il m'esquive, sautillant sur le trottoir comme si nous étions sur un ring.

– Trop lente, me taquine-t-il en zigzaguant.

J'abandonne.

– Très bien, vas-y, tu peux te mettre K-O tout seul.

– Tu rigoles, mais ça m'est déjà arrivé, répond-il en soulevant une mèche pour me montrer une cicatrice sur son front. Jason et moi, on jouait au foot dans la maison. J'avais cinq ans. Je courais, complètement concentré pour attraper le ballon alors que j'aurais mieux fait de regarder le mur qui me fonçait dessus. Quand je me suis réveillé, j'étais dans les bras de ma mère qui se précipitait vers la voiture pour m'emmener à l'hôpital.

Je ne sais pas ce qui me prend, mais je passe les doigts sur la cicatrice bosselée. Il écarquille les yeux et je retire brusquement ma main. Bon sang, Jess… les limites !

– Et toi ? demande-t-il d'un seul coup.

Je lève la main en faisant le salut des scouts.

– Je ne me suis jamais assommée en essayant d'attraper un ballon de foot. Promis juré.

Il rit.

– Des cicatrices ?

Je pointe le doigt sur mon menton. Il doit se pencher pour voir.

– J'aimerais bien dire que je faisais quelque chose de vraiment cool quand c'est arrivé, mais en fait, j'ai trébuché sur un trottoir en sortant du McDo.

Cette fois, c'est lui qui passe son doigt sur ma cicatrice. Je me force à ne pas m'écarter ou, pire, à me laisser aller contre sa main.

– Impressionnant, dit-il. On peut toujours embellir les choses, tu sais ?

– Comment ça ?

J'essaie de rire, mais ça sonne plutôt comme un couinement nerveux. Il retire son doigt, mais je sens encore sa chaleur sur ma peau.

– Comment ? je demande.

– Tu as fait du softball, non ?

Je hoche la tête. Comment il sait ça ?

– Je voyais souvent ton équipe s'entraîner au parc, explique-t-il, comme s'il lisait dans mes pensées. Tu sais que tu plisses les yeux quand tu deviens méfiante ?

Il recule la tête et plisse les siens en faisant une grimace pour m'imiter.

Je suis vraiment aussi transparente ? Est-ce qu'il a remarqué que je le mate quand je pense qu'il ne me voit pas ?

Il lève les deux mains en l'air, comme pour peindre un tableau, les sacs de course pendus à ses pouces.

– Remplace le McDo par un match. Il y a une joueuse sur chaque base… deux joueuses sorties… Fin de la neuvième manche. Tu es à la batte. Tu envoies un coup en flèche loin dans le champ gauche. Tu cours jusqu'à la première, puis la seconde… Oh c'est dingue, tu te diriges vers la troisième base ! La joueuse de champ extérieur ramasse la balle, mais non, attends ! Elle trébuche ! La foule est en folie ! Tu cours vers le marbre ! L'arrêt-court ramasse la balle, l'envoie à la lanceuse, qui la relance comme une furie. Tu plonges tête la première sur le marbre. L'arbitre siffle. Sauvée ! Le match est terminé ! Ton équipe a gagné ! Mais ton menton a eu maille à partir avec les crampons de la receveuse.

Je garde le silence un instant. Puis j'éclate de rire et compte sur mes doigts tout ce qui ne colle pas dans son histoire.

– De toute évidence, tu n'y connais rien en softball. D'abord, il n'y a que sept manches. Ensuite, une lanceuse n'enverrait jamais la balle en plein match à la receveuse. Et puis l'arrêt-court…

– Hey, j'essaie juste de t'aider à sauver la face, m'interrompt-il. Mais vas-y, continue à raconter à tout le monde que tu as trébuché devant le McDo, pas de problème.

– OK, tu as raison, dis-je en gloussant. Je suis géniale. J'ai bien mérité cette cicatrice.

Lucas se balance sur la pointe des pieds, comme s'il s'échauffait.

– Bon, quoi d'autre ? On a parlé des cicatrices. On va passer à la manche décisive. Chaque réponse vaut dix points. Dis la première chose qui te passe par la tête. Ta couleur préférée ?

– Bleu. Non, orange. Non, attends, bleu.

– Tu n'es vraiment pas douée. Ta saison préférée ?

– L'été.

– Ton groupe préféré ?

– Euh…

Il émet un bruit de buzzer du fond de sa gorge.

– Le temps est écoulé.

– Mais j'en ai plusieurs !

– On continue. Ton plat préféré ?

– La pizza.

– Allez, donne-moi au moins une réponse originale. On a l'impression que tu vas dire : « Je ne suis pas une vraie adolescente, j'en ai joué une dans une série, une fois, mais c'est tout. »

Il baisse sa voix de plusieurs octaves et tient son menton dans une main, faisant l'idiot devant une caméra invisible.

J'éclate de rire.

– OK. En fait, mon plat préféré est un peu répugnant.

– Maintenant tu es obligée de me le dire.

– D'accord, mais dans ce cas, tu devras me révéler un truc aussi dégoûtant que le mien.

– Marché conclu. Je t'écoute.

– Le riz au ketchup.

Il s'arrête de marcher et se tourne lentement vers moi, la semelle de ses baskets crissant sur le sable du trottoir. Son visage est dénué d'expression.

– Je n'étais pas préparé à ça.

– C'est dégueu, hein ?

– Carrément. Je fais un effort pour ne pas vomir.

– Je t'avais prévenu. À ton tour maintenant.

Il lève le doigt.

– Non, nous n'avons pas fini de parler de ta cuisine raffinée. Maintenant, j'ai de gros doutes sur tes choix de vie. COMMENT as-tu découvert ce délice pourtant très discutable ?

– J'avais sept ans, mon riz s'est mélangé au ketchup de mes nuggets au poulet et j'ai trouvé ça tellement meilleur que le riz nature. C'est devenu une habitude.

– Sérieux ? Le riz au ketchup a été élevé au rang d'*habitude* dans ta vie ?

Je serre mes bras sur mon ventre, me retenant d'éclater de rire.

– Tu as promis que toi aussi tu m'avouerais un truc dégoûtant ! dis-je en pointant mon doigt sur lui.

– Quoi que je puisse dire, ça ne sera rien comparé à ça.

– Allez.

Il réprime difficilement un sourire.

– D'accord, une de mes spécialités : les sandwichs banane-mayonnaise.

– Banane-mayonnaise ? C'est cent fois pire !

– C'est un délice du Sud, dit-il comme s'il me révélait un secret de fabrication.

– Mais on n'est pas dans le Sud.

– Ma famille est partie en vacances à Nashville un été. On a mangé des cornichons marinés dans du Coca cherry… C'était trop bon. Super rafraîchissant !

– Berk !

J'ai un haut-le-cœur rien qu'à imaginer un cornichon dans du Coca, mais il continue.

– Tu sais ce qui se marie vraiment bien avec les cornichons, aussi ? Le beurre de cacahouète, mais du beurre de cacahouète bien croquant, sur du pain. Parfois, j'en rajoute même un peu dans mon sandwich banane-mayo. Franchement, je trouve que le beurre de cacahouète va à merveille avec tout.

– Tais-toi ! dis-je en me couvrant les oreilles. Sérieusement. Je visualise tout. Je vais être malade. Je n'en reviens pas que tu m'aies fait tout un plat avec mon riz au ketchup !

Nous arrivons au coin de Mott et McBride.

– Ça ne te dérange pas si je passe chez moi ? je demande. Je préfère déposer mes courses.

– Pas de problème, répond-il en me suivant.

Mme Alvarez est devant chez elle en train d'arroser sa pelouse de la taille d'un mouchoir de poche, un tuyau dans sa main veinée de bleu. Elle me fait lentement coucou de l'autre.

– Bonjour, Jessica !

– Bonjour, madame Alvarez.

Elle s'arrête d'arroser. Sa bouche s'ouvre dans un grand sourire alors qu'elle s'approche de nous. Oh non… elle attend que je fasse les présentations.

– Madame Alvarez, voici Lucas. Nous travaillons ensemble chez Enzo, j'ajoute en essayant de bien montrer que je le connais à peine.

Ce serait embarrassant si je le présentais comme un ami alors que c'est la première fois que nous passons du temps ensemble en dehors du travail. Je l'imagine tourner brusquement la tête vers moi pour me corriger. *« Amis ? »* Enfin, il ne dirait sûrement pas ça, mais il le penserait.

– Bonjour, Lucas.

Son regard passe de lui à moi, et son sourire s'agrandit encore. Elle a les yeux qui pétillent. Je crois savoir ce qu'elle pense et ça me fait rougir.

– Attends-moi ici, dis-je à Lucas en récupérant mon sac de courses. J'en ai pour une seconde.

Je sors mes clés de ma poche et entrouvre la porte d'entrée pour que Lucas ne voie pas l'intérieur quand je me glisse dans la maison, puis je referme la porte derrière moi.

Je pose le sac sur la table de la salle à manger, à côté du courrier, et je me dirige vers la chambre de ma mère. La porte est entrouverte. Je la pousse, m'attendant à la trouver endormie.

Pire. Encore en peignoir – pourquoi se fatiguer ? –, elle est perchée au bord de son lit avec une boîte à chaussures remplie de photos. Certaines glissent de ses genoux sur le lit défait.

– Maman ?

Elle relève des yeux rouges, fatigués… vidés. Elle tient une photo d'Ethan entre ses mains. Comme je m'approche, je me rends compte qu'il n'y a *que* des photos d'Ethan.

Elle secoue la tête. Sa bouche s'ouvre, mais elle semble ne pas savoir ce qui va en sortir.

– Je ne sais pas comment…

Elle se couvre le visage, submergée par les larmes.

– Maman.

Je m'assieds à côté d'elle et la serre contre moi pour qu'elle sente ma présence, pour qu'elle retrouve son chemin jusqu'à moi.

Sa peau dégage une odeur aigre et métallique, comme des pièces de monnaie qui auraient passé toute une journée dans une paume moite. J'essaie de retrouver l'odeur de ma mère, cette senteur familière qui s'attarde en dessous. Je l'étreins un moment, attendant qu'elle dise quelque chose, pour qu'on puisse en parler. Pour qu'on puisse partager notre chagrin plutôt que de tout compartimenter, son chagrin d'un côté, le mien de l'autre.

C'est à ce moment-là que j'entends frapper à la porte.

LUCAS

Ça fait un moment que Jess est à l'intérieur. Je pensais qu'elle déposait juste ses courses. Elle est peut-être aux toilettes.

Mon téléphone vibre dans ma poche.

Vous êtes où ? Dépêchez-vous ! Je meurs de faim, moi !

Je renvoie un texto à Reggie :

On s'est arrêtés chez Jess. Elle dépose ses affaires.

Dis-lui de se bouger les fesses ! L'eau bout !

J'agite la main pour attirer l'attention de Mme Alvarez, qui arrose son carré de gazon depuis que Jess est entrée.

– Vous croyez que je peux frapper ? je lui demande, guettant son approbation.

Elle me sourit. Je crois qu'elle ne m'a pas entendu.

Je monte sur le perron pour coller mon oreille à la porte, à l'affût de bruits annonçant son arrivée. Rien.

Alors je frappe.

Et j'attends.

Au bout d'une minute, je frappe de nouveau.

Jess se glisse dehors, n'ouvrant la porte que le strict minimum pour pouvoir sortir. Puis elle croise les bras sur sa poitrine.

– Tu es prête ? je demande.

Quelque chose a changé depuis qu'elle est entrée. Ses yeux sont vitreux et roses sur le côté.

– Ça va ?

– Oui, ça va, répond-elle en hochant brusquement la tête, serrant plus fort ses bras contre elle. Je ne peux pas venir. J'ai oublié que j'avais un truc à faire.

– Quoi ?

Je recule d'un pas, à cheval sur deux marches. Je sens qu'elle a besoin d'espace.

Elle fixe un point au-dessus de mon épaule.

– J'ai un truc à faire, répète-t-elle.

– Ah bon, dis-je, regrettant de ne pas avoir la moindre idée de ce qui a provoqué ce changement en elle. Pas de problème. Je préviens Reggie. Mais la prochaine fois, tu viens !

Elle essaie de sourire, mais ne fait pas mine de rentrer.

– Amuse-toi bien.

Elle agite la main pour me dire au revoir.

Sur le trottoir, je me retourne pour la regarder une dernière fois. Elle attend que je parte, debout sur le pas de la porte.

Mes pas me paraissent un peu plus lourds quand je m'éloigne.

JESS

De retour à l'intérieur, j'appuie mon front contre la porte et j'écoute les bruits de la maison. Le vrombissement du vieux frigo dans la cuisine. Le tic-tac de l'horloge. Ma mère qui sanglote dans sa chambre.

J'aurais dû savoir que je ne pourrais pas fuir tout ça et passer une soirée d'adolescente normale.

Les mots de ma mère résonnent dans mes oreilles. « *Je ne sais pas comment…* »

Je ne peux qu'imaginer comment elle allait terminer sa phrase.

Je ne sais pas comment faire disparaître ce cauchemar.

Je ne sais pas comment continuer à vivre.

Je ne sais pas comment t'aimer alors qu'il n'est plus là.

Je retourne m'asseoir à côté d'elle. Quand elle n'a plus la force de pleurer, elle se glisse sous les couvertures. Les photos d'Ethan tombent par terre.

– Maman ? Je pense que je devrais appeler le médecin. Pas toi ?

– Un médecin ne pourra rien faire pour qu'il arrête de me manquer, Jess, répond-elle en reniflant.

Je frotte son bras posé sur la couverture. Petite, ça m'aidait à m'endormir quand elle faisait ça.

Dès que sa respiration est régulière, je ramasse toutes les photos d'Ethan et je les remets dans la boîte que je range dans un coin de son placard, par terre, en l'enfouissant sous toutes les chaussures et tous les sacs à main dont elle ne se sert plus, puisqu'elle ne quitte jamais la maison. Je ne sais pas si c'est la bonne chose à faire. J'essaie juste de ne pas la perdre, elle aussi.

Je vais dans ma chambre pour écouter de la musique tout en regardant des vidéos sur mon portable pour me changer les idées.

Un avertissement apparaît: « Espace de stockage insuffisant ».

– OK, mon vieux. On va te soulager un peu, dis-je à mon téléphone, comme on le fait quand on n'a personne à qui parler.

Je le branche sur mon ordinateur pour essayer de libérer un peu d'espace. Mais je reçois un nouveau message d'erreur: Disque saturé.

Tout en jurant, je jette mes dossiers du lycée dans la corbeille. Ça libère suffisamment d'espace pour que je puisse lire les fichiers, mais je ne peux rien télécharger d'autre. Et je n'ai pas l'intention d'en supprimer ne serait-ce qu'un seul. Certains jours, rien d'autre ne peut me tirer un sourire.

Je clique sur une vidéo datant d'il y a un an et demi, filmée dans le jardin de Marissa une semaine avant notre rentrée en seconde. Il devait y avoir trente personnes à sa fête de pré-rentrée. Elle avait installé un écran dans le jardin, sur lequel on pouvait jouer à *Just Dance* sur la Wii. Ce que la vidéo ne rend pas, c'est la sensation de l'herbe sous nos pieds nus, fraîche et humide, l'air mordant du début d'automne, et mon impression, déjà à l'époque, que c'était la fin de quelque chose. Je croyais alors que j'étais juste déprimée de rentrer au lycée. Mais maintenant, je me demande si je ne pressentais pas que c'était la fin de mon dernier été avec mon frère et ma meilleure amie.

En revanche, ce que j'ai capté sur mon téléphone ce soir-là, ce sont quatre-vingt-douze secondes d'or pur : Ethan et Marissa dansant sur les Spice Girls, s'agitant tous les deux comme des marionnettes emmêlées au rythme de la musique. C'est tellement évident qu'elle lui plaisait, on le voit à son sourire quand il la regarde discrètement danser. Un sourire qui ne m'était pas familier, car ce qu'il ressentait pour Marissa était nouveau, même pour lui.

Cette vidéo ne suffit pas. Le souvenir de mon frère ne peut se réduire à quelques mégaoctets de données.

Je traverse le couloir et appuie ma main, puis ma joue, sur sa porte. Elle vibrait quand il écoutait de la musique ou quand il jouait de la guitare. Désormais, elle est aussi silencieuse et sans vie que lui. C'est ce silence qui me serre la gorge, et la pression des larmes retenues m'endolorit tout le visage.

La maison est sombre, mais un filet de lumière brille sous sa porte.

Je pose la main sur la poignée. J'ai l'impression d'être une intruse et que je devrais frapper avant d'entrer. Tout ça parce que ma mère a instillé ça en moi. Pourtant, si la lumière est allumée, c'est que je ne suis pas la première personne à violer la crypte scellée de la chambre de mon frère.

J'entre lentement en balayant du regard toutes ces choses si typiques d'Ethan : des étagères de disques, sa guitare, la pile de romans graphiques par terre dans un coin. Sur son bureau, son badge de la supérette.

Je tourne sur moi-même pour tout examiner, ces signes de lui partout et nulle part. La chambre déborde de ses affaires, de sa personnalité. Mais sans son énergie, ça pourrait tout aussi bien être une pièce vide.

Alors que je m'apprête à sortir, mes yeux tombent sur son lit. On devine la forme d'un corps enfoncé au centre de sa couette bleue. Il y a un long cheveu blond sur son oreiller. Un cheveu de ma mère.

Voilà donc ce qu'elle fait quand je ne suis pas là. Elle s'allonge ici, où elle peut être seule avec lui. Tout en m'interdisant de le faire. Sa règle selon laquelle on ne peut pas entrer dans cette pièce ne s'applique qu'à moi.

Je prends l'ordinateur portable d'Ethan et je retourne dans ma chambre. Je m'assieds à mon bureau, branche le chargeur et l'ouvre. Je ne peux rien faire sans son mot de passe, mais je sais que mon frère aurait perdu sa main gauche si elle n'avait pas été attachée à son poignet. Du coup, j'essaie la première séquence de nombres qu'il aurait été incapable d'oublier : la date de son anniversaire. 0103.

Et ça marche.

Comme je m'y attendais, il y a beaucoup plus d'espace de stockage sur son ordi que sur le mien. Je branche mon téléphone et le décharge d'au moins la moitié de mes vidéos.

Tout en écoutant de la musique, je les ouvre les unes après les autres. Marissa tenant une cuillère en équilibre sur son nez tout en faisant tourner un cerceau autour de ses hanches. Ethan et Marissa sautant des balançoires de la plage au même moment,

Ethan heurtant le sol avec une telle force qu'il s'écroule et roule dans le sable.

La chanson que j'écoute et les images se mêlent et me donnent une idée. Je lance iMovie et je commence à couper et à monter ces vieilles images, arrangeant soigneusement chaque scène en fonction de la musique. Si je ne peux pas les avoir dans la vraie vie, je garderai leur souvenir vivant.

LUCAS

– Bonjour, Lucas. Entre.

Le Dr Engel me tient la porte de son bureau. Il est vêtu d'un cardigan couleur rouille assorti à sa cravate à rayures fixée par une épingle à sa chemise impeccablement repassée. Ma grand-mère aurait trouvé mon psychiatre très distingué, autant que ses chers Frank Sinatra et Dean Martin.

Je passe devant lui et pénètre dans son bureau lambrissé et impeccablement rangé comme on n'en voit qu'à la télé : deux fauteuils, le divan réglementaire, la fougère bien entretenue, les étagères pliant sous le poids des journaux et des livres spécialisés. Et quelque chose ronronne toujours en fond : le radiateur, le climatiseur, l'humidificateur, le déshumidificateur, selon la saison.

Il s'assied dans son fauteuil et croise les jambes. Son pantalon remonte au-dessus de ses chevilles fines et révèle sa peau très blanche et des chaussettes voyantes à losanges, évidemment assorties à sa cravate et à son gilet.

Chaque semaine, c'est la même chose : c'est surtout moi qui parle. Parfois, on met le doigt sur quelque chose d'important et il a l'amabilité de résumer tout ce que j'ai dit avec une formule soignée que je peux rapporter chez moi pour y réfléchir plus tard. Une sorte de doggy bag psychologique.

Le Dr Engel ne tourne pas autour du pot. Dès notre première séance, nous nous sommes mis directement au travail. Il m'a dit que si je lui répondais honnêtement et que j'y mettais du mien, je verrais des résultats.

Nous avons recensé plusieurs éléments lors de nos premiers rendez-vous :

Je me sens coupable d'être vivant alors que Jason est mort.

Jason s'est jeté sur moi parce qu'il m'aimait.

C'était un cadeau, un cadeau que j'ai du mal à accepter.

Il ne m'a pas laissé le choix, et parfois ça me met en colère.

La colère est plus facile à vivre que le chagrin.

Nos séances ont souvent pour but de me permettre de ressentir cet amour, et non de la culpabilité. Quand il dit ça, le Dr Engel désigne toujours son cœur (l'amour) en premier, puis sa tête (la culpabilité).

« C'est pareil avec le chagrin, m'a-t-il expliqué ce premier jour. On a tendance à l'éviter, car c'est trop douloureux. Et donc on reste ici (il a désigné ses cheveux blancs comme neige, soigneusement peignés), plutôt qu'ici (il a montré sa poitrine). »

« Aïe », ai-je répondu en imitant E.T.

Il a souri. Je peux tout me permettre dans le bureau du Dr Engel. Ça fait partie de l'expérience.

« Quand est-ce que j'arrêterai de souffrir ? » lui ai-je demandé un jour, après une séance particulièrement difficile.

Il s'est penché vers moi et m'a tendu le paquet de mouchoirs.

« La souffrance ne disparaît pas, Lucas. Elle devient juste moins sévère avec le temps. Le truc, c'est d'apprendre à plonger au fond de soi, à l'affronter, à la gérer. (Il a fait descendre sa main comme un oiseau puis l'a fait remonter.) Descendre, la toucher, puis ressortir. »

Comme je m'assieds aujourd'hui, il demande :

– Alors… comment vas-tu ?

– Bien ? réponds-je d'un ton si incertain qu'il hausse un sourcil, le signe non verbal signifiant « je t'écoute » auquel je suis habitué désormais.

Je lui raconte ma crise d'angoisse au Five Guys.

– Je pensais juste… Je pensais juste que j'en avais fini avec ça, dis-je en essuyant mes mains sur mon jean. Vu que vous aviez dit que l'association médicaments-thérapie me remettrait d'aplomb.

Il clique plusieurs fois sur son stylo.

– C'est ta première crise en plusieurs mois.

Je ne lui parle pas de la « presque crise » dans le cabinet du Dr Patel. Mais peut-être que la présence du médecin m'a aidé à la combattre.

– Je pense que ton dosage de Lexapro fonctionne, mais je peux te prescrire du Xanax en cas de crise. Si ça continue, en revanche, il faudra revoir le traitement. Je ne veux pas que tu te reposes trop sur le Xanax, compris ? (Je hoche la tête.) Tu continues la boxe ? Tu fais beaucoup d'exercice ?

– Oui. Plus que ça, même. J'ai mon premier combat en mai.

Il hoche la tête et sourit.

– Ça te rend nerveux ?

– Plutôt ! Mais j'ai choisi de le faire, vous savez. Personne ne m'y oblige.

– Bien sûr. Mais nous cherchons des changements dans ta vie qui auraient pu ajouter à ton anxiété. Des schémas ou des événements qu'on pourrait identifier. Ce premier combat à venir pourrait en être un.

– Quoi, alors ? Je ne peux rien essayer de nouveau sans que mon corps me lâche ?

Je ferme les yeux et me frotte le visage. Parfois, parler au Dr Engel me donne envie de pleurer. Parler ne devrait pas faire cet effet-là. Mais à moi, si.

Il remue dans son fauteuil, croise l'autre jambe.

– Je ne peux qu'imaginer à quel point ça a été horrible, dit-il. Beaucoup de mes patients me disent que les crises de panique sont débilitantes. L'un d'eux m'a même raconté qu'il avait beau savoir exactement ce qui se passait, il composait quand même le numéro des urgences. As-tu une idée de ce qui aurait pu déclencher cette crise en particulier ?

Je lui parle de la porte qui a claqué, de la chaise qui est tombée au même moment. De la femme qui a hurlé. Il hoche la tête en signe de compréhension.

– D'accord. Il y a donc eu des bruits qui ressemblaient à des coups de feu.

J'acquiesce.

– Mais c'est arrivé très vite. Je n'ai même pas eu le temps de comprendre ce qui se passait. Et je ne pouvais plus bouger. Je m'entraîne seize heures par semaine, mais ça n'a rien changé. Je ne pouvais pas forcer mes jambes à se lever. Pete et une dame ont dû m'aider à monter dans la voiture. Et ensuite, Pete me regardait comme si… comme si…

– Comme si quoi ?

Je me frotte les yeux en soupirant.

– Il était flippé.

– Ton ami qui t'aime s'est fait du souci pour toi. En quoi est-ce un problème ?

– C'est un problème quand il me regarde de la même manière que tout le monde. Imaginez que quelqu'un vous fourre un thermomètre dans la bouche chaque fois qu'il vous voit.

Il hoche la tête, en signe de concession, à défaut d'approbation.

– Je vois.

– C'est juste… il était le seul à ne pas me traiter comme ça.

– Comme quoi ?

– Comme si j'étais faible. Abîmé.

Il me sourit avec bienveillance.

– De toute évidence, Pete n'est ni un thérapeute ni un professionnel de santé. Si bien que ce qu'il a vu l'a inquiété. Et il a exprimé son inquiétude en prenant soin de toi jusqu'à ce que tu ailles mieux, puis en te ramenant chez toi. Il ne pouvait pas la cacher. Ce n'est pas un problème, Lucas. C'est un…

– S'il vous plaît, ne dites pas un « cadeau ».

– Pourquoi ? Le fait que quelqu'un tienne à toi est-il un cadeau que tu penses ne pas mériter ?

Je fais craquer mes doigts sur mes genoux. Cette question me touche de plein fouet, plus que je ne voudrais l'admettre. Et c'est sans doute pour ça que je suis toujours en thérapie.

– Réfléchis-y, Lucas.

Je hoche la tête et me racle la gorge. Puis je change de sujet.

– Sinon… (Je tire sur mon index gauche pour débloquer la jointure qui ne veut pas céder. Elle craque doucement, mais agréablement.) Il y a une nouvelle à mon boulot.

Il se laisse aller contre son dossier, attendant que je poursuive.

– Enfin, je la connaissais avant qu'elle commence. On est dans le même lycée. Et son frère et elle… ils étaient au cinéma ce soir-là.

– Hum… fait-il en hochant la tête.

Traduction: *Continue.*

– Son frère aussi est mort.

Il attend patiemment, sans doute que j'en vienne aux faits.

– Avec tout ce que je savais… j'ai été un peu con. J'ai essayé de convaincre Reggie de la renvoyer.

– Vraiment… Et pourquoi?

Je secoue la tête et fixe mes lacets blancs et propres. Ma mère les a remplacés pendant mon sommeil, comme les lutins du cordonnier dans le conte. Elle a peur qu'un microbe se faufile dans la maison sur un lacet sale et me tue dans mon sommeil.

– J'évite de côtoyer des gens qui étaient là.

– Des rappels, dit-il, et j'acquiesce.

– Mais… c'est étrange… on a passé un peu de temps ensemble hier et on s'est mis à discuter. Je lui ai parlé de ma liste. Je ne sais même pas pourquoi.

Je lève les yeux sur le Dr Engel. Il arbore sa fameuse expression satisfaite, comme si lui savait pourquoi mais n'avait pas l'intention de me le dire. Je vais devoir le découvrir par moi-même.

– En tout cas, elle a compris. Je n'ai même pas eu besoin de lui expliquer ce que cette liste signifie pour moi.

Il se penche vers moi.

– Votre expérience partagée te *conforte.*

Désormais, ma tête s'agite de haut en bas comme celle d'un automate.

– Oui. Exactement.

Je me laisse aller dans mon fauteuil pour réfléchir à cette révélation. *Me conforte.*

– Échanger avec des personnes qui ont partagé une expérience traumatique peut aider à alléger le sentiment d'impuissance contre lequel tu te débats, Lucas. C'est pour cela qu'on forme des groupes de soutien, et qu'on met en place des rituels et des cérémonies pour honorer ceux dont la vie a été perdue.

Je tire sur mes doigts jusqu'à entendre un craquement dans chaque jointure.

– Oui, mais… si nous nous ressemblons tellement, on ne risque pas de finir par être mauvais l'un pour l'autre ? Comme l'ammoniaque et l'eau de Javel.

Nettoyage allée 6, je pense. Je suis prêt à expliquer le rapport, mais il ne me pose pas de question. Ses lèvres pointent vers le bas.

– Il y a un risque qu'un schéma circulaire puisse endommager votre relation. Des relations intimes entre survivants d'un traumatisme peuvent être difficiles. Elles nécessitent de baisser la garde. (Il hausse les sourcils.) Une intéressante métaphore empruntée à la boxe, tu ne trouves pas ?

– Ouais, dis-je en riant un peu bêtement lorsqu'il met ses poings devant son visage.

– Toute l'année qui vient de s'écouler, tu as travaillé à bien tenir ta garde pour t'assurer qu'il ne t'arriverait plus rien de grave. Tu as entraîné ton corps à réagir pour te sentir moins impuissant… c'est bien le mot que tu as employé, non ? (Il baisse ses poings.) Si bien que baisser ta garde pour laisser entrer des gens dans ta vie peut être source d'anxiété. Si ça ne te dérange pas, je peux te demander si cette fille te plaît ? Tu as des sentiments pour elle ?

– Euh… je crois. Plus ou moins.

Plus que je ne suis prêt à le reconnaître devant mon thérapeute à cet instant précis.

Il lève la main.

– Si je pose la question, c'est parce que je me demande si ça ne pourrait pas contribuer à ton anxiété.

Je m'affale dans mon fauteuil et me frotte le front.

– Super.

Mais il ne semble pas troublé.

– L'anxiété et l'excitation sont une seule et même réponse physiologique. Un pic d'adrénaline peut déclencher une crise de panique chez une personne qui y est sujette.

– C'est pas une très bonne nouvelle, docteur, fais-je remarquer.

– Si. Laisser de nouvelles personnes entrer dans ta vie, envisager des relations, c'est formidable. On va travailler là-dessus.

– Oui, mais vous ne trouvez pas ça problématique que nos situations soient trop semblables ?

– Et toi ? demande-t-il.

Je hoche la tête lentement, à contrecœur.

Son expression demeure imperturbable.

– Si vous êtes prudents, attentifs, que vous communiquez, que vous vous faites confiance, que vous essayez ensemble de résoudre vos problèmes, ça peut fonctionner. Et fonctionner merveilleusement bien. Vous pouvez vous comprendre en profondeur, d'une manière impossible aux personnes qui ne souffrent pas comme vous.

J'inspire profondément et me gratte l'arrière de la tête.

– Donc si j'ai tout compris, c'est un vrai coup de poker ! je résume, essayant en vain de tourner ça à la plaisanterie.

Je fixe les motifs géométriques modernes sous ses pieds. Le silence du Dr Engel me pousse à relever les yeux. Il hausse les épaules, mais soutient mon regard.

– Je ne fais pas de paris. Mais si elle te plaît, si tu lui plais, et si vous faites tous les deux des efforts…

À la fin de la séance, j'ai de quoi réfléchir. Et je me rends compte que j'ai passé la plus grande partie de cette dernière heure à parler d'une éventuelle relation avec Jess alors que je la connais à peine.

JESS

C'est mercredi. Lucas et moi sommes tous les deux de repos aujourd'hui. Je l'ai aperçu dans un couloir du lycée et il m'a fait signe sans s'arrêter. Je ne lui en veux pas, vu la manière dont je l'ai planté hier soir. Il a suffisamment de trucs à gérer de son côté ; il n'a pas besoin de mes problèmes en plus.

Pete s'arrête devant mon casier à la fin de la journée. Il semble avoir retrouvé la forme.

– Ça va mieux ? je lui demande.

– Oui, répond-il en posant sa main sur son ventre. J'ai vomi une fois et c'était fini. Tu travailles ce soir ?

– Non.

– La chance, dit-il d'un air boudeur. C'est plus marrant quand tu es là. (Il s'appuie contre mon casier.) Tu sais ce que je pense ?

– Quoi ? je demande pour lui faire plaisir.

– Je pense que ça va être le retour des soirées feu de camp. Il commence à faire bon. Je vais voir si je peux rassembler tout le monde et organiser un truc.

Il tourne la tête pour suivre Gwen Welch du regard. Il me donne un coup de coude, sans la quitter des yeux.

– Tu sais si Gwen va au bal de promo avec quelqu'un ?

– Tu me demandes ça à moi ? Comment tu veux que je le sache ?

– Il faut que j'y aille, dit-il en s'élançant derrière elle pour la chatouiller. Je t'ai bien eue !

Gwen se retourne et pousse un gloussement, puis se laisse tomber dans ses bras en riant.

Pourquoi c'est aussi facile de voir que deux personnes se plaisent et aussi difficile quand on est concerné ? Hier soir, avec Lucas, c'était super, jusqu'à ce que ça devienne bizarre à cause de moi. Qu'est-ce qu'il se serait passé si j'étais allée chez Reggie ? Est-ce que j'ai tout gâché entre nous ? Y avait-il seulement une chance qu'il y ait un « nous » ?

La maison est très éclairée quand je rentre du lycée. Assise à la table de la salle à manger, ma mère ouvre le courrier. Je n'en suis pas encore à être accueillie par un plat qui mitonne dans le four ou sur la cuisinière, mais s'attaquer aux factures est un énorme progrès pour elle. Pour nous. Mais maintenant qu'elles sont ouvertes, les factures semblent s'être multipliées et envahissent toute la table de la salle à manger.

Elle relève les yeux de son carnet de chèques.

– Coucou.

– Coucou, dis-je en m'asseyant à côté d'elle.

Elle a commencé à trier les factures. Une longue addition s'étale sur un bloc-notes.

Je ne sais pas grand-chose de l'état de nos finances.

Je sais que quand nos deux parents travaillaient, ils veillaient tous les deux à ne pas trop dépenser et à mettre de l'argent de côté.

Je sais que ma mère a hérité de la maison. Mes parents ont toujours été soulagés de ne pas avoir d'emprunt à rembourser.

Je sais que mon père ne nous a pas envoyé un cent depuis qu'il nous a quittés.

Je sais que les chèques du chômage ont cessé d'arriver après que maman a raté plusieurs rendez-vous.

Et quand je regarde les chiffres qui s'additionnent à côté d'elle, je sais que nous devons beaucoup d'argent.

Des enveloppes jonchent le sol à côté de ses pieds, sous la table. Un relevé de comptes indique que nos économies se réduisent. Un coup d'œil par-dessus son épaule m'apprend qu'elle ne paie plus les factures depuis le milieu du mois de février. Elle a fait quelques chèques en plus de celui que j'ai rempli pour payer l'électricité. Elle ne m'interroge pas à ce sujet, et je n'en parle pas non plus.

– C'est mal barré ? je demande en désignant les piles de paperasse.

– Ce n'est pas la joie. Ce serait vraiment le bon moment pour que ton père nous envoie un peu de cet argent qu'il nous a promis.

La dernière fois que j'ai vu mon père, c'était avant la mort d'Ethan. Il avait trouvé un boulot de routier : il remontait des pastèques de Géorgie. Comme il traversait le Queens, il s'est arrêté pour nous dire bonjour ; il est parti au bout d'un quart d'heure. En cadeau d'adieu, ou en prix de consolation, il nous a donné une pastèque chacun. On n'a même pas réussi à le joindre pour lui annoncer la mort d'Ethan ; il l'a apprise deux mois plus tard, quand il nous a appelés pour prendre des nouvelles en se servant du téléphone de quelqu'un d'autre. Comment peut-elle croire qu'il nous aidera ?

Elle ouvre une autre enveloppe et pousse un soupir avant de poser ses deux mains sur son visage. Pas besoin d'avoir dix à chaque œil pour voir le gros tampon « IMPAYÉ » sur la facture.

– Je ne peux pas gérer ça, marmonne-t-elle entre ses doigts.

Je réagis rapidement, pour arranger les choses, parce que je ne peux même pas imaginer comment ce serait si ça devenait encore plus difficile.

– Je peux faire des heures supplémentaires chez Enzo.

De la tristesse apparaît sur son visage, et ses lèvres s'étirent vers le bas. Elle hoche la tête à contrecœur.

– Je suis désolée, Jess. On va se remettre sur pied, je te le promets.

C'est la platitude que j'attendais, et elle est exactement comme je l'imaginais. Je déglutis et jette un coup d'œil à la première pile de factures pour qu'elle ne voie pas la terreur qui tambourine derrière mes yeux. Ces factures sont désormais *mes* factures.

Je commence à les classer. Il y a quelques rappels de la clinique sans rendez-vous où je suis allée en novembre quand j'ai eu un streptocoque. Un dernier avertissement pour facture impayée de la psychiatre qui a dit que ma mère était réfractaire. Franchement, j'estime que c'est elle qui devrait nous donner de l'argent.

Maman remplit un chèque et le fourre dans une enveloppe.

– Je devrais payer le câble, non ? Sinon ils risquent de nous couper.

– Ce serait merdique, dis-je, essayant d'égayer l'atmosphère.

– Surveille ton langage, jeune fille, réplique-t-elle avec un accent traînant du Sud.

Après l'ouragan Sandy, on a été privés d'électricité pendant plusieurs semaines. Le lycée était fermé, tout comme le bureau de maman, mais mon père devait toujours aller au travail. Pour passer le temps, Ethan, maman et moi jouions beaucoup au Uno. Dans notre ennui extrême, le jeu a évolué et nous nous sommes mis à incarner d'étranges personnages de grandes dames du Sud – même Ethan. Nous annoncions chaque coup, chaque défausse d'une voix lente et paresseuse, caricaturale, imitant ce que nous imaginions être l'élocution des dames de la haute du Sud d'antan. C'est devenu la bande-son de notre maison dans les moments de jeu, dans les moments heureux.

Cet aperçu de sa personnalité d'avant suffit à me remonter le moral.

– Tu as oublié de dire « Ooh noooooon ! », dis-je avec mon plus bel accent.

Elle glousse, et je ne peux pas m'empêcher de faire pareil. Ça fait si longtemps qu'on n'a pas ri un peu ensemble.

Nous continuons d'ouvrir et de classer les factures. Chaque fois que l'une de nous en ajoute une, elle crie « Ooh nooon ! ».

Maman prend sa tasse et boit une gorgée. Je sens une odeur de thé et de shampooing. Elle a pris une douche. Elle sourit. Elle essaie.

L'espoir pétille dans mon ventre et me fait tourner la tête.

LUCAS

Lim est assis derrière le comptoir avec Enzo quand j'arrive au travail. Comme d'habitude, il porte son tablier blanc. Chaque fois qu'il a besoin de faire une pause, Lim quitte son épicerie, qui est juste à côté de la quincaillerie, et vient voir Enzo.

Ils relèvent tous les deux les yeux et me saluent, Lim d'un sourire, Enzo d'un grognement.

– Lucas, lance ce dernier en me faisant signe d'approcher de sa grosse main. Comment ça se passe avec la nouvelle ?

– Elle est très bien, dis-je. Elle travaille dur.

Il pousse un soupir contrarié. Je ne m'attendais pas à ça.

– Pourquoi ? Il y a un problème ?

Il agite la main en l'air avec dédain pour me faire partir.

– Non, non.

Je trouve Reggie dans son bureau, en train de se masser le front.

– Ça va ?

Elle me regarde, et ses épaules se voûtent.

– Ferme derrière toi.

Je m'appuie contre la porte fermée et croise les bras.

– Qu'est-ce qui se passe ?

Elle brandit un tas de papiers.

– Le comptable nous a foutus dedans.

– Hein ?

– On vient de recevoir une énorme facture des impôts parce qu'il s'est complètement gouré !

– Oh merde, dis-je en me grattant la tête. Mais… on a plein de boulot. Ça va aller, non ?

– Ça ne suffit pas. On n'aurait jamais dû s'agrandir. On aurait peut-être pu s'en sortir comme ça. Maintenant, on a beaucoup trop de frais.

Elle sort le chewing-gum de sa bouche et l'enveloppe dans une serviette en papier usagée. Puis elle croise les bras sur son bureau et pose sa tête dessus.

Je tire une chaise.

– Pourquoi Enzo me pose des questions sur Jess ?

Elle soutient sa tête avec ses mains, comme pour l'empêcher de tomber et de rouler par terre.

– Il pense à se séparer de quelqu'un. Dernière arrivée, première partie.

– Mais il vient juste de l'embaucher !

– Je sais bien ! crie-t-elle.

– Ce n'est quand même pas ce qu'elle gagne qui le met dans le rouge.

Elle inspire profondément.

– Il veut faire des économies partout. Ça fait des heures que je suis au téléphone pour essayer d'annuler des commandes qui n'ont pas encore été expédiées. (Elle repose la tête sur ses bras croisés.) Je ne l'aurais jamais embauchée si j'avais su que ça arriverait.

– Elle bosse super bien, Reg. On a besoin d'elle.

Elle me tend la main par-dessus le bureau.

– Bonjour, ravie de faire ta connaissance. Je m'appelle Reggie. Manifestement, nous ne nous sommes jamais rencontrés, car le Lucas Rossi que je connais ne voulait même pas que cette fille travaille ici !

– Oui, mais… ça a changé.

Elle ouvre le tiroir pour prendre deux ibuprofènes. Mais finalement elle en ajoute un troisième.

– Écoute, il n'y a rien de sûr. On va voir si je peux refourguer un peu de ce stock.

Elle avale les trois comprimés avec une gorgée de café, sans doute froid depuis des heures.

Puis elle pointe le doigt sur la porte pour que je m'en aille.

– On attend une nouvelle livraison de grilles aujourd'hui. Va faire de la place.

Jess arrive un peu plus tard. Elle est de bonne humeur. D'une étrange bonne humeur. Au point qu'aucun d'entre nous ne sait quoi faire de cette boule d'énergie et de joie.

– Tu prends de la drogue ou quoi ? lui demande Joe en plissant les yeux alors qu'elle sautille dans l'entrepôt avec le diable.

– Jamais.

Elle pousse le chariot à travers les portes battantes, sa queue-de-cheval dansant gaiement derrière elle. Elle fredonne même une chanson à voix basse.

Une livraison est retardée parce que le camion est tombé en panne sur l'autoroute. Quand il finit par arriver, nous devons tous rester après la fermeture pour le décharger. Il est 20 heures passées quand on a fini et qu'on se retrouve aux casiers pour récupérer nos affaires.

– Jess, tu veux que je te ramène ? demande Pete en secouant ses clés en l'air.

Elle sourit.

– Non merci. Je ne pars pas tout de suite.

Elle se dirige vers le bureau de Reggie et passe la tête à l'intérieur. Je regarde avec crainte la porte se refermer derrière elle.

Pete se tourne vers moi.

– Prêt ?

– Vas-y, dis-je, les yeux rivés sur la porte avant de chercher quelque chose qui pourrait me servir d'excuse et de prendre un balai. Je vais rester un peu pour faire du ménage.

Le regard de Pete passe du bureau de Reggie à moi. Puis il sourit d'un air narquois.

– Je le savais.

Il s'en va sans me poser de questions, ce dont je lui suis reconnaissant.

Je fais semblant de balayer tout en me rapprochant de la porte. Finalement, elle s'ouvre. Je recule dans l'ombre.

– Bonne nuit, lance Jess en faisant un signe à Reggie avant de refermer derrière elle, toujours de bonne humeur.

Du moins, jusqu'à ce qu'elle fasse quelques pas. Elle s'arrête à mi-chemin entre le bureau de Reggie et la rangée de casiers, puis elle se plie en deux, les mains sur les genoux. On dirait qu'elle va vomir. Elle prend plusieurs grandes inspirations et se redresse, secoue deux fois la tête. Je n'ai pas envie de l'espionner, alors je me racle la gorge. Elle se retourne et me voit debout, là, le balai à la main.

– Salut, je lâche, ne trouvant rien à dire de mieux, de plus malin, de plus réconfortant.

Elle m'adresse un signe de tête, puis se détourne pour s'en aller. Je pose le balai contre le mur.

– Jess, attends. Je viens avec toi.

Elle s'arrête, mais ne se retourne pas.

Tout en prenant mon sweat à capuche sur sa patère, je demande :

– Ça va ?

– Ouais.

Sa voix se brise.

– Viens, dis-je.

Je pose une main légère sur son épaule et la guide dehors. Je cherche un endroit où on pourrait s'asseoir. Je veux tellement l'aider. Un parcmètre, une bouche d'incendie, une benne à ordures, une boîte aux lettres… un parterre surélevé et vide devant la banque.

– On va s'asseoir là-bas, dis-je en le pointant du doigt, et elle me suit.

Elle s'effondre plutôt qu'elle ne s'assied sur le rebord, se pliant comme un bretzel, les bras croisés sur les genoux, le visage enfoui dans ses bras. Elle ne dit rien et je ne sais pas quoi raconter à quelqu'un qui se cache.

Elle finit par briser le silence.

– Comment j'ai pu être assez stupide pour croire que les choses pourraient s'arranger !

Dans cette position, sa voix est étouffée. Elle ne veut sans doute pas que moi ou qui que ce soit la voie pleurer.

– Qu'est-ce qui s'est passé ? je demande, même si j'imagine que je le sais déjà.

Elle se redresse et s'essuie le visage avec les manches de son pull.

– Je suis allée demander à Reggie de me donner des heures supplémentaires.

– Merde.

Elle finit par tourner la tête vers moi et ses yeux se plissent tandis qu'elle prend son air méfiant. Comme je ne mens pas très bien, je décide d'avouer le minimum.

– Elle m'a dit qu'Enzo allait peut-être se séparer de quelqu'un.

– Ouais, de moi, ajoute-t-elle en pointant un doigt sur sa poitrine. Elle ne voulait pas m'en parler avant d'en être certaine, mais vu que je cherchais des heures supplémentaires, elle a préféré me prévenir que ça risquait d'arriver. Au cas où je voudrais commencer à chercher autre chose. *Pff*... je déteste ça.

Elle renifle.

Je ne sais pas trop ce qu'elle déteste : le fait de pleurer ou la sensation qui va avec. Moi, c'est la sensation. Les gens disent que ça soulage la tension en soi, mais ça ne marche pas avec moi. Ça ne fait que la rediriger dans mes sinus.

– C'est pas encore fait. Reggie te l'a dit, non ?

Elle renifle et regarde devant elle.

– Je dois trouver un job avec plus d'heures, de toute façon. Et maintenant.

– Pourquoi tu es si pressée ? Tu es en première, tu devrais te concentrer sur le lycée et te renseigner sur les facs. Et puis tu sais, faire la fête ! dis-je en en rajoutant pour la faire rire, mais de toute évidence, j'échoue lamentablement.

– C'est ça, faire la fête, répète-t-elle avec irritation.

– Sarcasme bien noté, dis-je, essayant toujours de rester léger.

Le métro gronde au loin. De l'autre côté de la rue, un type sort de l'épicerie et tapote un paquet de cigarettes sur le dos de sa main. Il en prend une et l'allume devant le pub juste à côté.

Elle secoue la tête.

– Désolée. C'est juste que parfois… parfois j'ai l'impression de ne plus savoir comment on s'amuse.

– Même pas un tout petit peu ? je demande en rapprochant mon index de mon pouce.

Elle rit faiblement, mais ça ressemble plutôt à de la tristesse.

– Quant à la fac, je suis bien incapable d'y penser. (Elle se mord la lèvre et détourne le regard.) Peut-être que je vais prendre une « année sabbatique », ajoute-t-elle en dessinant des guillemets dans l'air.

– Comme mon frère.

Elle pose les mains sur le rebord du parterre et se redresse un peu.

– Ah bon ? Pourquoi il a fait ça ?

Je ramène mon pouce en arrière pour désigner la quincaillerie.

– Reggie.

– Oooh, dit-elle, les yeux écarquillés.

– Son amour de lycée. Elle était dans la classe d'en dessous. Il a refusé une bourse pas mal. Mes parents n'étaient pas contents du tout.

– J'imagine, dit-elle en se mordant la lèvre.

– Jason lui a demandé de l'épouser. Ils avaient prévu d'aller à la fac ensemble l'année suivante, quand elle aurait fini le lycée. Mais ça ne s'est pas passé comme ça.

Jess regarde ses baskets.

– Je crois que rien ne s'est passé comme prévu. Et toi ? Où tu vas aller l'année prochaine ?

– Queensborough. On a décidé que ce serait mieux que je reste pas loin de la maison pendant un an ou deux.

– Comment ça, « on a décidé » ? Qui ça ?

– Mes parents, moi… juste, tu sais… pour être sûr que j'y arriverai. C'est pas évident depuis la mort de Jason.

Elle serre les lèvres d'un air sombre, mais elle hoche la tête, comme si elle comprenait. J'aurais dû me douter que ce serait le cas.

– Tu as le temps, tu sais, je reprends. Pour la fac. C'est comme une fenêtre. Elle ne va pas se refermer sous prétexte que tu n'es pas prête pour l'instant. Un an, deux ans. Elle sera toujours ouverte.

Elle tire sur une peau près de l'ongle de son pouce.

– J'ai tendance à me laisser déborder par le quotidien. Comme si le temps était arrêté, tu sais ? *Un an ou deux*, on dirait une condamnation à perpétuité.

– Parfois, une seule journée me fait cet effet-là, dis-je.

– Exactement, approuve-t-elle avant de pousser un soupir triste. Merde, j'ai tellement envie de foutre le camp.

Je me rapproche un peu d'elle.

– Dans ce cas, il te faut un projet. Même si tu prévois de partir dans deux ans, c'est mieux que rien. Ça aide à débloquer le temps.

On garde le silence pendant quelques minutes. Le bus arrive et s'arrête devant nous, sifflant quand il s'abaisse pour laisser descendre les passagers. La chauffeuse nous regarde, attendant de voir si nous voulons monter à bord. Comme nous ne bougeons pas, elle hausse les épaules, ferme les portes et s'éloigne, nous laissant dans l'obscurité. Les lampadaires peu puissants projettent des ombres sous les yeux de Jess, sur ses pommettes, faisant encore ressortir sa tristesse.

Sous l'échafaudage, de l'autre côté de la rue, l'enseigne au néon rouge, vert et blanc de Gino's clignote comme une tapette électrique anti-insectes. Évidemment, ça me donne faim.

– Quelle est la garniture de pizza la plus dégoûtante que tu aies jamais mangée ?

– Ananas, répond-elle en frémissant.

– Ah bon ? Tu trouves ça encore plus dégoûtant que les anchois ?

– J'aime bien les anchois, réplique-t-elle, un sourire remontant à la surface.

Je secoue la tête.

– Ça, c'est encore plus bizarre que le riz au ketchup.

Elle rit un peu, même si ça n'a rien à voir avec son rire de l'autre soir. Mais c'est déjà mieux que de la voir pleurer.

– Quand j'étais petite, mon père et moi on mangeait de la focaccia avec des anchois et… je te jure… c'était trop bon.

Elle ferme les yeux et se tient le ventre rien qu'à ce souvenir.

– Tu as faim ?

– Carrément.

– On fonce.

Elle se lève et plonge la main dans sa poche, dont elle sort une boule de billets froissés. Elle les aplatit et les compte – trois dollars – avant de répondre.

– D'accord.

Elle ouvre la marche, et je la suis.

JESS

J'ai failli dire non.

Je l'aurais fait si je n'avais pas trouvé ces billets qui ont sans doute survécu à la machine à laver. Ils sortent de nulle part, un vrai tour de magie. C'est juste ce dont j'avais besoin pour me redonner un peu d'espoir et d'optimisme.

Je ne me suis pas encore fait virer. On peut même dire que Reggie m'a rendu service en me prévenant. Avec un peu de chance, je pourrai rester chez Enzo jusqu'à ce que je trouve un boulot avec plus d'heures, ou un deuxième job.

Je me tourne vers Lucas avec un grand sourire.

– J'adore retrouver de l'argent dans mes poches, pas toi ?

Son visage s'illumine plus vivement que toutes les enseignes de la rue combinées. Son sourire réveille les papillons que j'ai dans le ventre. Je pose une main sur mon nombril pour les calmer, mais c'est trop tard.

Je n'en suis plus à mater les jolies fesses de Lucas. Je commence à ressentir des choses quand je suis avec lui. À ressentir des choses *pour* lui.

– Qu'est-ce que je peux faire pour vous ? demande le serveur de Gino's.

– Pour moi, une classique, dis-je.

Il pointe un gros doigt sur Lucas.

– Et pour toi, mon gars ?

Lucas se penche pour examiner la vaste sélection derrière la vitrine.

– Euh… donnez-moi deux parts de celle-là… oui, celle au poulet barbecue… et une classique avec supplément mozza.

J'écarquille les yeux.

– Poulet barbecue ?

– Ne critique pas avant d'avoir goûté.

– J'essaierai quand tu auras essayé les anchois.

Lucas scrute la salle à la recherche d'une table libre.

– Il y a du monde, constate-t-il.

Je regarde aussi pour voir si quelqu'un a bientôt fini. C'est là que j'aperçois la mère de Marissa et son petit frère, Liam.

– Jess ! m'appelle Mme Connell.

Elle se lève, les bras ouverts, un grand sourire aux lèvres. Je m'approche de leur table.

– Comment vas-tu ? demande-t-elle en me serrant avec force, comme pour compenser tout le temps qui s'est écoulé depuis notre dernière rencontre.

– Bien, dis-je en jetant un coup d'œil vers Liam.

Il m'ignore, les yeux rivés sur sa DS, sa mâchoire inférieure ressortant comme quand il est super énervé.

– Salut, bonhomme.

Je lui ébouriffe les cheveux, et il s'écarte. Je regarde Mme Connell, qui fait la grimace.

– Tu lui manques, souffle-t-elle.

Mon cœur se brise. Voir Mme Connell et Liam me rappelle tout ce que j'ai perdu cette année. Marissa dormait chez moi la nuit où Mme Connell a accouché de Liam. C'était il y a onze ans.

– Comment va Marissa ? je demande.

Elle hoche la tête avec enthousiasme.

– Elle va bien. Son lycée est fantastique. Elle s'est fait des amis. Elle travaille avec des chiens abandonnés, dans le cadre de sa thérapie. C'est formidable, non ?

Elle lève les paumes vers le ciel, comme pour dire « Non mais quelle folie, cet univers toujours plein de surprises ! »

Mais les mots qui me serrent le cœur sont « Elle s'est fait des amis ». Moi, je n'ai trouvé personne pour la remplacer.

– Je n'ai… je n'ai pas de nouvelles, dis-je, sans pouvoir cacher ma tristesse.

– Ma pauvre Jess, intervient-elle aussitôt, comme si elle venait de comprendre. Aucun élève n'a accès aux mails ni au téléphone.

– Toujours pas ? je demande d'une voix plaintive.

Je ne peux pas m'en empêcher. Je pensais que son lycée fonctionnait sur la base du volontariat. Pourquoi ils la traitent comme une prisonnière ?

– Plus tard, quand elle aura avancé dans le programme.

Je sens une présence derrière moi. Je me retourne. Lucas attend avec notre commande.

Mme Connell s'emploie aussitôt à pousser les assiettes et les verres sur la table pour nous faire de la place. Elle désigne la banquette vide à côté de Liam.

– Asseyez-vous ! Il y a de la place.

M'asseoir et manger de la pizza avec eux, comme je l'ai fait un million de fois ? Je ne peux pas. Parce que toutes ces fois, Marissa était là.

– Oh, merci, mais… on allait prendre à emporter.

Lucas baisse les yeux sur les trois assiettes en carton dans ses mains.

– Ah oui, c'est vrai, dit-il en s'éloignant pour me laisser régler cette situation gênante. Je vais leur demander une boîte.

– Tu es sûre ? insiste Mme Connell.

Une boule de chagrin se loge dans ma gorge. J'aime vraiment beaucoup Mme Connell. Elle me manque, Liam aussi. Mais je ne peux pas.

– Elle n'a pas envie de s'asseoir avec nous, intervient Liam d'un ton cassant, sans même relever les yeux de son jeu.

– Non, ce n'est pas ça, dis-je, essayant de nier, même si ça ne sert à rien. Bon… je ferais mieux d'y aller. Ça m'a fait plaisir de vous voir. Toi aussi, Liam.

Je rejoins le comptoir et tapote l'épaule de Lucas. Le serveur met nos parts de pizza dans une boîte et nous sortons. L'air est frais, vivifiant contre mes joues brûlantes.

– Ça va ? me demande Lucas une fois que nous sommes au coin de la rue.

– Oui, je réponds avant de secouer la tête. En fait, non. C'était horrible.

– Je peux te demander pourquoi tu ne voulais pas manger avec eux ?

– Honnêtement ? Je ne sais même pas. Quand elle s'est mise à me raconter que Marissa allait bien, ça m'a agacée. D'habitude, je suis toujours contente pour elle. Mais là, j'étais juste jalouse. Qu'elle ait pu échapper à tout ça. Et puis je suis en colère contre elle, contre tout le monde, parce qu'ils m'ont laissée toute seule.

Je désigne Mott Avenue d'un geste de la main. Puis je pousse un soupir en détournant les yeux.

– Je ne suis pas très fière de moi, c'est sûr.

– Tu veux qu'on trouve un endroit pour manger? demande-t-il.

Je le regarde, incrédule.

– Je viens juste de t'avouer que je suis une personne affreuse et tu ne t'enfuis pas en courant? Je ne t'en voudrais pas, tu sais.

Il me sourit avec douceur.

– Tu es honnête, c'est tout. Mon thérapeute considérerait ça comme une grande avancée. À mon avis, il faut fêter ça. Ça tombe bien, on a de la pizza, ajoute-t-il en soulevant la boîte.

Un coup de klaxon retentit. Un type sort la tête de la fenêtre de sa voiture pour beugler sur le conducteur garé en double file devant lui. Ses pneus crissent lorsqu'il passe devant nous.

– Je n'ai plus faim. Tu veux ma part?

Il hoche la tête et se mord l'intérieur de la lèvre.

– Tu rentres chez toi à pied tous les soirs? demande-t-il.

– Oui.

– Je peux te raccompagner?

– Tu n'es pas obligé. Et ta pizza va refroidir, dis-je, au cas où il me le proposerait simplement par gentillesse.

– Je sais, répond-il en haussant les épaules. Mais j'ai envie. Je pourrai toujours la réchauffer.

Et juste comme ça, cette soirée pourrie connaît un revirement total. Ce garçon gentil et mignon, dont je suis presque sûre qu'il est resté plus tard au travail pour s'assurer que j'allais bien, veut me raccompagner chez moi.

Je peux presque entendre ce que Marissa dirait si elle était là. Elle me pousserait dans le dos en soufflant: *Mais vas-y!*

Je m'avance d'un pas.

– D'accord.

Et nous partons côte à côte en direction de chez moi.

– Ton fruit préféré ?

– Tu parles beaucoup de nourriture ou je me trompe ?

– Tu m'as vu manger, ça ne devrait pas te surprendre. Réponds à ma question.

– La mangue.

– La mangue ? Jamais goûté. Tu le crois, ça ?

– Il va falloir remédier à ça.

– C'est sûr. Ta fête préférée ?

– Halloween.

– Tu t'es entraînée ou quoi ? Tu t'améliores.

– Peut-être parce que tu poses enfin des questions intéressantes.

– Aïe ! lance-t-il en reculant d'un pas. Alors là, plus de cadeaux, et tu l'auras bien cherché. Round décisif : chaque question vaut cinquante points.

– Qu'est-ce que je gagne ?

– Un voyage tous frais payés à la quincaillerie Enzo. Catégorie Philosophie. Première question : qu'est-ce qui est plus utile, le savoir ou la sagesse ?

– Waouh. C'est vraiment plus dur.

– Le temps est écoulé.

– Sûrement pas. On a plus de temps pour le round décisif. (Je réfléchis à ma réponse pendant que nous attendons au passage piéton.) Question piège : on a besoin des deux.

– C'est ta sagesse qui parle ?

– J'imagine, dis-je en riant. Je pense que la sagesse vient du cœur, et le savoir du cerveau. Ensuite ça s'équilibre.

Nous marchons au même rythme, et nos bras s'effleurent à l'occasion. Avec Lucas, le temps semble se débloquer. Comme si j'allais enfin de l'avant. J'aime la direction que je prends.

LUCAS

On s'arrête devant chez Jess. Elle ne semble pas décidée à rentrer.

– Bon, on arrête le round décisif, j'ai mal à la tête. Film préféré ? je demande.

Son visage s'illumine comme s'il s'agissait aussi de sa question préférée.

– *Frankenstein Junior*.

– Non mais je rêve ! J'adore ! C'est énorme.

– *Rouler, rouler, rouler dans le foin !* chante-t-elle avec un accent allemand pour imiter Teri Garr.

Tout en faisant ça, elle pousse et tire le portail du jardin d'avant en arrière, mais il revient avec plus de force qu'elle ne s'y attendait. Elle trébuche et je la rattrape par le coude.

Elle se redresse en riant.

– Hyper embarrassant ! C'est fini pour moi, les galipettes dans le foin ! (Elle se plaque la main sur la bouche.) Mince, non, pas dans ce sens-là !

Elle baisse sa main et ramène sa tête en arrière, hilare. Sous le lampadaire, ses yeux et ses dents scintillent.

Ma main qui tenait son coude s'attarde avant de monter le long de son bras.

Putain, j'ai envie de l'embrasser. Ça me heurte de plein fouet. Et Jess semble éprouver la même chose que moi, parce qu'elle approche sa tête de la mienne.

Et soudain, la lumière s'allume et Mme Alvarez apparaît à sa fenêtre. Jess recule d'un pas pour s'éloigner de moi.

– Zut, marmonne-t-elle. Bon… je crois que je ferais mieux de rentrer.

Elle me sourit.

– D'accord, dis-je, et j'attends jusqu'à ce que sa porte se referme derrière elle.

C'est seulement quand elle est à l'intérieur qu'un sentiment de malaise chasse ma bonne humeur. J'ai les genoux qui tremblent, les oreilles qui bourdonnent.

Saleté d'adrénaline.

Je fouille dans ma poche pour prendre le flacon « en cas d'urgence, brisez la glace » que je suis allé chercher hier après ma séance avec le Dr Engel. Je le secoue. Le simple fait de le tenir dans ma main m'aide à endiguer le flot.

Peut-être que l'Univers a envoyé Mme Alvarez pour une bonne raison. Peut-être que je ne suis pas encore prêt, finalement.

JESS

La prochaine fois que tu parleras à ta mère, dis-lui que je suis désolée. Elle comprendra.

Pour ce qui est des nouvelles plus croustillantes, Lucas m'a raccompagnée chez moi ce soir. Je n'arrête pas d'entendre la chanson de La Petite Sirène dans ma tête. Tu sais, Embrasse-la ! Sha la la la la la la !

Pete s'arrête devant mon casier alors que je relis les textos que j'ai envoyés à Marissa en rentrant chez moi hier soir. Je me sens toujours aussi coupable de ne pas être restée avec Mme Connell et Liam, mais aussi tout excitée par le quasi-baiser avec Lucas.

– À qui tu écris ? demande-t-il en fixant mon téléphone.

– Tu ne trouves pas que tu es un peu curieux, là ?

J'essaie de le faire plier du regard, mais il se contente de sourire, imperturbable. Je range mon téléphone dans ma poche et me mets à fouiller dans mon casier à la recherche de mon livre d'histoire.

– Tu viens ce soir, hein ?

– Où ça ?

– À la soirée feu de camp, répond-il comme si on en avait parlé un million de fois.

Une alarme retentit dans ma tête. Quelque chose me dit que je dois procéder avec une extrême prudence, car la réponse à ma prochaine question risque de ne pas me plaire.

– Il y aura qui ?

– Tout le monde.

Il se met à compter les noms sur ses doigts, des gens du lycée, surtout des terminales, d'autres qui ont passé leur diplôme l'année dernière, y compris Reggie. Même Joe, qui l'a eu il y a plusieurs années. Et Lucas.

– Je t'avais dit que j'allais envoyer des invites, tu ne t'en souviens pas ?

– Si, mais comme je n'en ai plus entendu parler…

– D'accord, peu importe. Là je t'en parle. Donc tu viens.

– Peut-être.

Il ramène sa tête en arrière, comme une tortue.

– Comment ça, peut-être ? Tu viens et puis c'est tout.

J'ai envie d'y aller. Je devrais y aller. Ce sont mes amis, désormais, non ? Alors pourquoi est-ce que je reste bloquée sur le fait que Lucas ne m'en a pas parlé ?

Il a eu plein d'occasions de le faire… au lycée, au boulot, devant la banque, en rentrant de Gino's. Et puis il y a eu ce moment, quand sa main est remontée le long de mon bras…

– Alors ? demande Pete.

– J'ai dit peut-être, je réponds sèchement, ce que je regrette aussitôt. Désolée.

Ses lèvres forment une ligne toute plate. Il se penche vers moi en regardant autour de nous pour s'assurer que personne n'écoute.

– C'est à cause de Lucas ?

– Non, je mens pour essayer de sauver au moins un peu la face.

– Tu es sûre ? Parce que je pensais qu'il t'en aurait parlé, hier soir.

– Non, je réponds en secouant la tête. Mais c'est pas grave. Envoie-moi juste un texto pour me dire où vous serez et j'essaierai de passer, d'accord ?

– D'accord. C'est quoi ton numéro ?

Il sort son téléphone et y entre mon numéro, puis il m'envoie un message.

Plage de la 32e Rue.

– Voilà. Tu me préviens si tu as besoin que je passe te chercher.

Je ne vois pas Lucas de la journée. Et je ne travaille pas aujourd'hui. J'imagine que je ne suis pas près de savoir pourquoi il ne m'a pas invitée.

LUCAS

Pete nous conduit chez Enzo après les cours. On ne va pas finir tard aujourd'hui, on n'attend aucune livraison. Il n'y a que Pete et moi ; Joe et Jess ne bossent pas ce soir.

– J'ai invité Gwen au bal de promo, dit-il en souriant.

– Ah ouais ? Alors vous deux, vous êtes… ?

Je croise deux doigts, rien que pour le plaisir de voir rougir ses oreilles.

– Juste en amis, réplique-t-il, bien que je n'y croie pas une seconde. Au fait, qu'est-ce qui se passe entre toi et Jess ?

– Comment ça ? je demande en saisissant la poignée au-dessus de moi.

Il pianote sur le volant.

– Je lui ai proposé de venir ce soir.

– Ah d'accord, dis-je en regardant par la vitre. Et alors ?

– Merde, mon pote ! C'est toi qui aurais dû l'inviter !

– J'ai oublié, je mens.

On s'arrête brusquement au feu rouge. Quelque chose craque dans mon cou.

– J'ai vraiment eu l'impression de lui faire de la peine, reprend-il. Et je considère que c'est ta faute. Quand j'ai vu que tu l'attendais hier soir, j'ai cru que tu allais enfin te décider.

– Elle était bouleversée parce que Reggie lui a dit qu'elle devrait peut-être se séparer d'elle. Ensuite on a parlé d'autres trucs. Le sujet soirée feu de camp ne s'est pas présenté. Alors… elle vient ou pas ?

Peut-être que Pete a sauvé la situation, comme toujours, et que tout ira bien.

– Ça m'étonnerait, elle a dit peut-être. Je lui ai indiqué par texto où on serait et je lui ai même dit que je pouvais passer la chercher.

Le feu passe au vert et il accélère. Je serre plus fort la poignée, me préparant à une pointe de vitesse.

– Et au passage, si ton but, hier, c'était de l'attendre pour lui remonter le moral, l'inviter n'aurait pas été du luxe, ajoute-t-il.

– Je sais. Tu as raison.

Je ferme les yeux. Mentir sur ce qu'il se passe vraiment me fait passer pour un gros abruti.

– Écoute, elle me plaît, d'accord ? Mais je ne sais pas si je peux me lancer là-dedans. Mon anxiété est montée d'un cran, ces derniers temps.

Quand je pense à mon état il y a un an, je sais que je reviens de loin. Pourtant, je ne suis pas encore complètement rétabli. La routine du lycée, de la boxe et du boulot assure ma stabilité. C'est l'inconnu que j'évite. Et Jess représente un grand inconnu, tout ce que je ressens en sa présence est amplifié. En général, c'est super. Mais la sensation de vertige d'hier soir me rappelle que le moindre chamboulement émotionnel peut me mettre K-O.

– Je comprends. Mais peut-être que tu pourrais lui expliquer tout ça. Vous pourriez aller aussi doucement que vous en avez envie, ou besoin.

Derrière la vitre, notre quartier défile dans une traînée floue de stores de magasins et de ciment.

– Je vais te dire ce que je pense et tu en feras ce que tu veux, poursuit Pete. J'ai bien vu qu'elle te plaît. Tout ton visage se transforme quand elle est là. (Il prend un air de crétin aux yeux écarquillés.) Hier soir, j'étais sûr que tu l'inviterais. Je t'ai surévalué, en fait.

– Erreur de débutant, je marmonne.

– Carrément. Mais le truc, c'est que je pense que tu lui plais aussi. Joe dit qu'il l'a vue te mater. Alors, comme l'a dit le grand philosophe Platon, bouge-toi le cul ou passe à autre chose.

– Platon, tu es sûr ?

– Ouais. Soit lui, soit Socrate.

– Celui qui a bu la ciguë ou l'autre ? je demande.

Pete réfléchit un instant.

– Je ne sais plus trop. Mais en tout cas, celui qui a dit ça est notre homme.

Après le travail, je suis allé à la salle de boxe. Même après deux heures à me défouler sur les sacs et à combattre Honor sur le ring, je suis toujours aussi nerveux que dans la voiture de Pete. Honor a réussi de bons coups ; j'ai mal aux côtes. Leo n'était pas content.

Il m'a fait signe d'approcher.

« Laisse-moi te demander quelque chose, a-t-il commencé. Tu fais tes huit kilomètres ou pas ? Parce que tu te fatigues trop vite. »

J'ai hoché la tête, haletant. Il a avancé son nez dans mon espace vital.

« Tous les jours ? »

Mon silence a été sa réponse. Il a levé la main en faisant semblant de se retenir de me frapper sur la tête.

« Qu'est-ce que je t'ai dit ? Huit kilomètres… tous les jours ! Et contrôle le centre du ring. C'est toi qui dois imposer le rythme. »

« D'accord, Leo. »

Je me suis éloigné. Mais il n'en avait pas fini avec moi.

« Autre chose ! a-t-il beuglé, et je me suis retourné. Je me fous complètement de ce qui te préoccupe en ce moment. Les filles, le lycée, tes parents… laisse ça en dehors du ring. Compris ? »

Bon sang, il lit dans mes pensées ou quoi ?

Une fois douché et de retour dans ma chambre, j'ouvre mon ordinateur portable pour mettre à jour mon tableau des bonnes actions.

14 avril J'ai mis une araignée dehors pour maman.

Je suis sûr que l'araignée m'est reconnaissante de ne pas l'avoir écrasée, mais c'est un peu triste que ce soit la meilleure action que j'aie accomplie aujourd'hui. J'enregistre le fichier Excel et fixe mon devoir : « *Les Fleurs de soleil* : la puissance du pardon ».

Le pardon.

Simon Wiesenthal demande : « Vous, qui venez de lire cet épisode triste et tragique de ma vie, pouvez mentalement échanger votre place avec la mienne et vous poser cette question cruciale, "Qu'aurais-je fait ?" »

Facile ! Vu les circonstances, exactement la même chose que lui. Comment pardonner à un monstre ? C'est impossible.

Mais aujourd'hui, sa question résonne différemment en moi. Aujourd'hui, j'ai fait de la peine à quelqu'un. À quelqu'un que j'aime. Parce que j'ai peur.

Le remords me ronge le ventre. Il faut que j'essaie de réparer ça. J'envoie un texto à Pete.

C'est quoi le numéro de Jess ?

Il me l'envoie, et j'envoie un message à Jess.

Hé, t'es là ? C'est Lucas.

Pas de réponse.

Pete m'a dit que tu viendrais
peut-être ce soir. On va
à la plage vers 20 h.
Viens ! Ce sera sympa !

Toujours pas de réponse. Jess ne se sépare jamais de son téléphone. Jamais. Impossible qu'elle ne reçoive pas mes messages.

Face à ce silence, je me rends compte que ce n'est pas d'être avec Jess qui devrait m'inquiéter. Tout foutre en l'air et ne pas être avec elle – même si on se connaît depuis très peu de temps – est un scénario bien plus effrayant.

J'envoie un autre texto à Pete.

Pas la peine de passer
me chercher. On se
retrouve là-bas.

Je descends l'escalier en courant, je prends mes clés de voiture dans le tiroir et je me dirige vers la porte d'entrée.

– Maman, je sors. Je prends ma voiture.

J'entends des pas précipités dans l'escalier du sous-sol.

– Et tes clés ? demande-t-elle, à bout de souffle.

– Je les ai retrouvées, je réponds en les brandissant.

Elle les fixe avec une expression coupable.

– Je ne rentrerai pas tard, dis-je en refermant la porte derrière moi.

Mon père se chargera de réparer les dégâts. Je n'ai plus envie de jouer à ce petit jeu.

JESS

Tu veux que je te raconte quelque chose de bien pathétique? Tous mes amis sont assis autour d'un feu de camp pendant que je suis dans ma chambre en train de t'envoyer des textos. Triste, hein?

Lucas m'invite, finalement. Il a dû avoir pitié. Pete a dû lui raconter ce qui s'est passé.

Je croyais qu'il pourrait se passer quelque chose avec lui. Soit il s'est dégonflé, soit je suis super nulle en opportunités romantiques.

Je devrais y aller. Je ne devrais pas m'empêcher de voir mes amis à cause de lui. Si ?

Pourquoi tu n'es pas là pour me dire quoi faire ?!

Maman est couchée. Au moins, elle n'a pas dormi toute la journée. Elle va mieux depuis qu'on s'est occupées des factures ensemble.

Pour me distraire, je regarde les vidéos de mon ordinateur à la recherche d'autres images pour le petit film que je suis en train de monter. J'en trouve une de Marissa qui date d'Halloween. Marissa en overdose de sucre est encore plus hystérique qu'en temps normal, genre chien fou qui court après sa queue jusqu'à s'écrouler d'épuisement. Assise sur son lit, entourée d'emballages de bonbons, elle sautille, tout excitée, ses cheveux blonds s'envolant autour d'elle. Tout en léchant une sucette, elle me raconte le moindre détail du dernier épisode de *Scandalous Liaisons.*

« Et alors, Hunter rentre chez lui et surprend Rachel en train de le tromper avec son meilleur ami, Sawyer, sur le canapé. Juste au moment où il lui dit de faire ses valises et de ficher le camp, il y a une énorme explosion dans la résidence. La rousse, qu'on pensait partie en Australie, a tout fait sauter ! Là on se retrouve à l'hôpital où Rebecca est en train d'accoucher. Bobby est avec elle. Il lui tient la main, prêt à couper le cordon. Le bébé sort… ils ne montrent que le visage de Bobby… et, oh la la, c'est la meilleure scène de tous les temps ! Il fait une tête qui

dit : "Ce n'est pas MON bébé !" Ça mériterait un Oscar… Non, attends, c'est quoi la récompense pour la télé ?… Enfin bref… En sortant de la salle d'accouchement, il tombe sur Vivienne, son ex, qui travaille comme infirmière dans cet hôpital. Ils font les ex un peu gênés de se revoir, sauf qu'on voit bien qu'ils ont super envie de se sauter dessus. Mais alors tous les habitants de la résidence arrivent et le Dr Wheeler court avec Rachel sur une civière en hurlant : "CODE BLEU !" Sérieux, Jess, comment tu fais pour ne pas aimer cette série ? »

– Facile, elle est nulle, dis-je pour moi-même.

Mais j'avais beau la détester, ça n'empêchait pas Marissa de me faire le récit détaillé de chaque épisode, chaque semaine, m'envoyant une vidéo de son résumé en pleine nuit. La regarder me remonte toujours le moral, me donne l'impression qu'elle est là avec moi et pas à l'autre bout du pays, dans un endroit où je ne peux pas l'atteindre.

Mon téléphone vibre près de ma jambe, sur le lit. C'est encore Lucas.

Hé, tu es là ? Je suis garé devant chez toi.

Quoi ? POURQUOI ???

Je peux entrer pour te parler ?

D'accord. Fais le tour jusqu'à ma fenêtre.

Je sens battre mon cœur dans ma gorge pendant que je l'attends. Quelques secondes plus tard, il est là, en train de me faire signe comme si la situation était on ne peut plus normale. J'ouvre la fenêtre et il croise les bras sur le rebord. Avant que je puisse dire quoi que ce soit, il commence :

– Je t'ai envoyé un message. Tu ne l'as pas eu ?

– Si, mais je n'ai pas répondu.

– Je m'en doutais, admet-il avec une drôle d'expression, mi-sourire, mi-grimace – une expression très mignonne. Ça fait un quart d'heure que je suis garé devant chez toi. La lumière de devant est éteinte. Mais j'avais vraiment envie de te parler. (Il inspire brusquement.) Bon, dit comme ça, c'est un peu flippant. Tu veux que je m'en aille ?

Je me gratte le bras en expirant, comme si cette décision était plus difficile qu'elle ne l'est réellement.

– Non, c'est bon. Mais entre avant que Mme Alvarez te prenne pour un voyeur.

– D'accord, on se retrouve devant…

– Non ! Passe par la fenêtre. Ma mère dort, dis-je à voix basse pour qu'il pense à parler doucement. Elle se couche tôt.

– D'accord, mais retire la moustiquaire.

Je déverrouille la moustiquaire en métal et il l'enlève pour la poser contre le mur. Puis il se hisse par la fenêtre, les muscles de ses avant-bras se contractant sous l'effort, passant un pied, puis l'autre. Je me tiens à bonne distance.

Il trébuche et se laisse tomber sur mon lit une place, appuyé sur ses coudes, ses longues jambes pendant dans le vide. Je vois qu'il observe ma chambre avec une curiosité non dissimulée. Une tapisserie que Marissa m'a ramenée du Mexique est suspendue au-dessus de mon lit. Au-dessus de mon bureau, un panneau de liège est recouvert de dizaines de photos de Marissa, Ethan et moi au fil des ans. Il y en a aussi une de la famille entière, prise juste avant que tout ne tombe en miettes.

– Alors… pourquoi tu n'es pas à la plage ? demande-t-il, ses yeux se posant sur moi.

– J'hésite encore à y aller.

– Pourquoi ?

– *Pourquoi ?*

Je croise les bras. S'il veut vraiment jouer à ça, OK.

– Peut-être parce que j'essaie de comprendre pourquoi tu ne m'en as pas parlé hier soir.

Il se redresse.

– J'ai oublié, c'est tout.

– Tu as *oublié* ? Tu sais qui est venu me voir pour m'en parler ? Pete. Peut-être qu'en fait tu n'avais pas très envie que je vienne.

Il penche la tête, laissant pendre ses mains entre ses genoux. Puis il pousse un grand soupir.

– Tu as raison, c'est pour ça. Je suis désolé.

Mon cœur ralentit. Finalement, j'aurais peut-être préféré ne pas savoir.

Il relève les yeux.

– J'ai des problèmes. Des problèmes d'angoisse, pour être honnête. Depuis l'année dernière. Et récemment, ça a empiré.

– Récemment ?

Il hoche la tête. Depuis qu'il me connaît ? Je le fais angoisser ?

– J'ai un peu de mal avec le changement. Disons que mon corps ne le supporte pas. Pas encore, du moins. C'est aussi pour ça que je vais rester à la maison l'année prochaine. Mon psy dit que le bon stress n'en reste pas moins du stress. Et j'imagine que j'ai éprouvé beaucoup de bon stress avec toi.

– Comment ça, du bon stress ?

Je secoue la tête. Je ne le suis pas.

– Du bon stress, parce que tu me plais.

– Ah, d'accord.

Je m'assieds dans mon fauteuil de bureau.

Lucas se gratte la tête d'un air perplexe, comme si les mots qui viennent de sortir de sa bouche étaient tellement spontanés qu'ils le surprenaient autant que moi.

– J'essaie d'y voir plus clair, poursuit-il. Passer du temps avec toi, c'est beaucoup mieux que passer du temps sans toi, alors je ne comprends pas trop où est le problème. Enfin, oui et non. En plus de l'anxiété… j'ai un nouveau médicament contre ça, d'ailleurs… (Il rit, mal à l'aise.) J'ai juste l'impression… je ne sais pas… qu'il est trop tôt pour qu'il m'arrive quelque chose de bien. Tu vois ce que je veux dire ?

Il me regarde avec une expression perdue qui me serre le cœur et me donne envie de le prendre dans mes bras.

Je hoche la tête. Je comprends très bien. Le fait que la vie continue joyeusement sans eux, c'est la pire des trahisons.

Il fait craquer ses doigts.

– Je suis en train de me dire que j'aurais peut-être dû te demander si je te plais aussi avant de te balancer tout ça.

Son sourire est tellement gentil, tellement vulnérable. Il me rappelle un peu celui d'Ethan quand il regardait danser Marissa. Mon cœur se gonfle, il va exploser.

– *Le sentiment est réciproque*, dis-je en imitant encore une fois Teri Garr dans *Frankenstein Junior.*

J'étais sûre qu'il comprendrait. Son sourire déborde de partout.

– Bon, reprend-il en faisant craquer ses doigts un par un. Je sais que j'ai déconné. Mais on est vendredi soir et, d'après mon psy, je dois essayer de participer à de « saines activités adolescentes ». Ce qui veut sans doute dire que c'est pareil pour toi. (Cette fois, son sourire est plus hésitant.) Allez, ça va être bien.

Je regarde la fenêtre. Une invitation ouverte, un retour dans le monde.

– Reggie et Pete y sont déjà, ajoute-t-il, comme si cela allait me pousser à dire oui.

– Reggie et Pete ? Oh, alors d'accord. Dans ce cas. Pourquoi tu ne l'as pas dit plus tôt ?

Il se lève.

– C'est malin. Bon, c'est parti ?

Il saute par la fenêtre et me tend la main.

Faire le mur est si facile que c'en est presque déprimant : ça me rappelle que personne ne veille vraiment sur moi.

Mais à chaque seconde passée loin de la maison, un poids s'allège. Mon cœur se met même à vrombir d'excitation alors que je regarde la route dégagée devant nous et que l'air frais de l'océan qui entre par la vitre ouverte pénètre doucement dans mes poumons.

On se gare et on termine à pied. J'aperçois les flammes orangées depuis la promenade. Des éclats de voix nous parviennent entre deux vagues qui s'écrasent contre des rochers. Je distingue les rires de Reggie et Pete. Le sable étouffe le bruit de nos pas.

– On est là ! lance Lucas.

Tous deux poussent des cris de joie et nous applaudissent.

– C'est pas trop tôt ! s'exclame Reggie en levant sa bière.

On dirait qu'elle est tombée dans un trou. Seules sa tête et ses Converse blanches ressortent sur le sable. Lucas prend deux bières dans une glacière. Il m'en tend une et on s'assoit en tailleur autour du feu. Son genou effleure le mien. Je pourrais me décaler de quelques centimètres… mais je ne le fais pas.

Pete rampe jusqu'à nous.

– Bienvenue à toi, la nouvelle ! lance-t-il en levant sa bière. C'est super que tu sois venue. Désolé pour ce matin, mais ça c'est de sa faute, ajoute-t-il en désignant Lucas.

– Non, c'est la faute de Socrate, réplique celui-ci.

– On est toujours potes, j'espère ? me demande Pete.

Je hoche la tête et il trinque avec moi. Puis il demande à Lucas :

– Ça y est, tu as résolu ton problème de clés ?

– À peu près, répond celui-ci en haussant les épaules.

– Comment ça s'est passé ?

– Je te raconterai.

Pete hoche la tête, comme s'il avait compris. Lucas et lui partagent le code secret des meilleurs amis. Comme Marissa et moi, avant. Un haussement d'épaules, de sourcils peut remplacer toute une conversation.

Un terminale du nom de Dominic lance un bout de bois flotté dans le feu ; les flammes ondulent, bleu et lavande à cause du sel. Les autres applaudissent comme s'il venait de faire un tour de magie. De l'autre côté du feu de camp, Reggie me fait un signe.

– Hey, Jess, approche !

Je me lève et contourne le cercle jusqu'à son trou. Elle se décale un peu, tapotant l'espace vide à côté d'elle.

– Tu vas voir, c'est largement mieux que de trimballer une chaise.

Je m'installe à côté d'elle. Le sable étreint mon corps comme si j'étais assise dans la main d'un géant.

– Sympa, non ?

– Très, dis-je en me laissant aller contre la pente. Je n'aurais jamais pensé à creuser un siège inclinable dans le sable.

– Je compte le breveter, réplique-t-elle avant d'avaler une gorgée de bière. J'ai de bonnes nouvelles, au fait.

– J'en ai bien besoin, je réponds, ravie.

– Le comptable a obtenu un délai. On est tirés d'affaire. Pour le moment en tout cas.

Elle désigne Joe, de l'autre côté du feu, les bras passés autour d'une fille assise entre ses jambes.

– Joe a donné son préavis aujourd'hui, me chuchote-t-elle à l'oreille. Il arrête dans deux semaines. On ne peut pas le remplacer pour le moment, mais je pourrai te donner plus d'heures. Ça t'aiderait ?

– Ce serait dément. Mais pourquoi il s'en va ?

– Nikki est enceinte. J'aurais dû me douter qu'il se passait quelque chose, vu tous les congés qu'il a pris pour aller chez le médecin. Et puis l'autre jour, il était au téléphone, à l'arrière du magasin, et j'ai tout de suite compris qu'il prenait rendez-vous pour un entretien. Dénouement, il a trouvé un boulot à plein temps avec une mutuelle.

Je regarde les deux amoureux se câliner comme s'ils étaient seuls au monde.

– Ils sont super jeunes.

– Vingt ans. Au moins, c'est plus des ados. Ça fait longtemps qu'ils sont ensemble. Ça oblige Joe à se prendre un peu en main. Il ne peut pas travailler toute sa vie chez Enzo. Pas comme moi.

Elle fixe l'océan noir, la crête des vagues qui ramènent de l'écume sur le rivage au clair de lune.

Je ris doucement, au cas où elle dirait ça pour blaguer. Mais je ne crois pas que ce soit le cas.

– Tu n'es pas *obligée* de travailler chez Enzo.

– Non, répond-elle en haussant une épaule.

Elle regarde sa main gauche et fait tourner sa bague de fiançailles avec son pouce. Elle n'est sans doute pas encore prête à la retirer. Comme ma mère.

– Ça devait être temporaire. Ensuite, on aurait eu toute notre vie ensemble.

Elle garde les yeux rivés sur sa bague, le murmure du diamant tournant encore et encore.

– Tu veux entendre l'histoire la plus triste du monde? demande-t-elle, et elle répond aussitôt à ma place: *Bien sûr, Reggie! J'adore les histoires tristes!*

Elle baisse les yeux sur ses genoux et pousse un rire amer.

– Vas-y, dis-je.

Elle porte sa bière à ses lèvres.

– On était à une soirée pour fêter ça: Jason venait d'être admis à l'Université d'Alabama, avec une très bonne bourse. On ne fait pas mieux que le Crimson Tide. C'était le rêve qui devenait réalité.

Je hoche la tête, même si je n'ai pas la moindre idée de ce qu'est le Crimson Tide. Mais je sais que Jason faisait du foot, alors c'est sûrement lié à ça.

– Et ensuite… (Elle sourit, mais son sourire est effectivement le plus triste que j'aie jamais vu.) Je me suis mise à penser à son départ et les larmes se sont mises à couler, à cause de la bière. Comment j'allais faire pour vivre sans lui ? (Elle remue les doigts d'un air dramatique.) Je lui ai dit que je ne voulais pas qu'il parte. Mais Jason étant Jason…

Elle prend une inspiration tremblante. Les bavardages et les rires se mêlent au rugissement de l'océan, mais dans notre petit trou dans le sable, il n'y a que le chagrin de Reggie.

Elle laisse aller sa tête en arrière pour contempler les étoiles.

– Le lendemain, je lui ai juré que je ne pensais pas ce que j'avais dit. Mais il avait déjà changé d'avis.

– Sans doute parce que lui non plus n'avait pas du tout envie de te quitter.

– J'aurais dû le forcer à y aller. Mais j'ai été égoïste. Je n'arrivais pas à m'imaginer vivre un an sans lui. Et maintenant…

Elle secoue la tête et reprend une gorgée de bière.

Nous gardons le silence. Je fixe la noirceur d'encre du ciel, les petits trous dans la tapisserie qui permettent à tous ces petits points lumineux de briller à travers. J'ai lu quelque part que lorsqu'on regarde les étoiles, on regarde le passé. Ce qu'on voit à l'œil nu, c'est de la lumière vieille de trois mille ans. Même les étoiles sont des illusions.

Un vieux souvenir me revient. Le 4 juillet, jour de la fête nationale, quand j'avais sept ans. Mes parents nous ont fait monter dans la voiture, Ethan et moi, pour aller voir le feu d'artifice à Coney Island. Notre père nous a acheté des glaces, un bâtonnet vanille-fraise pour Ethan et une glace à l'eau tricolore en forme de fusée pour moi, parce que je voulais goûter le feu d'artifice. Et là je me suis rendu compte que ma glace à l'eau n'avait pas un goût de feu d'artifice ni de rouge, de blanc et de bleu. Elle avait un goût d'eau sucrée. À contrecœur, Ethan a échangé sa glace avec la mienne. Il n'avait même pas un an de plus que moi, mais c'était quand même mon grand frère.

De l'autre côté du feu, Lucas se tourne vers moi juste au moment où je le regarde. Il sourit et nous rejoint.

Reggie sort de son fauteuil dans le sable.

– J'ai un truc à demander à Pete. Tu gardes ma place, Lucas !

Elle se dirige vers le feu.

– Aussi subtile qu'un marteau-piqueur, marmonne Lucas en la regardant s'éloigner. Et en plus, maintenant, je ne peux plus demander : « Vous me faites une petite place ? »

– Tu en as une grande, dis-je.

Il s'installe à côté de moi dans l'espace exigu. On est bien plus serrés qu'avec Reggie.

– Je t'écrase pas, j'espère ? demande-t-il.

Il essaie de s'écarter, mais il n'a nulle part où aller.

– Ça va, je réponds en secouant la tête.

Il regarde ma bière abandonnée dans le sable, tout près de moi.

– Tu n'aimes pas ça ?

– Non. Je préfère éviter de boire. J'ai assisté à une réunion pour la famille et les proches des personnes alcooliques, quand mon père était en désintox. Apparemment, c'est héréditaire. Peut-être que je n'ai pas hérité uniquement de ses cheveux roux. Je n'ai pas vraiment envie de vérifier.

Il semble gêné.

– Oh… désolé. Je ne t'aurais pas fourré une bière dans les mains, si j'avais su.

– Ce n'est pas grave, dis-je, et il sourit.

– C’est quand même mieux que de rester à la maison, non ? demande-t-il en faisant craquer ses doigts avec son pouce.

Il a l’air encore plus nerveux que moi, et pourtant j’ai l’impression que mon cœur essaie de percer un trou dans ma poitrine pour s’échapper.

– Rien à voir, dis-je en lui adressant un sourire reconnaissant.

Si j’étais chez moi, je serais en train de revivre le passé au lieu de me fabriquer de nouveaux souvenirs.

Lucas essuie sa main pleine de sable sur son jean, puis il prend ma main, délicatement. La sienne est chaude, large, forte.

Il me jette un coup d’œil et prend une grande inspiration.

– Alors… ça te dirait qu’on passe un peu de temps ensemble, rien que tous les deux ?

Il lève nos mains jointes. La sienne est tellement plus grosse que la mienne. Ça ne devrait pas marcher. Ça ne devrait pas coller. Pourtant, ma main se glisse dans la sienne comme si elles étaient faites l’une pour l’autre.

Je ne suis plus obligée d’être seule. Je n’ai plus envie de faire ça toute seule.

Je presse sa main.

– Carrément.

Un peu plus loin sur la plage, quelqu’un lance des feux d’artifice. On n’est pas le 4 juillet, mais les gens adorent les feux d’artifice. Je regarde les fusées monter dans le ciel et retomber en cascade, brillantes et colorées.

Lucas lâche ma main et passe son bras autour de mes épaules. Je me blottis contre sa chaleur. Rester coincée dans le présent n’est pas si horrible quand il est aussi agréable. J’autorise quand même mon cerveau à faire un accéléré pour imaginer d’autres moments comme celui-ci avec lui. Des jours et des nuits plus heureux que malheureux.

Reggie relève brusquement la tête et regarde derrière nous d'un air inquiet.

– Eh les gars, il y a les flics.

– Merde, lance Joe en passant aussitôt à l'action.

Il fourre les bouteilles de bière dans la glacière pour les cacher, puis il prend un seau et va le remplir d'eau pour éteindre le feu. Kevin et Dominic saisissent chacun une poignée de la glacière et disparaissent dans la nuit.

– La fête est finie, me dit Lucas en me tendant la main pour m'aider à sortir du trou.

Pete titube un peu, les mains dans les poches. Ses paupières sont aussi lourdes que des stores de magasins.

– J'ai besoin qu'on me ramène, annonce-t-il d'une voix pâteuse. Je préfère laisser ma voiture ici.

– Pas de problème, répond Lucas.

On détale comme des blattes. Cette soirée a mal commencé, et elle s'est terminée trop tôt, mais elle a quand même été parfaite.

JESS

Peut-être que mon job pourri
ne sera plus aussi pourri
maintenant qu'il y a « quelque
chose » entre Lucas et moi.
(Quoi exactement, ça reste
à voir, mais quand même !)

Se tenir la main, ça veut dire
qu'on sort ensemble ou pas ?

Embrasse-la, je te dis !
Sha la la la la la la !

Le lendemain, au travail, tout le monde est bizarrement distant, au point que je commence à me demander si la soirée feu de camp a vraiment eu lieu. Peut-être que j'ai tout imaginé.

Environ une heure après le début de mon service, Joe brandit un bidon de désherbant.

– Va voir si tu peux en trouver d'autres derrière.

Quand j'arrive dans la zone où sont rangés tous les produits pour gazon, au fond de l'entrepôt, je tombe sur Lucas en train de soulever un carton de Roundup.

– Joe m'a demandé de venir chercher ça, dis-je, les mains sur les hanches.

– À moi aussi. On dirait bien qu'il mijote quelque chose, répond Lucas en calant le carton sur son épaule.

Un peu plus tard, alors que je remplis les rayonnages d'ampoules, la voix de Joe s'échappe de l'interphone.

« Jess, Lucas, merci de vous rendre dans la salle de pause. »

Une fois là-bas, nous trouvons une boîte de pastilles à la menthe et un baume à lèvres sur la table. Entre les deux, le téléphone de Joe diffuse *Let's Get It On* de Marvin Gaye. Ultra romantique.

Lucas fourre les pastilles à la menthe dans sa poche.

– On dirait que quelqu'un a du temps à perdre depuis qu'il a donné son préavis.

Pete arrive en retard, vers midi. Seul Enzo ignore que c'est à cause de sa gueule de bois.

Je rejoins Pete et Lucas dans le coin peinture. Assis sur un tabouret, Pete fixe le mélangeur comme si cette boîte vibrante était la chose la plus fascinante qu'il ait jamais vue.

– Je crois que c'est tout ce que je suis capable de faire aujourd'hui, admet-il en arrêtant la machine pour récupérer le pot de peinture.

Puis il sort sa bouteille d'eau de sous le comptoir et en boit une longue gorgée. S'essuyant les lèvres du revers de la main, il ajoute :

– Et si on allait au bowling ce soir ?

– Tu es sûr ? Tu n'as pas l'air super en forme, lui fais-je remarquer.

Il a le visage aussi blanc et cireux que le jour où il a eu la gastro. Il grimace.

– Ce soir, ça ira mieux.

– Ça te tente ? me demande Lucas.

– Oui, dis-je, essayant de dissimuler mon enthousiasme. Même si ça fait longtemps que je n'ai pas joué. Il y a toujours des rails pour empêcher la boule de tomber dans les rigoles ?

– Pour les gamins de cinq ans, oui, répond Pete en soutenant sa tête avec sa main. Quelqu'un peut prévenir Reggie ? Je ne me sens pas encore prêt à bouger.

Il ferme les yeux et gémit.

La main de Lucas effleure mon dos.

– Je m'en occupe. Je passe te prendre ? me demande-t-il.

Je souris en hochant la tête.

– Pas de problème.

Les haut-parleurs diffusent un tube des années quatre-vingt-dix. Une femme enceinte s'arrête pour regarder les nuanciers de différentes teintes de rose et murmure les paroles de la chanson, la main posée sur le ventre. Une boule se forme dans ma gorge. Je ne sais vraiment pas pourquoi cette chanson, ces nuanciers roses et cette femme enceinte me font autant d'effet, un mélange de joie et de tristesse.

Pour la première fois depuis longtemps, je suis contente d'avoir ma place dans ce quartier.

Quand je rentre, maman n'est pas dans son fauteuil en train de regarder une émission culinaire. Elle n'est pas assise à table, où il y a toujours les piles de factures. Je regarde dans sa chambre ;

elle n'est pas au lit non plus. La panique se répand dans mes veines. Je m'apprête à courir vers la porte pour aller voir Mme Alvarez quand je remarque un mot sur la table de la cuisine.

Jess,
Je suis sortie faire une course.
Bisous
Maman

Je devrais être contente, mais l'idée de ma mère dehors toute seule me terrifie. La dernière fois qu'elle est sortie, ça ne s'est pas bien terminé.

« Où que j'aille, je le vois », a-t-elle sangloté ce jour-là, quand une voisine l'a ramenée à la maison après l'avoir trouvée en larmes dans sa véranda.

Je pouvais comprendre ça. Moi aussi je vois Ethan partout, surtout dans les couloirs du lycée. Mais mon chagrin est différent de celui de ma mère. Perdre Ethan, c'est comme avoir perdu la meilleure partie de mes souvenirs, ma base de données, chaque photographie de mon disque dur mental… Tout a été effacé. Perdre un enfant, ça n'a rien à voir.

Je canalise mon énergie nerveuse en faisant le ménage. J'ouvre les fenêtres, je sors l'aspirateur et je le passe dans toute la maison. Puis je prends un chiffon pour faire la poussière. Quand j'arrive à la petite table près de son fauteuil, c'est ce que je ne vois *pas* qui me surprend.

Son alliance et sa bague de fiançailles ont disparu.

Je me mets à quatre pattes pour regarder sous le canapé. Elles ont dû tomber quelque part.

Et si je les avais aspirées ?

Quelques minutes plus tard, quand ma mère rentre à la maison, elle me trouve par terre, recouverte de poussière, la main enfoncée dans le sac ouvert de l'aspirateur.

– Hello, dis-je, me forçant à sourire.

Je vois à son expression lasse à quel point sortir a été difficile.

– Je vais m'allonger un peu, dit-elle en se dirigeant vers sa chambre, trop épuisée pour me demander ce que je fais plongée jusqu'aux coudes dans des moutons de cheveux et de poussière.

La porte de sa chambre se ferme. Je renverse le sac.

Pas de bague.

Ce n'est qu'après avoir tout nettoyé qu'il me vient à l'esprit que ma mère a peut-être tout simplement décidé de les remettre. J'aurais pu m'épargner tous ces efforts en attendant qu'elle rentre.

Je vais la voir dans sa chambre. Elle est recroquevillée sur le côté, les épaules tremblant sous ses couvertures.

– Maman ? Tu as froid ?

J'entends un sanglot étouffé, un halètement, quelque chose qui se froisse dans son poing serré. C'est un reçu.

Il vient de la boutique d'un prêteur sur gages.

Alliance en or rose. Gravée : « Mon amour, ma vie, mon amie. »

Bague de fiançailles en or blanc, 0,4 carat.

Je me glisse derrière elle et la serre dans mes bras.

– Ce n'est pas grave, maman. Tu n'en avais plus besoin, de toute façon.

Je ne lui dis pas ce que je pense vraiment : qu'elle aurait dû faire ça dès qu'il nous a quittés.

Elle secoue la tête. Ses cheveux frottent contre l'oreiller.

– Ça ne s'arrête jamais ! Je n'en peux plus, sanglote-t-elle.

Je ne suis pas tout à fait sûre de savoir de quoi elle parle, mais ses mots me font l'effet d'un nuage noir menaçant. La sensation que je suis en train de m'enfoncer dans des sables mouvants est de retour. Elle me remonte jusqu'aux yeux et m'asphyxie.

LUCAS

Mes mâchoires mettent les bouchées doubles pour venir à bout du steak caoutchouteux; même la marinade en bouteille ne pourrait sauver ce repas. Je rêve du burger que je compte bien m'offrir au bowling.

Le dîner en famille, c'est récent. Surtout le samedi soir. Jason et moi, on sortait plutôt avec nos amis. Maintenant, on fait tous des efforts pour passer plus de temps ensemble.

Ce soir, personne ne parle. C'était plus facile quand Jason était là. Il se produisait toujours quelque chose d'intéressant dans sa vie. Quand on est aussi silencieux, j'entends presque les pensées de mes parents, le prénom de mon frère qui tourne en boucle dans leur tête. Si ça se trouve, ils ne se rendent même pas compte que ce qu'on mange est mauvais parce qu'ils pensent seulement au vide de notre vie sans lui.

– Bon… j'ai des nouvelles, dis-je en sciant mon steak. Euh… j'ai rencontré une fille et…

Mon père relève brusquement la tête, surpris, mais il continue de mâcher, un sourire aux lèvres, attendant que je continue. Ce n'est pas le cas de ma mère.

– C'est pour ça que tu as filé comme un voleur, hier soir ? demande-t-elle en remplissant son verre de thé glacé.

– Je n'ai pas filé comme un voleur. Je t'ai dit que je sortais.

Elle me sourit, mais à son expression, je comprends que ce n'est pas comme ça qu'elle voit les choses. Mon père se racle la gorge. Serrant sa fourchette dans sa main énorme, il la remplit de petits pois carottes et la porte à sa bouche. La moitié retombe dans son assiette.

– Comment elle s'appelle ? demande-t-il.

– Jess.

– Jess ? Jess comment ? demande ma mère.

– Jess Nolan. Tu ne la connais pas. Elle est en première.

– Oh, fait-elle en hochant la tête. Mais… Nolan… il n'y avait pas un garçon…

– Si, dis-je, coupant la fin inutile de sa question.

Elle se tourne vers mon père, occupé à couper son steak et éviter son regard.

J'enfourne un morceau de viande juste au moment où elle revient à moi.

– Je ne sais pas si c'est une bonne idée, Lucas.

– Pourquoi ? parviens-je à demander, la bouche pleine.

Elle hausse les épaules et plante sa fourchette dans son steak.

– Je ne sais pas. À mon avis, ce serait trop douloureux, pour vous deux.

Mon père intervient en prenant des pincettes.

– Je ne pense pas que ce soit un problème, chérie. Ils peuvent aussi se soutenir mutuellement.

Elle mâche. Puis elle inspire par les narines, avale et ajoute :

– Peut-être. Mais je pense qu'on devrait demander son avis au Dr Engel.

Là, je suis en colère.

– Figurez-vous que j'en ai déjà parlé au Dr Engel, même si ce n'est pas le sujet. J'aime beaucoup Jess. Je suis heureux quand je suis avec elle. C'est ce que vous voulez ou pas ?

Nous gardons le silence pendant tout le reste du repas. Mes parents se jettent des regards que seuls les couples mariés comprennent. Tout ce que je sais, c'est que ça m'a coupé l'appétit. L'histoire de Jason et Reggie recommence. Enfin, en peut-être un peu moins extrême, vu qu'eux, ils étaient fiancés quand ça a dégénéré avec mes parents. Mais quand même.

– J'ai fini.

J'abandonne la moitié de mon steak au glutamate de sodium et je me dirige vers l'escalier, plus écœuré que ce qu'ils peuvent imaginer.

Une fois dans ma chambre, je ne peux même pas claquer la porte à cause de la moquette épaisse qui étouffe le moindre bruit. Je prends le ballon de foot de Jason et je me laisse tomber sur mon lit, où je le lance en l'air tandis que leurs voix me parviennent. Ils parlent toujours de moi et de ma vie comme si je n'avais pas l'âge de déménager si j'en avais envie.

Leurs murmures gagnent en puissance. Mes parents ne sont pas du genre à se disputer en poussant des cris, mais je sens de la tension dans la voix de ma mère, même si je ne distingue pas ce qu'elle dit. En général, c'est mon père qui cède. Ce soir, cependant, sa voix est plus musclée. Pendant quelques instants, les placards se referment avec force, les casseroles se heurtent un peu plus bruyamment, mais la dispute se termine vite.

J'entends les pas amortis de mon père dans l'escalier, même s'il marche en chaussettes sur la moquette. Quelqu'un de plus petit pourrait arriver sans se faire remarquer, mais le poids de mon père fait trembler la moindre planche.

Il frappe d'abord, chose que j'apprécie toujours chez lui.

– Lucas ? demande-t-il en passant la tête dans ma chambre. Je peux ?

Il remplit l'embrasure de ma porte, attendant ma permission, comme si ce n'était pas lui qui remboursait l'emprunt de la maison chaque mois.

Je lui fais signe d'entrer et il se met à déambuler dans la pièce, toujours vêtu de son pantalon et de sa chemise de travail froissés, les mains sur les hanches. Le coin de Jason fonctionne comme un aimant. On a beau essayer, on ne peut pas s'empêcher de le regarder. Surtout papa.

– Alors, cette Jess… elle te plaît ? demande-t-il, me tournant à moitié le dos, tirant sur un clou orphelin pour le sortir du mur.

Mon père n'est pas trop du genre à parler de sentiments. On peut discuter, mais en général il ne peut pas tenir une conversation sérieuse s'il n'a pas les mains occupées par le barbecue ou l'embout de la pompe à essence. LA conversation sur le sexe a eu lieu pendant qu'il changeait le filtre à huile de sa voiture.

– Oui, dis-je en essayant de prendre une voix aussi résolue que possible. Enfin, je ne sais même pas si on sort vraiment ensemble. J'essayais juste de faire la conversation pendant le dîner. Je ne m'attendais pas à devoir demander la permission de mon psy pour sortir avec une fille.

– Oui… On ne sait pas tout, Lucas. Je suis sûr que tu t'en es déjà rendu compte. On commet des erreurs. Beaucoup d'erreurs.

Il expire longuement. Ce n'est pas un soupir que j'entends souvent chez lui. Ça ressemble à l'équivalent d'un drapeau blanc.

– Écoute, reprend-il, si vous finissez par sortir ensemble… quoi que cela signifie de nos jours… ta mère et moi aimerions faire sa connaissance. Invite-la à dîner.

C'est tout ? Les disputes entre Jason et mes parents à propos de Reggie ont duré des mois.

Mon père attrape une photo d'eux. Il me tourne complètement le dos.

– On a été trop durs avec ton frère, là-dessus, dit-il, ses épaules se voûtant sous le poids de tout ça.

Là aussi, il a fallu que mon frère paie pour que je puisse continuer à vivre.

Le bowling déborde de stimulations sensorielles. Les boules roulent sur les pistes cirées, les quilles s'effondrent, ça sent la graisse et le désodorisant pour chaussures… mais ce qui m'agresse le plus, c'est la chanson énervante qui passe à plein volume dans les haut-parleurs. Seule Reggie semble l'apprécier et chante en chœur, « *Oh, baby baby… Oh, baby baby…* », tout en admirant ses chaussures et en tapant des pieds.

– C'est quoi le délire avec les chaussures de bowling ? C'est vraiment super confortable.

Pete ramène sa boule contre sa poitrine, parfaitement concentré, puis fonce en trombe vers la ligne de faute, employant la technique des « trois pas, genou à terre » que son oncle lui a apprise quand il était petit. Elle est aussi chorégraphiée que ridicule, mais Pete ne jure que par elle. La boule file au centre de la piste, apparemment bien partie pour faire un *strike*, mais à la dernière seconde, elle dévie vers la gauche, n'offrant à Pete qu'un minable *spare* : il reste deux quilles.

– Oooh ! Pas de chance ! s'exclame-t-il en donnant un coup de poing en l'air. Le redouté *split 7-10* ! Je vous parie cinq dollars que j'arrive à les faire tomber.

Je sors un billet de ma poche.

– Vendu.

Pete pose les mains sur ses hanches et se tourne vers Reggie, qui secoue la tête.

– Ben quoi ? Tu as peur de perdre ? la provoque-t-il.

Elle boit une gorgée de soda d'un air plein d'ennui.

– Non, je m'en tape, c'est tout.

Pete attend que le système de retour de boules recrache sa boule verte « porte-bonheur ». Puis il la ramène contre sa poitrine, étudie ses cibles, visualisant les deux quilles en train de tomber (il m'a expliqué sa technique). Il ne réussit pas son coup : la boule file dans la gouttière à la dernière seconde.

Il nous rejoint en jurant.

– Game over, annonce Reggie en jetant un coup d'œil au tableau des scores.

Maintenant c'est *Smells Like Teen Spirit* qui passe à fond. Quitte à passer de la musique des années quatre-vingt-dix, c'est déjà mieux.

– Quelqu'un veut en faire une autre ? demande-t-elle d'une voix qui nous supplie de dire non.

– Et les burgers ? demande Pete en regardant autour de nous, à la recherche du serveur.

On les a commandés au début de la partie, mais ils ne sont jamais arrivés.

J'aspire bruyamment mes glaçons en guise de réponse, balayant la salle du regard pour la millième fois dans l'espoir de voir Jess apparaître. Reggie plisse les yeux.

– C'est bon, appelle-la ! lance-t-elle.

– Je l'ai déjà fait. Elle a dit qu'elle ne pensait pas venir, mais que si la situation changeait, elle nous retrouverait ici.

– Alors rappelle !

– Pourquoi ? Apparemment, rien n'a changé depuis tout à l'heure.

Les gens qui jouent dans la ligne voisine de la nôtre sont bourrés. Nos burgers n'arrivent pas, mais en revanche leur serveur ne manque pas une occasion de venir remplir leur pichet de bière. Deux d'entre eux commencent à se chercher. Leurs voix s'élèvent, mais seulement quelques mots nous parviennent.

Un type grand et maigre, doté d'un nez crochu et de dents en avant, se lève de sa chaise, écartant les bras en arrière et bombant le torse comme un coq. Il s'approche d'un autre mec, rond et rose. Un cochon face à une volaille, un ami devenu ennemi. C'est *La Ferme des animaux*.

– C'est mes affaires, connard. Tu n'avais pas le droit ! lance le coq.

Malgré sa colère évidente, Tête-de-cochon reste prudent.

– Phil, fais pas le con. Assieds-toi et ferme-la un peu.

À côté du siège vide de Phil, une femme qui tricote une couverture bleue pour une raison qui m'échappe se met à crier :

– Mais qu'est-ce qui vous prend, tous les deux ?

Ce sont ces cris combinés à l'image surréaliste et déplacée de cette femme tricotant dans un bowling qui commencent à me faire vriller, qui provoquent cette impression d'être hors de mon corps, ni ici ni ailleurs. Comme si je me tenais devant une fenêtre, en train de regarder ma vie interprétée par quelqu'un d'autre.

Tandis que j'assiste à leur échange houleux, mon corps se tend, ma respiration devient plus laborieuse, mes poumons sont moins pressés de faire leur travail.

Phil prend sa veste et l'enfile brusquement.

– Va te faire foutre, Nick, lance-t-il en enfonçant un doigt dans la poitrine de Nick, qui tressaille comme si c'était une arme.

Les yeux de Phil sont des bâtons de dynamite prêts à exploser.

Après son départ, Nick secoue la tête, incrédule. Son groupe essaie d'en rire, mais personne n'y arrive vraiment. Et moi encore moins.

J'essuie mes paumes sur mon jean. Je sens ma poitrine qui se comprime. Je bondis de ma chaise. Reggie me regarde.

– Ça va ?

– Oui. Très bien, je mens. C'est juste que…

Je regarde l'entrée du bowling, les grandes vitres. Dehors, Phil fume une cigarette. Il n'est pas parti. Il va revenir, et là…

– On ferait mieux d'y aller, dis-je d'une voix trop forte – même dans le vacarme du bowling – qui résonne dans mes oreilles.

– On n'a même pas mangé, proteste Pete.

– Je m'en fiche, dis-je en mettant mon sweat à capuche. Vous venez ?

Reggie tapote le siège à côté d'elle.

– Le serveur arrive avec notre commande. Attends un peu. On partira tous après.

Elle tend le cou pour suivre la progression du serveur.

Mon corps refuse de s'asseoir. Il est monté sur des ressorts, prêt à fuir et à courir se cacher avant le retour de Phil.

– Je ne peux pas, je suis désolé, je lâche avant de décamper.

Je dois passer devant Phil, et pendant une fraction de seconde, le côté logique de mon cerveau se fait entendre, me rappelant que sa fumée représente certainement plus de danger pour mon bien-être que la vengeance qu'il est en train de couver.

Une fois dans ma voiture, je verrouille toutes les portières et mon angoisse reflue. J'appuie ma tête contre le volant, me demandant si j'irai vraiment mieux un jour.

Puis je me redresse, je mets le contact et j'enclenche la marche arrière. Je sais où je veux être, et avec qui.

À un feu rouge, j'envoie un texto à Jess.

On est partis du bowling.
Je peux passer ?

Retrouve-moi à ma fenêtre.

Quand j'arrive chez elle, elle m'attend près de sa fenêtre ouverte, se mordant le coin des lèvres. Je lui tends la main.

– Prête ?

Son visage explose dans un sourire et mes craintes qu'elle regrette ce qui s'est passé hier soir s'évaporent dans la brise tiède de la nuit. Elle prend ma main.

– Ta mère dort ? je murmure, en la prenant par la taille pour l'aider à descendre.

Ses yeux, qui brillaient d'excitation, s'assombrissent d'un coup.

– Oui… enfin.

Nous nous plions en deux pour passer dans l'allée étroite qui sépare sa maison de celle de Mme Alvarez.

– On va où ? demande-t-elle dans la voiture, alors que je démarre.

Son parfum discret emplit l'habitacle, un parfum de vanille et de fleur sans prétention. Une odeur de shampooing, sans doute, mais je la trouve parfaite.

Mon cœur ne bat plus au même rythme qu'au bowling. Maintenant il est enthousiaste, plein d'espoir.

– J'ai une idée, dis-je en souriant.

Je conduis jusqu'à la plage où nous étions hier. La promenade en bois grouille toujours de gens qui savourent l'air printanier. Pendant que nous descendons les marches jusqu'au sable, Jess s'arrête pour ramasser des petits galets. Puis nous nous installons sur la chaise du maître-nageur. Comme ça, au moins, si d'autres personnes ont l'idée de profiter d'une soirée pareille à la plage, sous le ciel éclairé par la lune, ils ne nous marcheront pas dessus.

Jess désigne mes pieds qui pendent dans le vide.

– Je vois que tu prends le bowling très au sérieux.

Je n'avais pas vu que je portais toujours ces hideuses chaussures de bowling.

– J'ai oublié de les rendre.

– C'est possible, ça ? demande-t-elle, un début de gloussement dans la voix.

Je me passe la main sur le visage en grognant.

– C'est une longue histoire. Je suis parti un peu vite. Alors, qu'est-ce qui s'est passé ? Pourquoi tu n'es pas venue ?

Elle fait sauter les galets dans sa main et les regarde rebondir.

– Des histoires de famille.

J'attends qu'elle en dise plus. Comme elle n'ajoute rien, je lui donne un petit coup d'épaule.

– Hé-ho.

– Hé-ho, répète-t-elle en souriant.

– Tu n'as pas envie d'en parler ?

Elle secoue la tête et regarde les cailloux dans sa main.

– OK, dis-je en soupirant. C'est… c'est à cause de moi ?

Elle relève brusquement la tête.

– Hein ? Non.

– Tu es sûre ? Je ne suis pas parano, mais… tu étais super contente de venir, et puis non.

Elle secoue de nouveau la tête, les lèvres serrées.

– Ce n'est pas à cause de toi. Promis. (Elle détache les yeux de ses galets et croise mon regard interrogateur.) C'est difficile pour ma mère depuis la mort d'Ethan. Il y a des jours plus compliqués que d'autres. Aujourd'hui… c'était très compliqué. Je ne voulais pas la laisser toute seule.

– Tu n'aurais peut-être pas dû sortir, alors ?

– Elle s'est endormie. Quand elle ne veut pas affronter les choses, elle dort.

– Et toi… ça va ?

Elle penche sa tête en arrière et ferme les yeux. Elle inspire. Un sourire s'épanouit sur son visage.

– Beaucoup mieux, maintenant.

Je la comprends. L'air salé, la plage. Ça nettoie tout.

Je m'appuie contre le siège. Sa main pend près de sa jambe, m'invitant à la saisir, alors je le fais. Elle glisse ses doigts entre les miens.

La panique brûlante du bowling a disparu, étouffée sous le poids d'un pur bonheur. Il n'y a rien de mieux que d'être sur la plage, sous les étoiles, à part y être avec Jess. Nous inclinons nos visages vers le ciel. Tout en le visualisant, j'inhale l'air salé thérapeutique qui pénètre dans mon corps en nettoyant le moindre vaisseau.

– Je passerais ma vie sur la plage.

– Tu n'as qu'à te faire embaucher comme maître-nageur, suggère-t-elle.

Je ris.

– Quoi ? Et laisser tomber mon boulot de rêve chez Enzo ? J'imagine que tu es au courant qu'on bénéficie d'une réduction de vingt pour cent sur tous les produits ?

Elle plaque la main sur sa bouche, feignant le choc.

– Vingt pour cent ? *Quelqu'un* a dû oublier de me mettre au parfum lors de ma « journée d'intégration ».

Elle retire sa main de la mienne pour dessiner des guillemets dans l'air. J'en profite pour passer mon bras autour de ses épaules et j'observe son visage, ses traits qui se relèvent quand elle est heureuse.

Le bruit des vagues est calme, apaisant. S'il existe un moment parfait pour un baiser, c'est bien celui-ci. Je me tourne vers elle et la rapproche de moi. Anticipant mon geste, elle s'approche précipitamment, levant son visage vers le mien.

J'aimerais pouvoir dire que dans l'histoire des baisers, le nôtre inspirera des poètes. Mais ce serait mentir. Le mot qu'on ne veut jamais entendre quand on embrasse quelqu'un, c'est « aïe ».

Nos nez ne se contentent pas de se heurter, ils s'écrasent violemment l'un contre l'autre. Le mien émet même le bruit d'un doigt qui craque.

On s'écarte tous les deux en tenant notre nez. J'ai peur de voir du sang si je retire ma main. Les yeux de Jess s'embuent sous l'effet de l'impact.

Et puis… elle éclate de rire. Elle rit tellement que j'agrippe sa manche pour l'empêcher de tomber de la chaise, ce qui aggraverait encore ce moment humiliant.

– Est-ce que ça va ? je demande.

– Non mais… souffle-t-elle, hilare. Je suis vraiment désolée !

Tout en me pinçant le nez pour le redresser, car je suis persuadé qu'il est tordu, je reprends :

– Pourquoi tu t'excuses ? J'ai failli te mutiler !

Nous rions tous les deux désormais. Elle essuie ses larmes avant qu'elles ne débordent de ses yeux.

– Je me doutais que mon premier baiser serait un désastre, mais alors là ! lance-t-elle. Je ne pensais pas qu'il y aurait des blessés !

Je me calme un peu.

– Ton premier baiser ? dis-je en inclinant la tête. C'est vrai ?

Elle hausse une épaule et me lance un regard en coin.

– Peut-être.

Je passe de nouveau le bras autour de ses épaules et elle se blottit contre moi. Nous plissons tous les deux le visage, remuant nos lèvres de droite à gauche pour réaligner notre nez avec le reste.

– Alors si c'est le cas, un vieux dicton s'applique parfaitement à cette situation.

– Lequel ? demande-t-elle, tout contre moi.

– Quand on tombe de cheval…

Je ne vais pas plus loin. Elle glousse déjà.

– Oh, s'il te plaît, continue, grand-père. Je suis trop intriguée. Lequel de nous deux est le cheval ?

Je ris.

– Je voulais dire que quand on tombe, il faut aussitôt remonter en selle. Alors… préviens-moi quand tu seras prête à réessayer, c'est tout.

Nous contemplons les étoiles pendant quelques minutes, en silence. Si silencieusement que je manque basculer de mon siège quand elle annonce :

– Prête !

Pour la deuxième fois, elle tend son visage vers le mien. Je pose ma main sur sa joue et un nouveau gloussement s'échappe de ses lèvres.

– Je ne t'embrasserai pas tant que tu n'arrêteras pas de rire. J'ai eu ma dose d'humiliation pour ce soir, dis-je, bien décidé à attendre.

Elle serre les lèvres et hoche la tête, se forçant à retrouver son sérieux.

– À vos ordres, capitaine ! dit-elle, et elle glousse une fois de plus.

Elle secoue la tête, comme pour en chasser son rire, puis elle retrouve sa contenance.

– OK, c'est bon maintenant.

Je me penche, prudemment cette fois, regardant ses yeux pétiller. Nos lèvres se touchent, doucement d'abord. Je passe la main dans ses cheveux, doux et lisses. Elle agrippe fermement ma veste, comme si elle avait l'intention de ne plus jamais la lâcher.

JESS

Sha la la la la !

On s'est améliorés en baisers. Plus de cloisons nasales abîmées !

Je dois partir au boulot, je t'écrirai plus longuement un peu plus tard.

C'est le dernier jour d'avril et le rayon Jardinage grouille d'activité. D'après Pete, c'est toujours comme ça : au premier dimanche vraiment chaud, tous les jardiniers apparaissent. J'ai du mal à réapprovisionner les rayons. Des clients n'arrêtent pas de me demander où se trouvent les graines de gazon, l'engrais, les semoirs. Ça me donne une idée. Au lieu de prendre ma pause, j'installe un présentoir de produits pour le gazon au bout de l'allée.

Une femme avec une queue-de-cheval s'approche. Les genoux de son jean sont couverts de boue. Elle s'arrête pour contempler mon œuvre.

– Ah, super, dit-elle en prenant un petit sac de graines de gazon et un semoir à main. Et j'ai aussi besoin de ça, ajoute-t-elle en s'emparant d'un arroseur automatique.

Un homme flanqué de deux femmes plus âgées entre précipitamment dans le magasin quelques minutes plus tard, parlant presque aussi vite qu'il marche.

– Quand on est descendus du bateau, la pluie tombait si fort que les lézards traversaient la rue en courant sur leurs pattes arrière, comme s'ils relevaient leurs jupes pour qu'elles ne trempent pas dans l'eau ! Je ne plaisante pas ! Des lézards ! Un vrai défilé ! Je vous le dis, ça a été le déluge, pendant six jours de suite. C'est comme si j'étais parti en vacances sur l'arche de Noé. Et quand je suis rentré, j'ai trouvé des *cafards* dans ma cuisine. Je ne sais pas ce que je déteste le plus : les lézards ou les cafards ! (Il se tourne vers moi.) Je cherche du Raid.

J'ouvre la bouche pour lui répondre, mais il est aussitôt happé par mon étalage.

– Oh et puis tant que je suis là…

Il prend un arroseur oscillant d'une main et un petit sac de graines de l'autre ; puis il repart d'un pas décidé à la recherche d'une bombe de Raid avec ses deux amies.

Je suis en train de réapprovisionner mon présentoir après que plusieurs personnes s'y sont servies quand Reggie passe devant moi. Elle le fixe un moment d'un regard perçant, critique. J'ai peur qu'elle me tombe dessus parce que je ne lui en ai pas parlé d'abord.

– C'est tellement logique, lance-t-elle sèchement. Pourquoi on n'a jamais pensé à faire des têtes de gondoles ?

Ce qu'il y a de mieux quand on travaille dans une quincaillerie indépendante, c'est que le patron, en l'occurrence Enzo, fait ce qu'il veut. Le dimanche, il ferme plus tôt pour passer du temps avec sa famille. À 14 heures, il tourne le panneau pour le mettre du côté FERMÉ et Lucas me ramène chez moi.

– Tu veux qu'on fasse un truc, plus tard ? me demande-t-il en repoussant une mèche de cheveux derrière mon oreille.

– Peut-être, dis-je en désignant la maison.

Je n'entre pas dans les détails à propos de ma mère, mais il semble comprendre le sens de ce « peut-être » sans le prendre personnellement. Je lui en suis plus reconnaissante qu'il ne le croit.

Ces deux dernières semaines avec Lucas ont été géniales. On a déjà notre langage secret, notre sourire, notre hochement de tête qui signifie *Retrouve-moi à l'arrière du magasin.* On se débrouille pour ne pas se diriger vers l'entrepôt au même moment. « Il faut qu'on arrête de se foncer dessus comme ça », a-t-il dit aujourd'hui alors que nos lèvres se rencontraient accidentellement, de façon répétée, avant que nous ne repartions en toute hâte dans des directions opposées dans l'espoir que les autres ne se rendraient compte de rien.

Ils se sont rendu compte de tout.

Une fois chez moi, je sens arriver mes premières courbatures à cause de la livraison de paillis. J'ouvre le tiroir de ma table de nuit à la recherche du tube d'ibuprofène que j'ai acheté il y a une semaine. Sous les couches de bazar – des emballages de Kit Kat, des flyers pour des concerts, une facture de téléphone portable (je ne sais plus si j'ai payé) –, je tombe sur des prospectus.

Peu de temps après ce soir-là au Balcony, la psychologue scolaire, Mme Walker, m'a convoquée dans son bureau… enfin, moi et la moitié des élèves du lycée. On avait tous droit à une heure entière pour parler de comment on allait depuis la fusillade. Certains n'arrivaient plus à ressortir alors que d'autres devaient pratiquement y être traînés de force. Évidemment, j'étais dans le deuxième groupe.

Ce n'était pas la faute de Mme Walker si je ne parlais pas beaucoup. Je ne pouvais pas m'empêcher de penser que je n'allais rien lui raconter de plus que ce que des dizaines d'autres élèves lui avaient déjà dit: *Je suis triste. Ethan me manque. Ma meilleure amie ne reviendra pas au lycée. Je ne comprends pas pourquoi c'est arrivé.* Et puis, chaque fois que je relevais la tête, quelqu'un jetait un coup d'œil dans la pièce à travers la porte vitrée, les larmes aux yeux, attendant désespérément que Mme Walker l'aide à traverser cette épreuve. Leurs grands yeux tristes posés sur moi me donnaient l'impression d'être un insecte coincé sous une plaque de verre. J'ai fini par leur céder le reste de mon heure; ils semblaient en avoir plus besoin que moi.

Elle m'a demandé de prendre rendez-vous avec elle dès que j'aurais besoin ou envie de lui parler. Puis elle m'a donné un tas de prospectus: « Aider les enfants à se sentir en sécurité dans une époque dangereuse », « Surmonter les traumatismes » et « Entamer la guérison ». Je les ai lus plusieurs fois, mais je n'y ai pas trouvé un seul conseil utile s'appliquant spécifiquement à ma situation familiale: « Que faire quand votre mère ne veut pas sortir du lit ? »

Je fabrique un avion en papier avec l'une des brochures, comme mon père nous l'a appris, à Ethan et moi, quand on était petits, et je le lance à travers la pièce. Il plane et réalise une boucle avant de s'écraser par terre.

Je continue de fouiller dans mon tiroir à la recherche d'un antalgique. Un minuscule joint que Domie m'a donné l'autre jour. Je sors un briquet et l'allume. Trois taffes. Juste de quoi adoucir les choses.

Je commence à avoir un peu la tête qui tourne quand Lucas m'envoie un texto.

Salut.

Salut toi-même.

Qu'est-ce que tu fais?

Je fixais le plafond. Tu m'as interrompue.

Ah. Bon, j'ai une idée.

Moi j'ai un million d'idées et je compte bien te les détailler une par une.

Prêt?

Euh, tu es bizarre, là.

C'est seulement maintenant que tu t'en rends compte?

J'hésite à t'inviter à sortir, du coup.

Tu veux m'inviter à sortir? Tu aurais dû le dire plus tôt! Quel genre?

Je peux passer te chercher et te faire la surprise?

Bien sûr. Je suis une fille hyper spontanée... ou pas. Donc dis-moi, en fait j'aime pas les surprises.

OK, d'accord. C'est un peu tarte, comme dit ma mère, mais dans le bon sens, je crois.

Tu as envie de manger des tartes?

Non! Je pensais à une croisière dans le port au coucher du soleil. Je me suis dit que ça pourrait être sympa.

Très. J'en suis.

Cool. Je passe dans une demi-heure?

OK. On pourra s'arrêter à la pâtisserie? Tu m'as donné faim avec tes histoires de tartes.

Ce n'est pas moi qui en ai parlé, c'est toi. À tout de suite.

LUCAS

Je me précipite au rez-de-chaussée, pressé de retrouver Jess.

– Lucas ? lance ma mère en sortant de la cuisine. Est-ce que tu as invité Jess à dîner ?

Elle s'essuie les mains sur son torchon. Je vois à son sourire forcé qu'elle fait des efforts pour être sympa.

– Pas encore.

– Ah bon ? Pourquoi ?

– Parce que… c'est juste… je ne sais pas. Je lui demanderai.

– Pourquoi pas mardi ?

– On finit tard tous les deux, le mardi.

– Peut-être mercredi, alors ? insiste-t-elle. Après ta séance chez le Dr Engel.

Je pense vraiment qu'elle va trop vite en besogne. Personne n'invite aussi rapidement une fille qui lui plaît pour la présenter à ses parents. Si elle essaie de compenser tout ce que mon père et elle ont fait subir à Jason à cause de Reggie, elle va trop loin dans l'autre sens.

– Je vais voir, dis-je, évitant de lui répondre clairement.

Elle jette le torchon sur son épaule en soupirant.

– Bon, tu me diras quel jour lui convient, dans ce cas.

Je sais à quel point ça craint de se déplacer avec des sacs de culpabilité attachés autour du cou. Et donc, au moment où je mets mes baskets, je cède.

– En fait, je dois la voir tout à l'heure. Je lui en parle, d'accord ?

Elle me regarde lacer mes chaussures.

– Tu ne l'as pas déjà vue au travail ?

– Si, mais justement, c'était au travail.

Dans le salon, mon père s'écrie :

– Lucas ! Les Yankees jouent contre les Cardinals !

– Le match a commencé, dit ma mère, comme si ça l'intéressait.

Je l'embrasse sur le front et prends mes clés sur le crochet.

– Si je regarde le match, je ne pourrai pas savoir quel soir Jess peut venir dîner.

Elle secoue le torchon dans ma direction et m'en donne un coup sur les fesses alors que je m'éloigne.

– Gros malin. Où est-ce que vous allez, d'abord ?

Je secoue les clés dans ma main, pressé de filer et de mettre fin à cet interrogatoire.

– Faire une croisière dans le port au coucher du soleil.

Son visage s'adoucit, et toutes les rides de stress qui creusent ses traits depuis la mort de Jason se détendent. Elle est en train de baisser sa garde, là, sous mes yeux.

– Oooh, roucoule-t-elle. C'est trop mignon. Sois prudent.

Si elle ne dit pas ça chaque fois que je passe la porte, quelque chose d'affreux pourrait se glisser par une fissure et gâcher la vie de toute la famille. Je ne peux pas lui reprocher de penser comme ça. Ça nous est déjà arrivé une fois.

– Comment j'ai pu vivre ici toute ma vie sans jamais faire ça ? Non, mais REGARDE ! C'est la statue de la Liberté ! s'exclame Jess en la pointant du doigt, émerveillée.

Je me félicite de mon idée. Jess s'amuse plus que prévu. Autour de nous, les gens prennent des photos avec leur téléphone, puis tapotent sur l'écran pour les poster sur Snapchat, Facebook, Twitter ou Instagram. Les deux seules personnes à ne pas avoir encore pris de photo, c'est Jess et moi. Pas parce qu'on est deux New-Yorkais blasés qui voient ça tout le temps. Au contraire : on a trouvé ça normal toute notre vie et ce soir on veut vraiment en profiter.

La croisière a commencé sur le quai du bout de la 42e Rue. On a regardé le soleil se coucher en passant sous Brooklyn Bridge. Lorsqu'il a complètement disparu, Jess a enfin retiré ses lunettes de soleil. Maintenant, le bateau fait le tour d'Ellis Island, nous offrant une vue rapprochée de la robe verte et luisante de la statue de la Liberté, dont la lanterne flamboie sur le ciel nocturne. Derrière elle, New York est illuminée comme si c'était la fête.

Jess sort une chips du paquet et la croque.

– Tu te rends compte que je n'ai jamais visité la statue de la Liberté ? C'est dingue, non ? Regarde ! C'est à deux pas de chez nous !

Son enthousiasme débridé ne dénote pas avec celui des autres passagers, sauf que le leur est imbibé d'alcool. Ce genre de croisière est plutôt festif. Tout le monde est en train de boire.

– Ni l'Empire State Building. C'est vraiment n'importe quoi, non ? demande-t-elle, mais comme il s'agit manifestement d'une question qui n'attend pas de réponse, je me contente de hausser les épaules. Des gens viennent du monde entier pour monter à l'observatoire du 102e étage. (Elle me prend la main.) On fera ça la prochaine fois, d'accord ?

– D'accord, dis-je en hochant la tête, essayant de déchiffrer son humeur.

– On considère que tout ça va de soi, pas vrai ? Tout le monde fait ça. On croit que ce sera toujours là, que rien ne presse. Je n'ai plus envie de penser comme ça.

Son attention me semble un peu dispersée ce soir. Puis elle sombre dans le silence, tandis que ses yeux courent toujours sur la ligne des immeubles, absorbant tous les détails.

Je crois que j'arrive à suivre le fil décousu de sa pensée. Jusqu'à il y a un an, mes plus gros problèmes avec mon frère, c'étaient ses pets et ses ronflements. Je n'aurais jamais imaginé qu'il ne ferait plus jamais partie de ma vie. Jess a peut-être raison de ne plus rien vouloir tenir pour acquis. On ne peut plus être sûrs de rien.

Elle tapote sur l'écran de son portable. Je regarde par-dessus son épaule. Elle a cherché « 12 faits fascinants sur la statue de la Liberté ».

– Savais-tu que Lady Liberty chausse du 400 ? lance-t-elle en regardant mes pieds. Encore plus que toi.

– À peine.

Un homme danse, une bière dans chaque main. Il porte un chapeau à large rebord qui semble plus adapté à l'Outback australien qu'à une croisière dans le port de New York.

– Hé ho !

Il se dirige vers nous en dansant et pointe le doigt sur le téléphone de Jess.

– Vous voulez que je vous prenne en photo ?

Je m'apprête à refuser, mais Jess le lui tend.

– Oui, merci !

Il me tend une de ses bières, puis lèche de la mousse sur son pouce avant de prendre le téléphone de Jess, qui passe son bras autour de ma taille.

– Dis OUISTITI ! s'écrie-t-elle avant de pousser un rire perçant, exubérant.

L'Australien et moi échangeons de nouveau la bière contre le téléphone, et il rejoint ses amis en dansant.

Jess regarde l'écran de son téléphone, un grand sourire aux lèvres.

– Au fait, il faut que je te demande quelque chose.

– OK, répond-elle en zoomant sur la photo avec le pouce et l'index.

– Tu peux venir dîner à la maison avec mes parents mercredi soir ?

Elle relève brusquement la tête, et son sourire disparaît. Maintenant, j'ai toute son attention.

– Pourquoi ? demande-t-elle, inquiète.

– Ils ont envie de te rencontrer, j'explique, me sentant incroyablement stupide.

Elle cligne plusieurs fois des yeux et se passe la langue sur les lèvres.

– Ça va ? je demande.

– J'ai soif, répond-elle en cherchant de l'argent dans ses poches.

– Si tu ne veux pas venir, ce n'est pas grave. Je trouverai une excuse.

– Non ! Je veux venir. Je viendrai, dit-elle en hochant furieusement la tête.

– Je vois bien que ça te stresse.

– Oui, mais dans le bon sens. D'une façon très, très *tarte*. Je ne m'y attendais pas, c'est tout. (Son sourire s'étire comme un élastique sur son visage.) J'adore ton côté extra-tarte, ajoute-t-elle en se dressant sur la pointe des pieds pour m'embrasser sur la joue.

JESS

Je pensais à un tee-shirt avec une tête de mort et un mini-short en jean ? Très chic, non ? Depuis quand on rencontre les parents aussi vite, au fait ? C'est trop bizarre ! Et ensuite, quoi ? On ira acheter des rideaux ? De la vaisselle en porcelaine ?

Merde, j'espère que je vais leur plaire. Et putain, j'espère que je ne vais pas lâcher un tas de gros mots devant eux.

Je lisse mes cheveux et fixe mon reflet, me pinçant les joues pour leur donner un peu de couleur. Je me tourne de profil pour inspecter ma tenue. Mon jean n'est pas troué, mon tee-shirt ne fait pas l'apologie de la drogue ni d'un truc obscène.

Si Marissa était là, elle serait arrivée il y a des heures pour m'aider. Et elle serait trop déçue par mes choix vestimentaires.

Même moi je le suis, et pourtant mes attentes étaient peu élevées à la base. Tout en fixant toujours mon reflet, je me renfrogne en voyant mon air renfrogné, et je pourrais continuer comme ça toute la soirée.

J'entends la porte d'entrée s'ouvrir. Super, Mme Alvarez est là. Je lui ai demandé de venir tenir compagnie à ma mère. Elle ne va pas très bien depuis l'histoire de l'alliance et de la bague de fiançailles.

– Jessica ! J'ai fait trop de poivrons farcis ! Je les mets au frigo !

Je me précipite dans la cuisine pour qu'elle arrête de crier. Je ne veux pas que ma mère se réveille déjà, pas avant que Lucas ne passe me chercher.

Trop tard. Elle sort de sa chambre, les bras croisés sur la poitrine, et nous rejoint dans la cuisine à petits pas.

Comme elle s'assied à table, Mme Alvarez la jauge de la tête aux pieds, s'attardant sur sa robe de chambre froissée, ses cheveux en bataille. Elle pince les lèvres, me jette un regard plein de colère, puis ouvre la bouche pour dire quelque chose. Je secoue la tête ; pas ce soir.

Elle se contente de souffler par les narines avec irritation.

– Nicole, j'ai fait des poivrons farcis. Vous allez en manger. Inutile de discuter.

Elle parle d'une voix ferme, sur le ton de la réprimande.

– D'accord, répond ma mère en se frottant le visage.

Mais Mme Alvarez ne parvient pas à tenir sa langue plus longtemps.

– Pourquoi êtes-vous encore en robe de chambre ?

Maman pose les coudes sur la table et soutient sa tête avec ses mains.

– Je n'ai pas réussi à sortir du lit. J'ai essayé, vraiment. C'est comme si mon corps ne m'obéissait pas.

Mme Alvarez sort de la cuisine d'un pas décidé. J'entends l'armoire à pharmacie s'ouvrir et se refermer en grinçant. Elle revient avec le Zoloft et le pose sur la table devant maman.

– Il faut que vous recommenciez à les prendre si vous voulez reprendre des forces, déclare-t-elle.

Je sais que Mme Alvarez veut bien faire, mais le Zoloft n'est pas un simple remontant. Avant que je puisse dire quoi que ce soit, on frappe à la porte.

Maman nous regarde, étonnée.

– C'est pour moi, dis-je.

– Qui est-ce ?

– C'est Lucas, répond Mme Alvarez à ma place, son regard s'illuminant à la seule mention de son prénom, comme la première fois qu'elle l'a rencontré.

– Qui est Lucas ? demande ma mère, dont le regard passe de Mme Alvarez à moi.

Je m'apprête à répondre, mais la voisine me coupe encore la parole.

– Le petit ami de Jessica, dit-elle avec un immense sourire qui ressemble à celui de Marissa quand elle parle d'un garçon.

Maman se tourne vers moi avec un air peiné, comme si je l'avais trahie.

– C'est très récent, j'essaie d'expliquer.

Lucas frappe de nouveau.

– Où allez-vous ? demande-t-elle.

– On dîne chez lui avec ses parents. D'ailleurs, c'est super bizarre, parce que ça ne fait vraiment pas longtemps qu'on sort ensemble. À plus tard !

Je me glisse en biais dans l'embrasure de la porte. Une fois sur le perron, je la referme fermement derrière moi.

– Salut.

– Salut, répond-il en regardant derrière moi.

Je suis son regard, terrifié à l'idée que ma mère m'ait suivie comme un fantôme essayant de me piéger dans la maison avec elle pour l'éternité. À la fenêtre du salon, Mme Alvarez a repoussé le rideau pour nous regarder. Elle nous fait coucou avec un grand sourire. Je lui fais signe et prends la main de Lucas.

– On y va, dis-je en l'éloignant de la maison.

Lucas est mon échappatoire. Je veux l'emmener le plus loin possible de cet endroit pour que ces deux parties de ma vie ne se rencontrent pas. Pas encore. Ou même jamais.

Il me tient la portière et je monte dans sa voiture. Je ne commence à me détendre qu'une fois que nous avons démarré.

Il reste silencieux quelques minutes, ses yeux se posant brièvement sur moi avec une expression que je n'arrive pas à interpréter.

– Comment elle va, ta mère ? demande-t-il.

J'ai l'impression qu'il évite la vraie question : pourquoi je ne l'ai jamais invité chez moi, comme le ferait n'importe quelle petite amie normale ? Je n'arrive pas à imaginer un avenir dans lequel Lucas serait invité à dîner chez moi. Mais s'il veut justement quelque chose de normal ? Si c'est ce qu'il attend ?

Il était hors de question qu'il voie ma mère comme ça, avec sa robe de chambre à 18 heures un mercredi soir. Ou pire, qu'il voie à quel point je suis en colère et triste à cause d'elle, parce qu'elle a baissé les bras, parce qu'elle m'a laissée tomber, parce qu'elle pense être la seule à avoir perdu Ethan. J'ajuste ma ceinture, évitant Lucas, cette discussion, la vérité.

– Elle va bien, je mens, mettant un terme à la conversation.

Quand on s'arrête à un feu rouge, il me tend la main, et je la prends. Elle est chaude et sèche, mais devient rapidement moite. Il doit falloir beaucoup d'énergie pour maintenir un gratte-ciel comme lui en marche.

Les mots s'échappent de sa bouche :

– Tu es déjà allée voir quelqu'un ?

– Un psy ? En plus de Mme Walker ? (Il hoche la tête.) Non. Enfin… non…

– Pourquoi ?

– C'est trop cher.

Je ne vais pas plus loin.

– C'est pris en charge par les mutuelles.

Il dit ça comme si c'était une évidence pour quelqu'un jouissant de privilèges dont il n'imagine même pas que d'autres puissent être privés. Une famille qui prend soin de lui, ses besoins de base assurés chaque jour.

– Pas par la mienne. Le feu est vert.

Il conduit, regardant droit devant lui. Nous gardons tous les deux le silence. Son commentaire me laisse une sensation désagréable. Mais à sa manière de respirer, je vois bien qu'il est agacé par quelque chose que j'ai dit.

– Qu'est-ce que ta mère a préparé pour le dîner ? je demande pour changer de sujet.

– Une variation sur le thème du hamburger, j'imagine.

Une esquisse de sourire réapparaît. Quelques minutes plus tard, nous nous garons devant chez lui. Des crocus violets parsèment les parterres soigneusement entretenus, leurs bulbes ont dû être plantés et méticuleusement disposés plusieurs mois avant que le froid s'installe. Des paniers de fleurs aux fenêtres accueillent des pensées jaunes et violettes. Je n'ai jamais vu une maison respirant autant l'estime de soi.

Comme nous approchons de la porte, Lucas me prévient :

– Pour info, il faut que tu retires tes chaussures à l'intérieur. Ma mère a vu un reportage sur les bactéries qu'on ramène chez soi. Depuis, elle est à fond.

Évidemment. C'est ce que fait une mère attentionnée.

– On est là ! annonce-t-il en ouvrant la porte.

Dans l'entrée, il y a une paire de chaussures pour homme noires, encore plus grandes que celles de Lucas. Celles de son père, sans doute. Bienvenue chez les géants. Ou les ogres.

Mme Rossi sort de la cuisine pour venir nous saluer, essuyant ses mains sur son tablier. Dire que je suis stressée serait un énorme euphémisme. Ma langue reste collée à mon palais. Mais le sourire jovial de Mme Rossi est *trop* jovial – elle aussi, elle a l'air nerveuse.

– Bonsoir, Jess.

– Bonsoir, madame Rossi. Merci de m'avoir invitée.

Des pas lourds retentissent dans l'escalier.

Ça sent la chair fraîche !

– Salut, papa, dit Lucas en se tournant vers son père, sans lâcher ma main. Je te présente Jess.

Attention, spoiler : je sais à quoi ressemblera Lucas quand il aura plus de quarante ans. Et ce n'est pas horrible du tout. Un peu plus épais à la taille et plein de cheveux gris.

– Bonjour, monsieur Rossi.

Il se penche et dépose un petit baiser sur ma joue en la frôlant à peine.

– Content que tu aies pu venir, Jess.

Il nous fait signe de le devancer dans le salon jusqu'à la salle à manger. Il s'assied en bout de table – le couvert est déjà mis – et Lucas et moi nous installons près d'un énorme vaisselier rempli de verres en cristal et d'assiettes à la bordure dorée trop délicats pour ces géants.

– Alors, il paraît que vous travaillez ensemble ? demande-t-il.

Ses yeux pétillent quand il sourit. Lucas pousse un petit rire ironique.

– Ne te fais pas avoir par sa petite taille. Elle a une force surnaturelle. Un cirque essaie même de la recruter.

Je lui fais une grimace avant de me tourner vers son père.

– Ils se moquaient tous de moi quand j'ai commencé.

– Il faut dire que casser un évier dès le premier jour…

– Oui, mais maintenant, j'aime bien travailler chez Enzo. On s'habitue aux courbatures. Ce n'est pas si terrible.

– Eh bien, c'est bon à savoir, réplique M. Rossi en regardant son fils. À entendre Lucas, on croirait que c'est le bagne.

Le minuteur du four retentit. Quelques instants plus tard, Mme Rossi nous rejoint avec une cocotte en pyrex qu'elle pose sur la table avec des gants. L'arôme enivrant qui s'en dégage me met l'eau à la bouche ; je déglutis pour ne pas me mettre à saliver devant tout le monde. Elle dépose d'énormes portions dans chaque assiette. Dès que Lucas et M. Rossi prennent leur fourchette, j'attaque la mienne.

J'essaie de ne pas m'empiffrer, mais c'est tellement délicieux… Il y a du bœuf, du fromage et des nouilles, c'est salé, piquant et plein de sauce, et le tout semble embrasser mon estomac. Les parents de Lucas font la conversation, me posent des questions sur le lycée et le travail, et je hoche la tête et je réponds quand je ne peux pas faire autrement, mais le plat a mon attention pleine et entière. Quand je nettoie mon assiette, épongeant la moindre goutte de sauce avec du pain, Mme Rossi demande d'une voix aimable :

– Tu veux que je te resserve, Jess ?

Je sais que je devrais refuser par politesse, mais…

– Oui, s'il vous plaît, dis-je en tendant mon assiette.

Un véritable sourire s'épanouit sur le visage de Mme Rossi, rien à voir avec le rictus nerveux de tout à l'heure.

– Je suis tellement contente que tu aimes, lance-t-elle en me servant une deuxième énorme portion.

– Fais attention, maman, ricane Lucas. Jess n'est pas habituée à de telles doses de glutamate monosodique. Elle risque de se mettre à gonfler comme un ballon, comme Violette dans *Charlie et la chocolaterie.*

Lucas et son père éclatent de rire, et le bruit fait trembler la maison, comme le tonnerre. Mme Rossi sourit, apparemment habituée à ce genre de remarque, mais son sourire n'est pas comme celui qui a illuminé son visage quand je lui ai tendu mon assiette. C'est comme la blague de mes collègues sur le « nettoyage allée 6 ». Les moqueries sur sa cuisine commencent à bien faire, on dirait.

– Hé, dis-je à Lucas en lui lançant un regard mauvais. Ce n'est pas facile de faire la cuisine. Tu devrais t'estimer heureux que ta mère te prépare à manger tous les soirs.

Je viens sans doute d'ouvrir une porte qui donne en plein sur ma vie familiale. Les rires s'arrêtent aussitôt.

Mme Rossi semble choisir ses mots très soigneusement.

– Tu aimes cuisiner, Jess ?

Je n'aurais pu imaginer de façon plus délicate de contourner la mine que je viens moi-même de poser en travers de mon chemin.

– Si j'aime ça ? Non. Vous seriez étonnée du nombre de choses que je suis capable de faire brûler. Vous saviez que si on laisse bouillir des œufs trop longtemps, le jaune devient vert ? Et qu'on ne peut pas les passer au micro-ondes ? Moi je sais.

M. Rossi s'étrangle en riant, ce qui relâche un peu la tension.

– Mais enfin je me débrouille, je poursuis. Et ma voisine n'arrête pas de nous faire à manger. Ce soir, c'était des poivrons trop farcis.

– C'est Mme Alvarez, dit Lucas en hochant la tête. Elle est très attentionnée.

Je lui souris, contente qu'il l'aime bien, même s'il la connaît à peine et qu'il dit ça par gentillesse. Elle est vieille, elle est capable de me raconter la même histoire tous les jours comme si c'était la première fois, mais personne ne s'occupe autant de moi ces derniers temps.

– Mme Alvarez a essayé de m'apprendre, mais à chaque fois, tout ce qu'elle dit, c'est : « Ajoute une poignée de farine… ou un peu plus si besoin… Goûte. Est-ce que ça manque de sel ? » Comment je suis censée savoir s'il faut plus de farine ou de sel si je n'ai jamais cuisiné ?

Mme Rossi hoche la tête en se mordillant la lèvre inférieure, pensive.

– Eh bien, je suis sûre que Mme Alvarez est une meilleure cuisinière que moi, mais je peux te donner quelques trucs. Des choses faciles que tu pourrais faire toi-même, ajoute-t-elle en adressant un signe de tête à Lucas. Passe le pain à Jess.

Après le dîner, j'aide à débarrasser et, dans la cuisine, Mme Rossi ouvre les portes du placard et du congélateur pour me montrer ses « trucs ». Elle sort un grand paquet givré de viande hachée congelée et le brandit comme un trophée.

– Ça, ça me sauve toujours la vie. La taille familiale est la plus économique ; tu peux diviser le paquet en portions plus petites dans des sacs en plastique et les mettre au congélateur.

Elle se tourne vers la cuisinière et me montre sa grande poêle.

– Il suffit de faire brunir la viande dans une poêle. Tu sais ce que *brunir* veut dire, n'est-ce pas ? Tu la défais avec une spatule jusqu'à ce que le rose ait disparu. (Elle sort un paquet.) Puis tu ajoutes ça et tu mélanges le tout. Tu peux prendre des petits pains, ou des pains à burger. Ou... (Elle sort un autre paquet du placard.) Ajouter ça à la place pour faire des tacos.

Elle continue d'égrener ses recettes préférées et me note quelques conseils, le genre que je n'aurais jamais pensé avoir besoin de recevoir de ma mère avant qu'elle ne commence à avoir plus de mauvais jours que de bons.

Quand Lucas prend les clés de sa voiture pour me ramener chez moi, Mme Rossi se précipite vers la porte avant que je sorte.

– Jess, attends ! lance-t-elle en me fourrant une barquette en plastique dans les bras. Rapportes-en un peu. J'en ai trop fait.

Je sais ce que « j'en ai trop fait » signifie vraiment, mais je ne discute pas.

– À bientôt, j'espère, dit-elle en m'embrassant sur la joue.

Je hoche la tête et me détourne avant qu'elle ne voie les larmes qui viennent d'apparaître dans mes yeux.

Lucas garde le silence pendant que nous montons dans la voiture et bouclons nos ceintures. On quitte l'allée et on s'engage dans sa rue bordée d'arbres. Les nouvelles feuilles printanières arrondissent leur silhouette qui se découpe sur le ciel obscur.

Il me prend la main et expire profondément, comme s'il était nerveux.

– Alors… qu'est-ce que tu as pensé de cette soirée ?

– Tes parents sont vraiment gentils, dis-je.

Mais ce que j'ai vraiment envie de dire, c'est qu'ils sont non seulement gentils mais normaux. Ça a été une super soirée, mais elle m'a aussi rappelé douloureusement tout ce qui manque à ma vie. Ce qui manque, et ce qui me manque.

– J'étais sûr qu'ils feraient le maximum pour être sympas, reprend-il. Ils essaient d'être un peu plus cool avec moi parce qu'ils ont été trop durs avec Jason.

– À propos de Reggie ?

Je remarque que la lumière verte du tableau de bord adoucit son visage.

– Oui. Mes parents les trouvaient trop jeunes.

– Elle m'a raconté pourquoi il est resté, l'autre soir.

Il inspire à travers ses dents.

– Oui… mais s'il te plaît, n'en parle jamais à mes parents. Ils ne savent pas qu'elle a demandé à Jason de rester. (Il secoue la tête.) Ils ne le lui pardonneraient jamais.

– Ce n'est pas juste.

– Je sais. Mais il y a une grande différence entre la justice et les sentiments.

Mes *sentiments* pour ses parents ne sont soudain plus aussi généreux. Mais je dois me souvenir de ce qu'ils ont perdu, eux aussi.

Lucas se tourne vers moi.

– Tu es pressée de rentrer chez toi ?

Je m'étouffe avec mon propre rire.

– Euh… non !

– Ça te dit d'aller à la plage ?

Il passe un doigt sur le dos de ma main. Ce simple contact me coupe le souffle. Je hoche la tête et souris.

Nous nous engageons sur une route qui mène à la plage. Après l'ouragan Sandy, elle était couverte de sable, d'éclats de bois et de débris. Dans les rues alentour, on aurait dit qu'un navire s'était échoué sur une île déserte. Ça paraissait impossible de tout reconstruire, et pourtant, on l'a fait. Enfin pas tout le monde. Certaines maisons sont toujours abandonnées, parce que tout le monde n'est pas résilient, tout le monde n'est pas capable de se relever après avoir été renversé plusieurs fois.

Far Rockaway a été bâti sur une bande de sable, donc pas sur de bonnes bases. À un moment donné, on peut se demander pourquoi on continue à s'exposer comme ça, vulnérables, sans défense.

LUCAS

Pour Jess

Le lendemain matin, dans la cuisine, je trouve un post-it collé sur un tas de bons de réduction agrafés ensemble. Tout en bas de la pile, le ticket gagnant, celui que ma mère attend avec impatience chaque semaine dans le prospectus du mercredi : *Cinq dollars de réduction sur vos courses au supermarché*. Elle le donne à Jess. C'est un geste fort.

Du progrès, j'en vois partout. Même derrière la fenêtre de la cuisine, les arbres explosent, tous les petits bourgeons des semaines précédentes se déploient comme de minuscules mains vertes. Le calendrier arbore la photo d'un champ de tulipes et une citation inspirante : *L'espoir jaillit éternellement*. Peut-être. Peut-être bien.

Certaines dates sont entourées, des rendez-vous sont griffonnés. Apparemment, mon père doit passer une coloscopie le 10. Ma mère n'a même pas essayé de trouver un code pour ne pas le gêner. Non. Elle a écrit, « FRANK, COLOSCOPIE, 10 h 30 ».

En revanche, le samedi 20 n'est pas entouré. C'est dans un peu plus de deux semaines. Le jour de mon combat de boxe.

Les deux seules personnes au courant sont Leo et moi. Je n'en ai même pas encore parlé à Jess. Je ne sais pas trop quand ni comment je vais lui annoncer la nouvelle.

Maman entre en peignoir blanc molletonné, son café à la main, et jette un coup d'œil aux bons de réduction.

– Oh, tu les as trouvés, très bien. Pense à dire à Jess qu'ils valent double le mercredi.

Je ne sais pas quoi répondre. Je me contente de la serrer dans mes bras.

– Attention !

Elle lève sa tasse de café pour ne pas la renverser sur moi. Puis elle me tapote la joue lorsque je m'écarte.

Jess me tourne le dos. Elle est devant son casier et ses cheveux, qu'elle détache au lycée, tombent en ondulations cuivrées et brillantes. Je glisse mes bras autour de sa taille et pose mon menton près de son oreille. Une mèche me chatouille la joue.

– Hé.

Elle range son téléphone dans sa poche et se tourne vers moi pour m'embrasser.

Voilà un des nombreux nouveaux bons moments de ma journée. Il y a quelques semaines encore, j'avais peur de ne pas pouvoir gérer ça. Peut-être que c'est l'ocytocine, l'hormone du bien-être, qui envahit mon corps, qui tient mon anxiété en respect.

– Monsieur Rossi, mademoiselle Nolan, lance M. Klein, le principal, en nous menaçant d'un doigt en l'air.

Un seul doigt. Premier avertissement.

Dès qu'il disparaît, on se fait un autre baiser avant de s'éloigner dans le couloir, mon bras autour de ses épaules, sa taille pressée contre ma hanche. Je sors les bons de réduction de ma poche arrière et les lui tends.

– C'est de la part de ma mère.

– Oh, merci, répond-elle en feuilletant la liasse.

Elle n'a pas l'air de comprendre.

– Ce n'est pas rien. Elle t'a donné son bon de réduction de cinq dollars. C'est la même chose que si elle t'avait donné la part de gâteau avec la fleur en sucre dessus.

Elle rit en empochant les bons.

– Super, maintenant j'ai envie de gâteau.

Je ne crois pas qu'elle saisisse l'importance de ce geste. Ces bons de réduction sont une façon pour ma mère de lui souhaiter la bienvenue dans la famille. Jason aurait donné sa main droite, celle avec laquelle il lançait son ballon au foot, pour que ma famille déroule le tapis rouge à Reggie.

Je marmonne quelque chose de si pathétique que je voudrais aussitôt pouvoir ravaler ces mots :

– Ces bons de réduction comptent beaucoup pour ma mère.

Jess a l'air confuse, et même désemparée.

– Ah, dit-elle en les ressortant de sa poche arrière. Dans ce cas, rends-les-lui. Je n'en ai pas besoin.

Mais elle a les joues en feu, parce que je suis un idiot. J'entends la voix du Dr Engel dans ma tête : « *Si vous communiquez et cherchez des solutions ensemble…* »

Je mets donc de l'ordre dans mes pensées et inspire profondément.

– Je me suis mal exprimé. Elle veut que tu les aies parce qu'elle t'aime bien. Et j'ai envie que tu saches que c'est important à cause de tout ce que Jason a subi. Je veux que tu saches que mes parents, euh, qu'ils *essaient*. (Je me gratte l'arrière de la tête.) Et tu ne peux absolument pas savoir à quel point ça compte pour moi, et pour eux, alors je suis désolé.

J'essaie d'effacer avec mon doigt les rides d'inquiétude que j'ai causées sur son front.

– Je suis désolé, je répète, avant de me pencher pour l'embrasser.

Elle me laisse faire. Je lui prends la main et nous allons en cours.

– Et si on allait chez moi ce soir, après le boulot. On pourrait regarder un film, ou faire autre chose ?

Elle sourit avec soulagement. Son sourire me trouble, m'affole le cœur. C'est un peu effrayant. Et génial.

Il a plu des trombes pendant que nous étions au travail. Maintenant que la pluie s'est arrêtée, l'air humide embaume. Une odeur de propre.

L'eau dégouline des auvents des boutiques à un rythme de métronome quand on se dirige vers ma voiture, garée à quelques pâtés de maisons de là. Les voitures filent sur l'asphalte en sifflant.

Jess s'arrête devant une flaque. Un sourire malicieux apparaît sur son visage et elle marche dedans d'un pas lourd, nous aspergeant tous les deux.

– Hé ! je m'écrie en riant, même si mon jean est trempé.

– Oups ! Ça s'est retourné contre moi, s'esclaffe-t-elle en secouant les jambes. Je n'imaginais pas ça comme ça.

Je profite de ce bref instant de remords pour poser mes lèvres sur les siennes. Je mets mes mains sur sa taille et l'attire vers moi. Elle sourit et ses doigts agrippent ma veste pour me serrer contre elle. Je sens mes réservoirs se remplir de pur bonheur.

Puis elle s'écarte et monte dans la voiture, toujours souriante. Il n'y a que cinq minutes de trajet jusque chez moi. Elle m'attend sur le trottoir, puis nous entrons ensemble.

– Maman, on est là ! je crie tandis que Jess et moi retirons nos chaussures.

Ma mère est assise dans la cuisine, devant son ordinateur portable ouvert, lunettes sur le nez.

– Bonsoir, lance-t-elle sans cesser de taper sur son clavier, puis elle relève les yeux et sourit à Jess. Bonsoir, Jess.

– Bonsoir, répond-elle en lui faisant un signe de la main. Merci pour les bons de réduction.

– De rien ! Lucas t'a dit qu'ils comptent double le mercredi ? Tu ferais mieux d'attendre la semaine prochaine pour les utiliser.

Jess hoche la tête avec de grands yeux, tenant manifestement à lui faire plaisir. Je me sens coupable en la voyant faire autant d'efforts. Je vois bien que j'ai projeté les difficultés de Jason et Reggie sur notre relation.

– Sur quoi tu travailles ? je demande.

Quelque chose dans son attitude a changé. Ses épaules sont bien droites, son regard est concentré… et elle tape comme une pro sur son clavier. Des documents sont étalés sur la table à côté d'elle. Elle leur jette un coup d'œil avant de revenir à son écran.

– Ma boîte – mon ancienne boîte – m'a proposé un job en freelance. Et j'ai dit oui. Pourquoi pas, après tout ?

La regarder travailler m'emplit d'un mélange de fierté et de joie, et d'une bonne dose de soulagement. Ça faisait un moment que je ne l'avais pas vue aussi proche de la normalité.

Je prends Jess par les épaules et la dirige vers la porte du sous-sol.

– On te laisse tranquille. On descend regarder un film.

Ma mère relève les yeux avec un sourire forcé.

– D'accord. Mais je vous préviens, j'ai du linge qui sèche en bas.

Façon toute maternelle de dire : « Ne faites rien que vous ne voudriez pas être surpris en train de faire. »

On possède une énorme collection de DVD. Jess s'assied en tailleur devant les bacs de rangement, aussi excitée qu'un enfant dans un magasin de jouets.

– Nan !? s'exclame-t-elle en brandissant *Frankenstein Junior* comme si elle avait tiré le gros lot. Celui-là ! Il faut qu'on regarde celui-là !

Elle fait quand même une pile avec les films qu'elle veut voir la prochaine fois qu'elle viendra. Je suis content d'apprendre qu'elle a l'intention de revenir, et si j'en crois le nombre de films qu'elle met de côté, elle compte revenir souvent. Certains sont vieux comme le monde, mais ce sont des classiques : *Les Oiseaux, Le Lauréat, L'Exorciste*.

Elle s'arrête en arrivant à *Vacances romaines*. Elle passe le doigt sur la jaquette et son sourire s'affaiblit. Je m'accroupis à côté d'elle.

– Qu'est-ce qu'il y a ? je demande.

– Rien, répond-elle avant de hausser les épaules. Avant, ma mère et moi, on empruntait souvent des films à la médiathèque. Elle adore Audrey Hepburn. C'est son préféré.

Elle le retourne pour me le montrer, puis le remet à sa place. Je le sors et le pose sur sa pile de films.

– On peut le regarder, si tu veux ? je demande.

– Je préfère pas, non, répond-elle en plissant le nez et en secouant la tête.

Je mets les mains sur ses épaules et les serre un peu.

– Alors prends-le, tu le regarderas avec ta mère.

– Pourquoi pas.

La porte ouverte sur sa vie se referme en me claquant au nez. Je n'obtiendrai rien de plus. Elle me tend *Frankenstein Junior* en souriant. Je l'insère dans le lecteur et on s'installe sur le canapé.

Je dois au moins lui reconnaître ça : elle est capable de changer d'état d'esprit plus vite que n'importe qui.

Au moment où Gene Wilder se plante un scalpel dans la jambe, on est passés en mode câlin. Je m'allonge sur le canapé et l'entraîne avec moi, puis j'étends une couverture sur nous… juste au cas où. Ma main se glisse sous son tee-shirt. Elle regarde l'escalier.

– T'inquiète, je murmure à son oreille. Je surveille.

Je lui embrasse l'oreille et tire sur son lobe avec les dents. Elle retient son souffle et passe une jambe autour de ma taille pour me rapprocher d'elle. On se retrouve très vite pressés l'un contre l'autre et je prie pour que ma mère sorte pour aller faire une course, n'importe quoi… Ce serait tellement mieux si on pouvait retirer une ou deux couches de vêtements.

La porte s'ouvre et on s'assoit brusquement. Je mets la couverture sur nos genoux, la lisse et essaie d'avoir l'air normal.

– Je dois étendre le linge, annonce ma mère d'une voix autoritaire.

Nous faisons comme si tout était normal, mais je crois que les cheveux décoiffés et les lèvres gonflées de Jess indiquent clairement ce que nous étions en train de faire.

Ma mère ouvre le séchoir, jette un coup d'œil à l'intérieur, puis referme la porte et relance la machine.

– Ce n'est pas encore sec, dit-elle, avant d'ajouter, au pied de l'escalier : je laisse la porte ouverte, d'accord ?

Elle ne nous pose pas vraiment la question, elle nous met au courant. Les joues de Jess s'enflamment.

Dès qu'on entend les pas de ma mère au-dessus de nous, je me jette sur Jess.

– Ta mère ! chuchote-t-elle en me repoussant.

– Embrasse-moi plus doucement ! je la taquine.

Elle roule sous moi et tombe par terre. Puis elle me lance un oreiller à la figure.

– Tu ferais peut-être mieux d'embrasser ça ! dit-elle en riant.

Je m'affale sur le canapé et fixe les dalles de plafond grêlées. Jess tente de me prendre la couverture, mais je tiens bon.

– Laisse-moi une minute.

Je ferme les yeux et me creuse la cervelle à la recherche d'une image qui pourrait m'aider à reprendre le contrôle de la situation. En général, je repense à la fois où un type bourré est sorti d'un pub et a vomi sur mes baskets.

– Très impressionnante, cette tente, monsieur Rossi, fait remarquer Jess. Vous gâchez vos talents chez Enzo. Vous devriez vous trouver un boulot chez un vendeur de matériel de camping.

Elle rit à sa propre blague. Je pousse un grognement.

– Tu ne m'aides pas beaucoup.

Plus tard, je la reconduis chez elle. La lumière extérieure de sa maison est éteinte. J'attends qu'elle soit rentrée avant de repartir, mais je ne peux pas m'empêcher de me demander ce qu'elle veut me cacher.

JESS

Si un autre débile fait sa promposition devant moi, je vais hurler. Je suis à deux doigts de coller un panneau « No Prompositions » sur mon casier.

Trop tard. Andrew vient d'arriver. Ses cheveux ont l'air particulièrement croustillants aujourd'hui.

Un quatuor à cordes s'installe dans le couloir à côté du casier de Sarah. Risa coince son violoncelle entre ses jambes.

– Je ne peux pas arriver en retard en chimie, prévient-elle Andrew, qui brandit une pancarte.

QUOI DE MIEUX QU'UN QUATUOR?
UN DUO!
TOI ET MOI AU BAL DE PROMO, BÉBÉ!

Le « bébé » me donne un haut-le-cœur. Ça, et le fait que Sarah sorte encore avec lui après ce qui s'est passé l'autre jour dans le couloir.

Le bal a lieu dans dix jours. Tous ceux qui ont attendu la dernière minute pour se décider se dépêchent de trouver un partenaire.

– Jess !

Aisha remonte le couloir à toute vitesse. Elle court toujours dans tous les sens. C'est elle qui se fait payer pour trouver des idées de *prom*position. Le genre élève brillante qui fait partie de tous les clubs imaginables.

Elle s'arrête devant moi en dérapant.

– S'il te plaît, dis-moi que ce n'est pas toi qui as inventé celui-là, lui dis-je en désignant la pancarte d'Andrew.

Aisha plaque une main sur sa poitrine. Ses bagues en argent scintillent contre sa peau marron tandis qu'elle essaie de reprendre son souffle. Puis elle regarde la pancarte et retrousse la lèvre d'un air dégoûté.

– Sûrement pas. Andrew est un gros abruti. J'ai carrément refusé son argent. Vous y allez, Lucas et toi ?

Je ris à cette idée. Notre grande sortie, c'était d'aller à la supérette mercredi pour que je puisse utiliser les bons de réduction que sa mère m'a donnés.

– Euh, non. C'est pas trop notre truc.

Je pense à toutes les photos du bal de promo postées sur le site du lycée. L'autobronzant orange. Les faux ongles. Les filles comprimées dans des robes trop serrées. Les garçons espérant trouver un moyen pour les faire sortir de leurs robes. Tout cet argent gaspillé en coiffure, en maquillage, en limousines, en smokings. Et tout ça pour quoi ? Une seule soirée ? Je préfère la passer à la plage avec Lucas.

Elle reprend rapidement son souffle.

– Bon, deux choses. Une ! (Elle lève un doigt.) Personne ne s'est présenté au poste de trésorier de la classe pour l'année prochaine. Rien, nada. (Elle forme un zéro avec sa main.) Ça te dirait ?

Je recule la tête, un peu sous le choc.

– Pourquoi moi ?

– Pourquoi pas toi ?

– Sérieusement, qu'est-ce qui te fait croire que je pourrais avoir envie d'accepter ?

– Parce que tu es bonne en maths ?

Comme je lève les yeux au ciel, elle ajoute :

– Il n'y a pas de piège. Je demande ça à tout le monde. Personne ne veut le faire. Ce n'est pas compliqué et ça fait toujours bonne impression dans les dossiers de candidature à la fac. Et comme personne ne va se présenter contre toi, tu n'auras même pas à faire campagne ni rien. Tu réfléchis, d'accord ?

Je hausse les épaules. Très bien. Je ferai semblant d'y réfléchir, même si ça m'étonnerait que j'aille à la fac l'année prochaine.

Elle repousse ses boucles brunes sur son épaule et se gratte le menton tout en examinant un carnet ouvert dans sa main.

– Bon, ensuite… je travaille sur la section « In Memoriam » de l'album de la promo, commence-t-elle, les yeux rivés à son carnet, sans quoi elle verrait à quel point je suis accablée. Nous voulons faire un article sur tous ceux qu'on a perdus ce soir-là et qui auraient passé leur diplôme cette année.

Sa voix est prudente, délicate. Bien intentionnée. Ça n'empêche pas le couloir de rétrécir ni mes doigts de fourmiller.

– Si tu as une photo d'Ethan bébé à me prêter, ce serait super. Et aussi une liste de ce qu'il aimait pour qu'on puisse personnaliser tout ça.

Sa voix se noie dans le vortex sonore tout autour de moi. Des rires trop aigus. Des casiers qui claquent. Quelqu'un passe en courant et en criant, juste à côté de mon oreille. Je tressaille.

Soudain, sans crier gare, Aisha me prend dans ses bras. Peut-être a-t-elle parlé plus longtemps que je ne le pensais.

– Ça va ? demande-t-elle.

Je hoche la tête pour mentir. Elle recule et ses yeux s'emplissent de larmes.

– Ce n'est pas plus facile, hein ? ajoute-t-elle comme si elle le savait d'expérience, comme si elle savait ce que ça fait de perdre son frère.

Quand elle s'éloigne, je me rappelle vaguement qu'elle m'a demandé de ramener des morceaux de la vie d'Ethan pour que, dans des années, des gens puissent pointer sa page dans l'album de la promo et avoir de la peine pour lui, pour nous.

La sonnerie retentit et me fait l'effet d'un coup de tonnerre. Le couloir se vide, aspirant tout mon espace, tout mon air, tout ce dont j'ai besoin pour survivre.

Je me précipite aux toilettes. Une fois en sécurité dans une cabine, je sors mon téléphone pour regarder des photos d'Ethan et Marissa. Ça me fait du bien, mais seulement un peu. Mon cœur bat toujours à cent à l'heure, comme une hélice d'hélicoptère.

La porte s'ouvre à toute volée et les voix tonitruantes de Domie et Charmaine résonnent contre les murs en parpaing.

– Il faut que tu ailles à l'église plus souvent, Domie. Tu as le diable au corps ! Tu as besoin de Jésus dans ton âme !

– Jésus, Jésus, Jésus, répète Domie en rigolant.

C'est la cavalerie qui vient à la rescousse. J'ai les jambes comme de la gelée, alors je m'assois sur les toilettes en tendant l'oreille. La fenêtre s'ouvre en grognant. J'entends l'étincelle d'un briquet et une odeur douceâtre d'herbe envahit l'espace.

– Hé, la rouquine, t'en veux ?

Charmaine me tend le joint sous la porte. Je l'accepte et en prends une bouffée, la retenant un moment dans mes poumons. Puis j'en prends une autre avant de sortir.

– Comment tu as su que c'était moi ? je demande en lui rendant le joint.

Elle rit et tire dessus avant de le passer à Domie.

– Tu es la seule fille que je connaisse dont les pieds ne touchent pas le sol quand elle est assise sur les chiottes, répond-elle en aspirant pour garder la fumée dans ses poumons.

Domie éclate de rire. Moi aussi. On fait tourner encore plusieurs fois le joint. Le fantôme assis sur ma poitrine chaque seconde de la journée se brouille et se fond dans le décor.

LUCAS

La dernière sonnerie vient de retentir. Jess marche à côté de moi en traînant les pieds alors qu'on se fraie un chemin à travers la foule d'élèves affamés de soleil qui tentent tous de sortir du bâtiment en même temps, comme des bulles de gaz s'échappant d'une bouteille de Coca secouée.

– Je suis teeeellllement crevée, dit-elle en bâillant, les yeux injectés de sang.

– T'as pas dormi la nuit dernière ? On dirait que t'es défoncée, dis-je en riant, jusqu'à ce qu'elle hausse les épaules et hoche la tête. T'es défoncée ?

– Peut-être, dit-elle, ce qui, je le sais maintenant, veut dire oui. Il est possible que je sois tombée sur Domie aux toilettes tout à l'heure. Peut-être qu'elle était en train de fumer un joint.

– Au lycée ? je demande en me grattant la tête.

– Ouais. Je me sentais déprimée. Elle était là. J'ai trouvé que c'était une bonne idée, à ce moment-là. Sauf que j'avais oublié le contrôle d'histoire. Soit je l'ai hyper bien réussi, soit je l'ai complètement foiré. Je n'en sais rien du tout.

Elle rit. Ça ne me choque pas qu'elle fume. Moi, en tout cas, ce n'est vraiment pas mon truc. Ça contracte mes paupières au lieu de les détendre, ça me rend nerveux, colérique, paranoïaque… tout le contraire de ce que je recherche.

– Alors… pourquoi tu étais déprimée ?

– Je ne sais pas, dit-elle en regardant dans le vide.

Je pousse un soupir. Ça devient épuisant d'essayer de lui soutirer des infos. Mais une vague d'optimisme s'abat sur moi dès qu'on est dehors. C'est une magnifique journée de printemps. L'air tiède nous caresse la peau. Les cours seront terminés le mois prochain, il y aura la remise des diplômes, et ensuite on aura tout l'été avant que mes cours commencent à Queensborough Community. Des week-ends à la plage, des feux de camp, des barbecues. Je peux presque tout supporter quand il fait beau. Peut-être qu'on pourra s'échapper quelques jours pour camper.

Ma voiture est garée dans la rue. Jess saute sur le siège passager et l'incline pendant que je démarre.

– J'ai sommeil, marmonne-t-elle en fermant les yeux.

– Tu veux que je te ramène ?

Elle ouvre un œil injecté de sang pour me foudroyer du regard.

– Quoi ? Non ! Vas-y, démarre !

– Je vais où ? je demande en m'engageant sur la route.

– Surprends-moi, répond-elle, les yeux fermés.

– Je croyais que tu n'aimais pas les surprises.

– Je vais faire une exception aujourd'hui, répond-elle en poussant un énorme bâillement. Je vais juste m'accorder une petite sieste dynamisante. Dix minutes max.

Et elle se met presque immédiatement à ronfler.

Je décide de sortir du Queens. Je conduis une heure vers l'est, puis vers le nord, jusqu'à rejoindre le parc régional où mes parents nous emmenaient quand nous étions petits. Jess se réveille au moment où je me gare sur le parking.

Elle s'étire et tourne la tête pour regarder par toutes les vitres. Partout, elle ne voit que des feuillages verts. Elle se tourne vers moi avec un air interrogateur.

– Tu es au courant que tu ronfles ? je demande.

Elle s'essuie la bouche du revers de la main. Je préfère ne pas lui faire remarquer qu'elle bave, aussi.

– Maintenant, tu connais tous mes petits secrets, dit-elle. On est où ?

– Dans un parc naturel sur la côte nord de Long Island. On varie un peu aujourd'hui.

On descend de voiture et on marche jusqu'à l'eau. Je trouve un endroit isolé, une sorte de petite oasis privée surplombant la plage en haut d'une falaise avec vue sur le détroit de Long Island. Jess s'installe sur mes genoux, les bras autour de mon cou.

Elle repousse ses cheveux derrière son oreille, puis presse ses lèvres contre les miennes, doucement d'abord, puis avec plus d'intensité.

Mais j'ai des questions. Tellement de questions. Je m'écarte.

– Tout à l'heure, dans la voiture, tu m'as dit… (Elle m'embrasse le coin de la bouche.) Que toi et Domie… (Elle plante un autre baiser sur mes lèvres.) Pourquoi est-ce que tu… (Encore un baiser.) Tu essaies de m'empêcher de parler ou quoi ?

– Tu n'aimes pas ? demande-t-elle en m'embrassant de nouveau.

– Plus ou moins.

Elle sourit contre mes lèvres, mais je m'écarte suffisamment pour pouvoir parler.

– Sérieusement, pourquoi tu fumes au lycée ?

Elle s'écarte et m'observe en plissant les yeux.

– Tu me juges, là ?

– Je ne te juge pas. En tout cas, j'essaie. C'est juste que tu ne bois pas, mais tu fumes de l'herbe ? Je voudrais comprendre.

Les bras toujours autour de mon cou, elle prend une grande inspiration par le nez et observe l'auvent que forment les arbres au-dessus de nous.

– Je ne bois pas parce qu'il y a des problèmes d'alcoolisme dans ma famille. L'herbe, ça m'aide à me détendre.

– N'empêche que ça reste de l'automédication, dis-je.

Elle détache ses bras de mon cou.

– Je ne vois pas la différence. Toi tu gobes des pilules que tu achètes à la pharmacie, moi je fume de la beuh. Je ne le fais pas tous les jours et je peux très bien m'en passer. Tu es vraiment en train de flipper à cause de ça ?

– Non… je ne flippe pas. C'est juste… écoute, si c'est seulement de temps en temps, OK. Mais si tu as besoin de ça pour supporter le quotidien, alors oui, je pense que c'est un problème.

Elle souffle et se laisse glisser de mes genoux. Est-elle en colère parce que je tiens à elle ?

– Hé, je fais en lui donnant un petit coup d'épaule.

– Hé, elle répète en ramassant des cailloux par terre pour éviter de me regarder.

Je la bouscule encore doucement.

– Je tiens à toi, Jess, c'est tout. C'est si terrible que ça ?

Elle secoue la tête et fait rebondir les cailloux dans sa main. Elle soupire.

– Non. Je crois que tu es bien le seul, ces derniers temps.

Je passe mon bras autour de ses épaules. Elle cède et se laisse aller contre moi.

– Ce n'est pas ta faute, de toute façon, reprend-elle. Aisha est venue me voir aujourd'hui. Elle travaille sur la section « In Memoriam » de l'album de la promo.

– Ah merde.

– Exactement. La sonnerie a retenti, et d'un seul coup j'ai eu l'impression que je n'arrivais plus à respirer. Tout me semblait trop serré. Dans ces cas-là, je prie pour que Domie soit en train de fumer dans les toilettes, juste pour que ça s'arrête.

Je hoche la tête.

– J'ai fait une vraie crise de panique au Five Guys avec Pete. Les bruits violents peuvent déclencher ça chez moi. J'ai failli tomber dans les pommes. C'est Pete qui a dû gérer ça.

J'arrache un pissenlit et je souffle dessus. Les graines s'envolent toutes au loin sauf une, qui se pose dans les cheveux de Jess. Je la retire et la fais rouler entre mes doigts, essayant de trouver le courage de lui dire ce que j'ai sur le cœur.

– Je ne sais pas comment dire ça, alors je vais simplement me lancer : je suis inquiet pour toi.

Elle recule la tête, surprise.

– Pour moi ? Pourquoi ?

Je me retiens difficilement de ne pas lever les yeux au ciel.

– Pourquoi ? Parce qu'il y a visiblement des problèmes dans ta vie dont tu ne parles jamais. Et je suis presque sûr que ce que tu décris se produit parce que tu gardes tout ça en toi.

Elle détourne les yeux, suivant le vol léthargique des graines duveteuses.

– OK, dit-elle avant de marquer une pause.

Elle ferme les yeux et tout son visage se crispe.

– OK, répète-t-elle, comme si elle s'apprêtait à sauter d'un plongeoir et prenait son courage à deux mains. Ma mère…

Elle se tait et déglutit. Puis elle renifle et s'essuie les yeux.

– C'est pour ça que je n'en parle jamais.

Elle essaie d'en rire, mais elle s'étrangle avec un sanglot.

– Jess, il faut bien commencer.

Elle hoche la tête et renifle encore.

– C'est comme si elle était morte ce soir-là, elle aussi. Avec Ethan, dit-elle d'une voix rauque, avant d'enfouir son visage entre ses mains, en larmes. Tu l'as bien cherché !

– Aie un peu plus confiance en moi, dis-je en rapprochant ma bouche de son oreille. Ça ne me dérange pas. Je veux savoir.

Elle hoche la tête et pleure encore un peu.

– Je sais, admet-elle. Je ne sais pas pourquoi c'est aussi dur.

– Je ne pourrais pas te dire combien de fois j'ai chialé pendant mes séances chez le psy, dis-je en la serrant plus fort contre moi.

Il lui faut un moment avant d'être capable de parler de nouveau. Finalement, elle se redresse. Elle serre ses manches dans ses poings et s'essuie les yeux.

– Ça a commencé quand mon père nous a quittés. Elle est restée au lit pendant des jours. Pourtant on avait besoin d'elle, tu sais. Nous aussi, il nous avait abandonnés.

Elle prend une inspiration haletante et souffle longuement.

– Elle est retournée travailler quelques jours plus tard, mais elle n'était plus la même. Ça lui a fait quelque chose. Elle vient tout juste de mettre en gage son alliance et sa bague de fiançailles. Tu sais… le soir où je ne suis pas venue au bowling. Elle était dans un état lamentable ; je ne pouvais pas la laisser comme ça. Elle n'avait pas envie de les vendre, alors qu'on a vraiment besoin de cet argent. Je crois qu'elle attend toujours que mon père revienne. (Elle s'essuie les yeux.) Quand Ethan est mort, elle a utilisé tous ses jours de congé, ses jours d'arrêt maladie, ses jours de vacances… et ensuite elle a pris un congé sans solde. Quand les douze semaines ont été écoulées, elle leur a dit qu'elle ne reviendrait pas travailler. Elle a touché du chômage pendant un moment, jusqu'à ce que l'organisme lui fixe des rendez-vous où elle n'est pas allée. Du coup on a cessé de recevoir les chèques. Et puis, il y a quelques mois, elle a arrêté de prendre ses antidépresseurs, sous prétexte que ça ne l'aidait pas. Et depuis, ça ne fait qu'empirer. La plupart des jours, elle ne veut même pas sortir de son lit. Donc en gros, tout le monde est parti, poursuit-elle en comptant sur ses doigts : mon père, Ethan, Marissa, ma mère. Même ceux qui ne sont pas morts ne sont plus là pour moi. Soit ils sont devenus des fantômes, soit ils m'ont laissée tomber.

– Mais je suis là, moi.

Elle hoche la tête, ratissant le sol avec ses doigts.

– Je sais.

Mais je comprends. Ça ne suffit pas. Elle a envie de retrouver sa mère, elle a besoin d'elle.

– Il n'y a pas que des mauvais jours, ajoute-t-elle. Parfois, elle essaie. Je n'arrive pas à la convaincre de retourner chez le psychiatre, ou d'en trouver un autre. Elle ne veut pas.

– Et toi ?

– Quoi, moi ?

– Tu ne crois pas que tu devrais parler à quelqu'un ?

Elle ouvre la bouche d'un air irrité et agite la main.

– Je te l'ai déjà dit. On n'a pas les moyens.

– Chez Mme Walker, c'est gratuit, je réplique, et comme elle ne dit rien, j'ajoute : écoute, si tu étais malade, tu irais voir l'infirmière, non ? C'est pareil.

Elle hoche la tête et fixe le sol.

– Ouais, d'accord.

– Je veux juste t'aider. Tu le sais, hein ?

Elle me regarde un instant.

– Tu m'aides tous les jours. Grâce à toi, j'ai une raison d'avancer.

Elle essuie son visage avec ses manches, puis elle prend ma main et déplie mes doigts. La graine de pissenlit est toujours là. Elle ferme les yeux et souffle. Quand elle les rouvre, elle sourit.

– Tu vois ? Mon vœu a été exaucé. Tu es toujours là.

Elle s'allonge et tire sur mon tee-shirt pour que je la rejoigne. Elle plante un coude dans le sol et pose sa tête sur sa main, puis elle arrache un autre pissenlit, un bourgeon jaune bien compact cette fois-ci, et le passe sur mon nez.

Aujourd'hui, elle s'est ouverte à moi, je sais que c'est un grand pas. On avance. On communique. On traverse ça ensemble. Il est temps de penser à l'avenir, de faire des projets dans lesquels les fantômes ne seront ni invités, ni les bienvenus.

– Bon, j'ai un truc qui va te faire rire, dis-je en refermant les doigts autour de son poignet alors qu'elle passe le bourgeon jaune sur mon nez.

Elle m'en donne un petit coup.

– C'est bientôt le bal de promo, dis-je.

Elle penche la tête comme si elle ne m'avait pas bien entendu.

– Le bal de promo ?

– Dimanche prochain.

– Oui ? Et alors ?

– Je crois qu'on devrait y aller.

Elle me dévisage pendant trop longtemps. Mon cœur s'arrête de battre tandis que j'attends une réaction de sa part.

– Le bal de promo ? répète-t-elle encore, l'ombre d'un rire dans la voix.

– Pourquoi pas ? Ce serait marrant.

Elle se laisse tomber dans le creux de mon bras.

– Ta conception de ce qui est marrant ou pas est bien différente de la mienne. J'aurais dû m'en douter quand tu m'as dit que tu faisais de la boxe.

Je roule sur le côté pour me retrouver face à elle.

– Je pensais que je n'avais pas envie d'y aller non plus, mais finalement l'idée a fait son chemin en moi.

– Un peu comme de la moisissure, quoi, dit-elle avant de pousser un grognement vaincu. D'accord. On ira. Mais seulement parce que tu vas finir le lycée et que je ne veux pas que tu regrettes de ne pas être allé à ton bal de promo. Par contre, j'ai des conditions. Un : pas de limousine. Trop naze. Deux : pas de fleur épinglée au corsage. *Vraiment* trop tarte. Et trois : il est absolument exclu que tu me fasses une *prom*position. Je suis sérieuse. Sinon, notre accord tombe à l'eau.

– Tu es dure en affaires, Jessica Nolan. Mais tu ne me coûtes pas cher, alors je ne vais pas discuter.

JESS

Après s'être garé devant chez moi, Lucas retire un brin d'herbe de mes cheveux, puis il se penche pour un dernier baiser qui se transforme en une longue étreinte à me couper le souffle. Je le repousse doucement.

– Leo va être furax.

– Il est toujours furax, réplique-t-il en retrouvant mes lèvres.

– À quelle heure tu étais censé y être ? je demande en regardant l'horloge sur le tableau de bord.

– Dix-neuf heures, répond-il tandis que ses lèvres descendent sur mon menton.

Je ne suis pas pressée de rentrer, mais je ne veux pas qu'il ait des ennuis. Je le repousse.

– Il est vingt. Il va dire que c'est de ma faute.

Je me penche par-dessus mon siège pour attraper mon sac. Sa main remonte sur l'arrière de ma jambe. Je lui donne une petite tape.

– C'est pas le moment.

– On pourrait aller faire un tour, propose-t-il.

Je me rassieds et place mon sac entre nous, telle une dompteuse de lions brandissant une chaise.

– Va te défouler, champion. Frappe des sacs, saute à la corde, essaie d'attraper des poulets…

– Les poulets, c'est seulement dans *Rocky*, réplique-t-il en essayant de combattre mon sac à dos, et on éclate de rire.

– Peu importe. Entraîne-toi comme Rocky, même si tu ne feras jamais de vrais combats.

Il arrête de rire.

– Au fait…

Il pose un bras sur le rebord de la portière et appuie sa tête contre sa main, les yeux fermés.

– Il y a bientôt une compétition amateur à laquelle je pourrais participer.

Je me fige. Il plaisante. Forcément.

– C'est ça, dis-je en riant, puis, comme il ne répond rien, je demande : Tu essaies de me dire un truc, là ?

Il expire bruyamment.

– Je suis inscrit. Mais je n'en ai encore parlé à personne.

– Quoi ? Pourquoi ?

Il hausse les épaules, les mâchoires contractées.

– Pour voir si j'en suis capable.

– Capable de quoi ? De botter les fesses à quelqu'un ou de te faire botter les fesses ?

– Pourquoi je m'entraîne aussi dur, à ton avis ? Tu ne crois pas que les gens qui pratiquent un sport de compétition doivent tester leur niveau à un moment ou à un autre ?

– Je pensais juste que tu faisais ça pour te dépenser ou pour rester en forme ou je ne sais quoi. Je ne pensais franchement pas que ton truc, c'était de faire du mal à quelqu'un !

Il serre le volant à deux mains.

– Il ne s'agit pas de faire du mal à qui que ce soit. C'est un sport. Dans tous les sports, on gagne ou on perd.

Je joins mes doigts devant mon visage et secoue la tête.

– Je ne comprends pas.

– La boxe, ce n'est pas de la bagarre. C'est comme les échecs. Il faut contrôler son corps et son esprit tout en gardant toujours une longueur d'avance sur son adversaire. Tu vois la sensation que tu as eue dans le couloir, aujourd'hui ? Ton corps a réagi de manière instinctive. Tout s'est accéléré, le rythme de ton cœur, de ta respiration, ta pression sanguine. Quand on boxe, il faut faire exactement le contraire : ralentir son rythme cardiaque, détendre son esprit et son corps pour voir ce qui se passe devant soi…

Je prends un air désapprobateur.

– C'est quand, ce combat ?

– Samedi prochain, répond-il en serrant le volant comme s'il se préparait physiquement à ma réponse.

– La veille du bal de promo, donc.

Il regarde droit devant lui, mais son silence tient lieu de réponse.

– Au moins, on aura des photos marrantes avec ta figure passée au mixeur.

Il rit, même si je ne plaisante pas.

– Qu'est-ce qui te fait croire que je vais perdre ?

Je pose la main sur la poignée pour m'en aller.

– Ne sois pas fâchée, me supplie-t-il.

– Je ne suis pas fâchée, dis-je en soupirant. Si tu pensais que je serais enchantée, tu me l'aurais dit plus tôt, non ? Laisse-moi juste un peu de temps pour me faire à cette idée. J'ai bien compris pourquoi tu fais ça, mais mon cerveau continue de me montrer des images que je n'ai pas envie de voir.

Je contourne sa voiture. Il baisse sa vitre.

– Jess ?

Je me penche vers lui.

– Écoute, tu ne peux pas me reprocher de réagir comme ça. J'en suis venue à vraiment aimer ton visage. Je n'ai pas envie que quelqu'un l'abîme.

Je l'embrasse pour lui dire au revoir.

Il attend que j'aie refermé la porte avant de démarrer. La lampe du salon est allumée quand j'entre dans la maison. Le couloir menant aux chambres est dans l'obscurité. Sur la table basse, je vois quelque chose de nouveau. L'album de mariage de mes parents.

Je feuillette les photographies, dont la plupart sont douloureusement gnangnan. Ma mère dans sa robe de mariée, tenant un flacon de parfum et faisant semblant de se préparer pour le grand jour. « Je ne me parfumais jamais, m'a-t-elle confié il y a quelques années, quand nous étions encore une famille qui croyait au bonheur. C'est le photographe qui m'a forcée à faire ça. Regarde, on dirait que je m'en mets dans l'oreille ! »

Il y a une photo de mon père attendant ma mère à l'église, les cheveux encore épais et ondulés, bien peignés. Le photographe lui avait demandé de regarder sa montre et de s'éponger le front avec un mouchoir : « Faites comme si vous aviez peur que Nicole vous abandonne devant l'autel. » Ça ne risquait pas d'arriver, elle était déjà enceinte d'Ethan. La réception a eu lieu dans une salle louée par les vétérans de l'armée. La demoiselle d'honneur de ma mère, Maureen, l'avait décorée pour moins de cent dollars avec des nappes en plastique, des bannières et des assiettes en papier. Ils avaient acheté un fût de bière et un gâteau au supermarché.

Je ne peux pas m'empêcher de voir ces photos à travers les yeux de ma mère et j'absorbe sa tristesse une fois de plus. Des rappels, partout où je regarde. Toujours là pour me ramener à la réalité dès que je commence à croire que le pire est derrière moi.

LUCAS

Jess ne me reparle pas du combat, et je laisse donc ce sujet de côté. Mais le lendemain, elle m'accompagne après les cours quand je vais essayer un smoking. À quelques pâtés de maisons de chez Enzo, juste à côté du magasin Tout à 92 cents – qui écrase la concurrence des magasins Tout à 99 cents –, une boutique semble avoir toujours été là : Locations de Smokings Marvin.

La cloche tinte lorsque nous entrons. Jess ferme les yeux et inhale, ses épaules se soulèvent alors qu'elle emplit ses poumons.

– Boules antimites et fumée de cigare. C'est dingue, c'est exactement comme ça que j'imaginais l'odeur d'une boutique de location de smokings !

On fait le tour des lieux, examinant les différents styles proposés. Le visage de Jess s'illumine devant un smoking tout blanc. Elle passe derrière lui et pose ses deux mains sur les épaules du mannequin.

– Alors là, j'insiste !

Je secoue la tête, jouant le jeu.

– Pas question. C'est bleu ciel et chemise à jabot ou rien.

Elle fait mine de peser le pour et le contre, levant d'abord une main puis l'autre.

– Hum… Un smoking bleu… ou rien du tout ? Les deux me vont.

Je me retourne avant qu'elle ne puisse voir à quel point elle me trouble. Il faut que je me reprenne avant les essayages.

Un vieil homme voûté sort de derrière un rideau, un mètre ruban autour du cou, comme une cravate dénouée. Il ressemble à une chouette, avec ses lunettes à verres épais. Ça doit être lui, Marvin.

– Bonjour-bonjour, lance-t-il en souriant, la bouche grande ouverte. Ne dites rien, laissez-moi deviner !

Il pose deux doigts sur son front et prend un air concentré, comme s'il lisait dans nos pensées.

– Le bal de promo approche et vous avez besoin d'un smoking ! s'exclame-t-il en rouvrant les yeux. C'est bien ça ?

Jess sourit.

– Mais oui ! Est-ce que vous avez celui-ci en XXL ? demande-t-elle en pressant les épaules du smoking blanc.

– Elle plaisante ! dis-je en secouant la tête.

– Pas du tout ! proteste Jess, mais Marvin me suit dans la boutique et je désigne un autre mannequin portant une veste blanche et un pantalon noir.

Je me tourne vers Jess.

– Ma grand-mère aurait trouvé celui-ci très distingué !

– Oups ! Désolée, je croyais qu'on visait le ridicule.

Marvin tape dans ses mains en riant, comme si nous étions les clients les plus charmants et les plus réjouissants qu'il ait jamais eus. J'ai peur qu'il ne fasse tomber son dentier tellement il sourit.

– En effet, celui-ci est très distingué. Et très populaire. C'est pour dimanche, c'est ça ?

– Exactement.

– Ah ah ! s'esclaffe-t-il. On attend la dernière minute, hein ? Bon, je vais prendre des mesures. Aimeriez-vous vous joindre à nous, jeune fille ?

– J'en serais ravie, répond Jess. Puis elle tape dans ses mains comme une bécasse et nous rejoint en sautillant.

– Qui êtes-vous ? Qu'avez-vous fait de ma petite amie ?

– Des larves d'extraterrestres fans du bal de promo ont pris possession de mon corps. Maintenant que je sais quel smoking tu porteras, je connais la robe idéale.

– Une robe ? Ah oui, c'est vrai qu'on peut les louer, aussi.

J'avais oublié que Jess n'a sans doute pas d'argent pour s'acheter une robe de bal.

– J'ai mieux que ça. Tu verras. Ce sera une surprise.

Je commence à m'inquiéter.

– Du genre ridicule ou…

– Le ridicule ne fonctionne que si on joue tous les deux le jeu, mais vu que tu as décidé, et sans me consulter, de prendre ça autant au sérieux, je suis bien obligée de faire pareil. Ça ira, t'inquiète. Ma robe aussi aurait plu à ta grand-mère.

Marvin m'emmène à l'arrière de la boutique et me fait monter sur une estrade pour me mesurer. Puis il tend son mètre entre mes jambes.

– Tu es déjà venu ? demande-t-il en me regardant, se sentant obligé de me faire la conversation depuis mon entrejambe.

– Euh, non. Jamais eu l'occasion.

– Hum, fait-il en notant un nombre sur le papier, avant de passer le mètre autour de ma taille. Waouh. Non mais regarde ça. Tu es accro au sport ou quoi ?

– Je fais de la boxe, dis-je, un peu gêné par son exubérance.

– Oh, oh ! Un boxeur ! Nous avons un Mohamed Ali, alors. Tu me fais vraiment penser à un jeune d'à peu près ton âge qui est venu me voir il y a un an. Il avait exactement la même carrure que toi. Mais ce n'était pas un boxeur, il faisait du foot.

Oh non.

– Je me souviens qu'il allait se marier. Les bras en l'air.

Je lève les bras de quelques centimètres. J'ai l'impression qu'ils sont en plomb.

– Un peu plus haut, demande-t-il.

Il se tenait là, pile à l'endroit où je me trouve, et se regardait dans ce miroir. Toute sa vie avec Reggie était devant lui.

Ma poitrine est trop serrée. Je fixe mon reflet. Il se déforme. Le fantôme blanc et flou de Jason me rend mon regard, m'observant reprendre le cours de ma vie, sans lui.

J'essaie d'inspirer, mais l'air se bloque, sans parvenir jusqu'à mes poumons. J'essaie encore, en vain. Mon corps me lâche, et c'est comme si j'assistais à un accident de voiture dont je n'arriverais pas à détourner les yeux.

– Lucas ? demande Jess, debout à côté de moi. Ça va ?

– J'ai besoin d'air, dis-je, haletant.

Je saute de l'estrade et mes genoux commencent à céder sous mon poids. Je me redresse. Jess me prend par le bras pour me soutenir.

Une fois dehors, je m'appuie contre le mur. J'ai l'impression que ma trachée se ferme à chaque inspiration. Je me laisse glisser jusqu'à ce que mes fesses touchent le trottoir. Les passants regardent ce grand type assis sur le ciment crasseux où les chiens pissent, où les gens soûls vomissent, où des chaussures pleines de microbes marchent tous les jours. Jess s'agenouille à côté de moi.

– Ça va aller, dit-elle, mais elle a peur, je l'entends dans sa voix.

Je ne peux pas empêcher mon corps de faire ce qu'il a envie de faire. Je presse mes paumes sur mes yeux. Les larmes passent quand même au travers.

Merde.

Ça ne s'arrêtera jamais, ça n'ira jamais mieux.

Jess est assise en face de moi sur la banquette du café d'à côté, en train de siroter un thé vert. Elle a insisté pour commander du thé et des toasts, comme s'il s'agissait d'un petit rhume qui passera tout seul avec beaucoup d'eau, de la nourriture fade et du repos.

Tout en me regardant par-dessus sa tasse, elle rompt le silence.

– Je te l'avais bien dit : le bal de promo c'est débile.

C'est la première fois que je ris depuis une demi-heure. Quand j'ai réussi à me lever tout seul, on est entrés dans ce café, j'ai avalé un Xanax et j'ai attendu qu'il agisse.

J'observe les passants à travers la vitrine. Des mères en pantalons élastiques avec des poussettes qui font leurs courses. Le bus Q114 qui suit son itinéraire habituel. Une voiture passe, fenêtres ouvertes, diffusant de la musique si forte que les basses font vibrer les vitres du café et mes molaires.

Tout le monde vaque à ses occupations et moi je suis assis là, tout petit et abîmé, et je n'ose pas regarder Jess dans les yeux pour voir si quelque chose a changé dans sa façon de me voir.

– Je suis vraiment gêné, dis-je en fixant ma tasse.

– Quoi ? Pourquoi ?

Je tourne la tête sur le côté pour fuir son regard.

– À cause de ça. À cause de ce qui s'est passé.

– Laisse tomber, je t'en prie. Je suis contente que ça aille un peu mieux.

Je prends un sachet de sucre et l'agite d'avant en arrière.

– Cela dit, je pense que tu as raison.

Elle boit une gorgée de thé puis arrache un coin de mon toast.

– J'ai toujours raison, dit-elle en retirant la languette d'une barquette de confiture pour tartiner son toast. Pour quoi j'ai raison, cette fois ?

J'ouvre le sachet et le verse dans ma tasse. Peut-être qu'il faut juste ajouter du sucre pour donner du goût à ce truc.

– Sur le fait que le bal de promo, c'est débile. Pas la peine de s'embêter avec ça.

Elle croque dans le toast et mâche, tout en inspirant profondément par le nez, songeuse.

– J'ai changé d'avis, dit-elle. J'ai envie d'y aller, finalement.

Je relève les yeux, surpris. Il y a une tache de confiture de fraises au coin de sa bouche. Dans d'autres circonstances, je me pencherais pour l'effacer d'un baiser. Mais peut-être n'a-t-elle plus envie de m'embrasser après m'avoir vu recroquevillé sur le trottoir.

– *Finalement* tu as envie d'y aller ?

Elle hoche la tête.

– Oui, on doit y aller.

– Pourquoi ?

Elle soupire et me prend la main pour glisser ses doigts entre les miens.

– Parce qu'on en a besoin. Il faut qu'on recommence à faire des choses. Des choses gênantes, tartes, amusantes… tout ça. Juste parce qu'on peut les faire. (Elle hausse les épaules, comme si j'étais censé comprendre ce que cela signifie.) D'ailleurs, je ne plaisantais pas. La robe à laquelle je pense, je vais être sublime dedans. Tu vas voir ça.

Un sourire envahit mon visage.

– Je n'arrive pas à savoir si c'est de l'ironie.

Elle penche la tête sur le côté et me regarde droit dans les yeux, le visage complètement inexpressif.

– Tu m'as déjà vue faire de l'ironie ?

– Qui, toi ? Ah non, jamais !

Entre nos rires et l'effet du Xanax, je commence à me sentir mieux.

JESS

Tu te souviens de la robe de demoiselle d'honneur que tu portais au mariage de Brittany?

Tu disais que tu ressemblais à un haricot vert. Eh bien, merci d'avance, ou peut-être merci après coup. Quand tu liras ce message, je l'aurai déjà portée au BAL DE PROMO! Je vais te laisser une minute pour encaisser ça.

On se croirait dans L'Invasion des profanateurs de sépultures! Qu'est-ce qui m'arrive?!

Dimanche, après le boulot, Lucas me dépose chez Marissa.

Sa maison est une monstruosité moderne post-ouragan Sandy nichée confortablement au bord de Norton Basin. Quand ils l'ont achetée, M. Connell a dit : « Quitte à cracher à la figure de la nature, autant le faire avec style ! » Pour lui, style est synonyme de topiaires en forme de cônes de glace torsadés devant la porte d'entrée.

Je sonne. La *Cinquième Symphonie* retentit. Ça nous faisait toujours rire, Marissa et moi. Le pire, c'est que c'est comme ça que son père gagne sa vie, en vendant des sonnettes avec une sélection de mélodies. Il faut croire que les mauvaises idées n'existent pas ; les gens sont prêts à payer cher pour entendre l'hymne américain quand leurs invités arrivent pour déjeuner le jour du 4 Juillet.

La porte s'ouvre sur le visage radieux de Mme Connell.

– JESS ! s'exclame-t-elle en me serrant contre elle.

Ce n'est pas du tout gênant, me dis-je intérieurement. Je peux compter sur les doigts d'une main le nombre de fois où elle m'a prise dans ses bras : à l'enterrement d'Ethan, chez Gino, et aujourd'hui.

Elle finit par me relâcher.

– Tu n'imagines pas à quel point je suis contente de te voir.

– Je suis désolée pour l'autre jour, dis-je avant d'entrer. Parfois, Marissa me manque tellement que je me conduis un peu bizarrement.

Je hausse les épaules et ravale le nœud dans ma gorge, espérant qu'elle ne voudra pas explorer cette déclaration plus en profondeur. Elle chasse mes excuses d'un geste de la main.

– Ce n'est rien, Jess. Crois-moi, je comprends. Entre !

Elle me prend la main et je me retrouve dans le vestibule. Je sens tout de suite l'absence de Marissa. Même la surabondance d'enthousiasme de sa mère ne peut dissimuler le vide béant de la maison sans mon amie.

Liam est sur le canapé du salon, en train de jouer à la Xbox. Il m'ignore, comme si Beethoven n'avait pas annoncé mon arrivée à la moitié du voisinage.

– Salut, bonhomme. Quoi de neuf ? je lui demande.

Silence.

Mme Connell pousse un soupir exaspéré.

– Liam, ne sois pas malpoli. Dis bonjour à Jess.

Il marmonne quelque chose et elle me fait signe de la suivre. Dans la cuisine, elle ouvre le réfrigérateur et en sort une carafe d'eau infusée au citron. Elle s'assied à table et nous en sert un verre chacune.

– Pourquoi il est furieux contre moi ? je chuchote, craignant que les plafonds voûtés ne portent ma voix dans toute la maison.

– Vous lui manquez, toutes les deux, répond-elle, le visage chagrin. Marissa est partie, et ensuite toi. Il est jeune, Jess. Il ne se rend pas compte que c'est dur pour toi aussi. Dans son esprit, tu ne venais ici que pour voir Marissa. Il se sent abandonné.

Je comprends très bien ce qu'il ressent. Ce n'est pas facile d'être celui qui reste.

Je sirote mon eau. Elle est délicieuse.

Mme Connell se lève.

– Viens. Prends ton verre avec toi. On va chercher cette robe.

Je la suis à l'étage. Quand nous entrons dans la chambre de Marissa, elle me fait signe de passer devant elle. Je connais bien cette pièce et sa penderie, presque mieux qu'elle. Elle est bien là, tout au fond : la robe de demoiselle d'honneur vert émeraude qu'elle portait au mariage de sa cousine. Des bretelles fines et un décolleté en V. Direct, sans chichis. Comme moi. Quand j'ai envoyé un texto à Mme Connell pour lui demander si je pouvais l'emprunter, elle était enchantée que cette robe soit portée encore au moins une fois.

– Il faudra peut-être faire une retouche, dit-elle en l'examinant alors que je la tiens au niveau de mes oreilles pour éviter qu'elle ne traîne par terre. Ta mère peut s'en charger ?

– Oui, bien sûr, je mens.

Je trouverai une solution. Après tout, c'est une robe gratuite. Je me débrouillerai.

Elle prend la robe et la tient pour que je puisse l'admirer.

– Elle sera merveilleuse sur toi. Tu vas au bal avec le garçon qui était avec toi chez Gino's ?

Je hoche la tête.

– Oui. Lucas.

– Lucas ?

Elle hausse les sourcils pour me faire comprendre qu'elle veut en savoir plus.

– Lucas Rossi.

– Oh, murmure-t-elle, mais sur un ton chargé de sous-entendus, en penchant la tête sur le côté comme quand on présente ses condoléances. Les Rossi. Je vois qui c'est.

Inutile d'en dire plus.

– Eh bien… c'est vraiment super que vous vous soyez trouvés, tous les deux. Vraiment, vraiment super.

Je me demande combien de fois elle va devoir dire « vraiment » pour *vraiment* y croire. Parce qu'on a l'impression que c'est tout l'inverse, et qu'elle ne trouve pas ça super du tout que Lucas et moi soyons ensemble.

Je reprends la robe en la tenant avec précaution pour ne pas la faire traîner par terre jusqu'au rez-de-chaussée. Liam est toujours sur le canapé.

Tout en le pointant du doigt, je demande à sa mère :

– Ça ne vous dérange pas si je reste un moment avec Liam ?

– Ce serait vraiment gentil de ta part, répond-elle en souriant et en me pressant le bras.

Je me laisse tomber à côté de lui et je prends l'autre manette.

– Tu veux faire une partie ?

Je ne peux pas lui enlever ça : il a la rancune tenace. Mais son envie de jouer avec quelqu'un d'autre l'emporte.

Je reste avec lui pendant deux heures, jusqu'à être sûre que nous sommes réconciliés. Je ne peux pas supporter qu'il m'en veuille. Il est presque un autre frère pour moi.

Mme Connell nous commande de la pizza. Nous mangeons, puis Liam et moi jouons encore à la Xbox jusqu'à ce qu'un reflet sur l'écran nous empêche de continuer. Je regarde dehors : le soleil se couche sur Norton Basin. Je suis restée plus longtemps que je ne le pensais.

Puisqu'il va bientôt faire nuit et qu'il y a une longue marche jusque chez moi, Mme Connell me ramène. Assis à l'arrière, Liam me raconte à peu près tout ce qui lui est arrivé cette année. Il s'arrête à peine pour reprendre son souffle avant de se lancer dans une autre histoire sur les horreurs de la sixième.

Quand nous arrivons chez moi, Mme Connell fixe le perron pendant que je détache ma ceinture.

– Comment va ta mère, Jess ? Ça fait un moment que je ne l'ai pas vue.

Je saisis la poignée pour m'échapper.

– Elle va bien, dis-je par-dessus mon épaule. Enfin, vous savez. Pas bien, mais…

Je suis à court de mots pour mentir au sujet de ma mère.

– Et si j'entrais un moment pour lui dire bonjour ?

Elle éteint le moteur et retire sa clé du contact.

– Non, dis-je rapidement, un peu grossièrement à en juger par son expression. Elle dort. En vérité, elle dort beaucoup.

Voilà. Ça au moins, ce n'est pas un mensonge.

– Est-ce qu'elle dort trop ? demande-t-elle prudemment, cherchant des informations comme une professionnelle.

– Sans doute. Mais après tout, elle est en deuil. Chacun gère son chagrin différemment. Il n'y a pas de bonne ou de mauvaise façon, ni de durée prédéfinie. En tout cas, c'est ce que lui a dit sa psy.

Mme Connell hoche lentement la tête.

– Oui, c'est vrai. Faire son deuil est compliqué. Mais à un moment donné, il pourrait s'agir d'autre chose. Enfin, je suis contente de savoir qu'elle suit une thérapie.

Je me rends compte que c'est ce que j'ai laissé entendre. J'ouvre la bouche pour la corriger, lui expliquer que ma mère a arrêté il y a des mois. Mais alors cette conversation se poursuivrait et il faudrait peut-être que je la laisse entrer. J'imagine ma mère avec sa robe de chambre et ses cheveux gras. Les factures étalées sur la table de la salle à manger. Le frigo vide. Alors que je reviens tout juste de chez les Connell, où règne l'abondance, au point qu'ils doivent mettre des citrons dans l'eau pour ne pas la trouver trop fade, je ne peux supporter l'idée de laisser entrer Mme Connell.

La magnifique robe verte à la main, j'agite le bras pour leur dire au revoir en cherchant mes clés.

À l'intérieur, j'avance dans le noir et je pose soigneusement la robe sur le fauteuil inclinable de ma mère avant d'allumer la lampe sur la table basse.

Puis je vais dans sa chambre pour voir comment elle va. Elle n'est pas dans son lit.

Je balaie la pièce du regard. Le flacon de Zoloft est sur la table de nuit. Je le ramasse. Il est vide.

– Maman ? j'appelle, doucement d'abord, puis plus fort. MAMAN ?

– Jess ?

Sa voix faible provient de la salle de bains. Je la trouve devant les toilettes, frémissante, transpirant tellement que sa chemise de nuit est collée à son corps. Il y a du vomi partout.

Les mains tremblantes, je compose le 911.

Ma mère a essayé
de se suicider.

J'efface tout.

Ma mère a avalé un flacon de
médicaments pour se tuer.

J'efface tout.

Je suis à l'hôpital avec ma
mère. Elle a essayé de

J'efface tout.

Je ne vais pas au lycée demain.
Je t'expliquerai plus tard.

(Envoyé à 23 h 58)

LUCAS

Tu es une fille pleine de mystère. Qu'est-ce que tu dois m'expliquer? Tu es malade?

(Aujourd'hui, 7 h 17)

Booonnjouuur? Si tu es malade, dis-moi si tu as besoin de quoi que ce soit.

(Aujourd'hui, 11 h 33)

Reggie m'a dit qu'elle avait reçu à peu près le même texto que moi. On est tous les deux inquiets maintenant. J'arrive.

(Aujourd'hui, 14 h 35)

Je commence par notre point de rendez-vous: la fenêtre de la chambre de Jess. La moustiquaire est là où je l'ai laissée, derrière un buisson. J'ai beau être tenté d'entrer directement par la fenêtre, je ne peux pas franchir cette ligne. J'appuie mon visage contre la vitre pour regarder à l'intérieur. Aucun signe de Jess. Il faut que je sonne.

C'est étrange, mais appuyer sur la sonnette m'apparaît presque comme une plus grande intrusion dans son intimité que d'entrer en douce par la fenêtre de sa chambre. C'est la première fois que je sonne chez elle. Est-ce que sa mère ouvre parfois ? Je presse mon oreille contre la porte, à l'affût de bruits de pas, de quoi que ce soit.

Rien.

Je m'avance dans la véranda pour regarder par la fenêtre du salon. Un léger espace entre les rideaux tirés me permet de jeter un coup d'œil à l'intérieur. La maison est dans le noir. Sa mère est peut-être en train de dormir. Mais alors, où est Jess ?

Et s'il leur était arrivé quelque chose ? Si elles étaient toutes les deux allongées par terre, inconscientes, empoisonnées au monoxyde de carbone ? Ou si quelqu'un était entré par effraction et les avait séquestrées ?

Et merde. Je retourne à la fenêtre de Jess et je la soulève. Une fois à l'intérieur, je la referme derrière moi en baissant le store. La maison est trop sombre, trop silencieuse. Ça ne m'inspire rien de bon. J'éprouve la même sensation que chez Mme Graham, terrifié à l'idée de trouver quelque chose qui me détruirait, mais en mille fois pire.

Sortant discrètement de la chambre de Jess, je vois que la porte de l'autre côté du couloir est ouverte. Le lit deux places est défait, les couvertures froissées. La chambre de sa mère.

À côté, une porte fermée. Je suppose que c'est celle d'Ethan. Je l'ouvre juste pour m'assurer que personne n'est inconscient à l'intérieur. Il n'y a que les affaires d'Ethan. Même si je ne le connaissais pas, je sens le nœud familier du chagrin se resserrer dans ma gorge. Je referme la porte et je m'engage dans le couloir.

Une longue robe verte dans un sac de pressing est posée sur un fauteuil inclinable dans le salon. Ce doit être celle que Jess portera au bal. Je la tiens par le cintre. Elle ne se moquait pas de moi : elle est vraiment très jolie. Je caresse le tissu doux et fin entre mes doigts, comme s'il pouvait se remplir du corps de Jess juste par ce contact, par la force de ma volonté.

Derrière moi, la table de la salle à manger est couverte de piles de factures. J'en soulève quelques-unes, marquées du tampon « IMPAYÉ » et datées de plusieurs mois. Les commentaires stupides que je lui ai faits reviennent me frapper en pleine figure. « C'est pris en charge par la mutuelle. » Putain d'abruti.

Je jette un rapide coup d'œil dans la cuisine, à la recherche d'indices, de n'importe quoi pouvant m'aider à trouver où elle est. Des pots de yaourt et de fromage blanc vides sèchent à l'envers sur l'égouttoir. Des mouches tournoient au-dessus de la table et se posent sur un sandwich au poulet. Mme Alvarez leur apporte toujours à manger, d'après Jess. Celui-ci était peut-être pour Mme Nolan, ou pour Jess quand elle est rentrée de chez Marissa hier soir. Quoique, à en juger par les mouches et la croûte de mayonnaise jaunie sur les bords, il est là depuis un moment.

En retournant dans la chambre de Jess, je jette un coup d'œil dans la salle de bains. Personne. Le rideau de la douche est tiré.

Merde merde merde ! Je n'ai vraiment pas envie de trouver quelqu'un là-dedans. Pourtant, il faut que je vérifie. C'est quand je tire le rideau qui dissimule une baignoire vide que je le vois :

le siège rose des toilettes et le carrelage rose tout autour sont éclaboussés de vomi. De beaucoup de vomi. La peur remonte dans ma gorge sous forme de bile. L'une d'elles a été gravement malade hier soir.

Je sors en courant par la porte d'entrée pour aller chez Mme Alvarez. Elle, elle saura ce qui s'est passé. Je gravis les marches de son perron et sonne à sa porte.

Elle passe la tête dehors.

– Bonjour, Lucas.

Je manque ne pas la reconnaître sans sa perruque et son rouge à lèvres. Elle a l'air fatiguée. Très fatiguée.

– Bonjour, madame Alvarez. Je suis désolé de vous déranger. C'est juste que je me fais du souci pour Jess. Vous savez où elle est ?

Elle hoche la tête.

– Sa mère est malade. Elles sont aux urgences depuis hier soir. J'y suis restée un moment, mais... je suis vieille. Il fallait que je rentre prendre mes médicaments et m'allonger un peu.

Le vomi autour des toilettes. Une intoxication alimentaire ?

– Sa mère va bien ?

Cette question semble la fatiguer et l'attrister encore plus.

– Jessica t'appellera pour tout t'expliquer quand elle pourra.

Je reste planté là sur le pas de sa porte, me demandant si je peux continuer de l'interroger.

Elle tend la main et me presse le bras, puis elle referme sa porte.

Je rentre du travail un peu après 19 heures. Je n'y suis allé que parce que je savais que Pete ne s'en sortirait pas tout seul, avec

Jess absente et Joe parti. Je monte dans ma chambre avant le dîner et essaie de l'appeler une fois de plus. Toujours rien.

Je redescends. Je n'ai pas envie de rester tout seul.

– Des nouvelles de Jess ? demande ma mère alors que je m'assieds à la table de la cuisine.

Je secoue la tête. Pour l'instant, je ne lui ai dit que ce que Mme Alvarez m'a raconté.

Ma mère soupire.

– Ça doit vraiment être un virus affreux pour qu'elle soit admise à l'hôpital. Au fait, j'ai appelé Marvin pour lui donner tes mesures. Ton smoking sera prêt à temps pour le bal, dit-elle par-dessus son épaule tout en faisant la vaisselle.

J'imagine la robe verte de Jess abandonnée sur un fauteuil dans sa maison sombre et vide. Voilà ce qui se passe quand l'Univers n'a pas encore fini de vous torturer. J'ignore complètement si le bal de promo est toujours d'actualité.

Tout en brandissant une cuillère en bois savonneuse, ma mère ajoute :

– Tu devrais peut-être aller au club de boxe pour te dépenser et essayer de te changer les idées. Ça ne sert à rien de rester assis là à t'inquiéter.

Je me frotte le visage pour cacher ma grimace. Si elle était au courant pour le combat de samedi, elle cacherait de nouveau mes clés, mais aussi mes baskets, mes vêtements… tout pour m'empêcher d'y aller. Le combat est la seule chose à laquelle je devrais penser cette semaine. Mais Jess prend trop de place dans ma tête, et pas de manière positive, contrairement à d'habitude.

Ma mère sort une gamelle du four et la pose devant moi sur le dessous-de-plat.

– Sers-toi, dit-elle avant de se remettre à la vaisselle.

– Tu ne veux pas t'asseoir et manger avec moi ?

Aujourd'hui, j'ai bien besoin de sa présence envahissante.

Elle s'interrompt, une éponge mousseuse à la main. Puis elle se sèche les mains avec un torchon et me rejoint à table.

– Je vais attendre ton père pour dîner, mais je veux bien te tenir compagnie. Qu'est-ce que tu en dis ?

Je hoche la tête et souffle sur ma fourchette chargée de bœuf haché et de nouilles en sauce.

Nous gardons le silence un moment. Tenant son menton dans sa main, elle me regarde manger.

– C'est bon, dis-je, et elle sourit.

Le tic-tac de l'horloge de la cuisine compte nos secondes de silence. Ce n'est que dans des moments comme celui-ci que je remarque à quel point elle est bruyante.

– Alors… qu'est-ce que tu ne m'as pas raconté ?

Je la regarde avec surprise et ses lèvres dessinent un petit sourire satisfait. Je me racle la gorge pour ne pas m'étrangler avec cette bouchée. Elle se redresse et croise les bras sur la table.

– Tu lis dans les pensées, maintenant ?

Elle hausse une épaule.

– Intuition maternelle.

Tout ce qui monte en moi depuis un moment menace d'exploser. Tout ce que je vois, ce à quoi je peux penser, ce sont les tas de factures, le vomi, les mouches. Le silence de Jess.

– Je me suis introduit dans la maison de Jess aujourd'hui, j'avoue en fixant mon assiette.

– Tu *quoi* ?

– Je m'inquiétais pour elle. J'étais assailli par tous ces « et si ? » Je voulais juste m'assurer qu'elle allait bien.

– C'était avant ou après être allé interroger sa voisine ?

– Avant.

– Tu aurais peut-être dû sonner chez Mme Alvarez d'abord, non ? lance-t-elle, sa voix montant dans les aigus.

– Oui, j'imagine.

– Alors, que s'est-il passé ? demande-t-elle, réservant son jugement pour l'instant, ce dont je lui suis reconnaissant.

– Il y avait du vomi partout dans la salle de bains. Elle a vraiment dû être très malade. Je ne savais pas encore si c'était Jess ou sa mère.

Elle attend. Elle voit bien que je n'ai pas terminé.

– Il y avait des tas de factures sur la table. Des factures impayées. J'avais bien compris que la situation était compliquée, mais toutes ces factures, ça m'a choqué.

Elle pose une main sur sa joue en grognant.

– Pauvre petite. J'ai tout de suite vu que quelque chose ne tournait pas rond quand elle est venue dîner l'autre soir. On dirait qu'elle est livrée à elle-même, chez elle. (Elle soupire et secoue la tête.) Mais tu savais déjà tout ça. Quoi d'autre ?

Ayant passé la journée à fixer mon téléphone dans l'attente d'un message ou d'un appel de Jess, j'ai les idées tout embrouillées.

Je dessine des cercles sur mon assiette avec ma fourchette.

– J'ai l'impression que si c'est moi qui avais été à sa place, je l'aurais appelée pour qu'elle ne s'inquiète pas. Tu sais, c'est comme si… je ne sais pas… comme si elle me mettait à l'écart. C'est vraiment nul de ma part de ramener tout à moi, non ? Enfin, je sais que ça n'a rien à voir avec moi, mais ça me bouffe pour de mauvaises raisons, et je déteste ça ! Je déteste penser à moi alors que je devrais seulement me faire du souci pour elle !

Maman presse mon avant-bras.

– Tu as raison, ça n'a rien à voir avec toi. Et Jess n'est pas toi. Elle ne réagit pas comme toi et ne se conduit pas comme toi. Surtout si elle a pris l'habitude de se débrouiller toute seule. Et entrer par effraction chez une fille sous prétexte qu'elle ne se confie pas assez à toi, ça ne se fait pas, Lucas !

– J'étais inquiet, dis-je, avec moins de conviction cette fois-ci, m'enfonçant sur ma chaise et me frottant le visage. J'aimerais juste qu'elle m'appelle.

Elle pousse un soupir, puis regarde par la fenêtre de la cuisine, les yeux dans le vide, fixés sur quelque chose que je ne vois pas.

– Vous êtes si jeunes. Le monde ne devrait pas déjà être aussi dur pour vous.

Elle pousse un soupir tragique, désenchanté. Ses yeux s'emplissent de larmes alors qu'elle se perd dans ses propres pensées, son propre cauchemar. Elle prend une serviette sur la table et s'éponge les yeux avant que les larmes ne se mettent à couler. Je me demande si elle voit Jason dans le jardin, comme j'ai vu son fantôme dans le miroir chez Marvin.

Quand elle repose les yeux sur moi, elle froisse nerveusement son torchon et demande :

– Que dirait le sage Dr Engel ?

Je sais parfaitement ce qu'il dirait. Que le chagrin est inconfortable. Ce que j'ignore en revanche, c'est ce que ma mère a à dire, elle, en grande partie parce que je n'ai pas été très ouvert avec elle ces derniers temps.

– J'aimerais bien savoir ce que tu en penses, toi, dis-je.

Ça la fait sourire. Elle retourne le torchon et le plie en quatre.

– Tu savais que ton père et moi nous sommes séparés deux fois quand on sortait ensemble ? demande-t-elle en tamponnant le mascara qui a coulé sous ses yeux.

Elle sous-entend que Jess et moi devrions rompre ? Si c'est le cas, ce n'est vraiment pas ce que j'ai envie ni besoin d'entendre maintenant.

– Euh, non.

Elle hoche la tête.

– Une fois à la fac, et une autre juste après.

– Pourquoi ?

Elle secoue la tête et sourit d'un air ironique.

– Pour des raisons que tu n'aurais pas vraiment envie de connaître. Mais on a su les surmonter. Voilà ce qu'on a appris, ajoute-t-elle en se penchant vers moi. On a dû faire en sorte que ça fonctionne entre nous parce qu'on ne savait pas comment *ne pas* être ensemble.

J'inspire profondément, de façon un peu saccadée, laissant ces mots faire leur chemin en moi.

– Tous les couples rencontrent des obstacles, poursuit-elle en prenant mon verre d'eau. C'est en apprenant à les surmonter qu'on grandit. Jess et toi êtes confrontés à plus de difficultés qu'un couple de votre âge ne devrait en rencontrer. Mais si vous êtes faits pour être ensemble, vous trouverez une solution. Malgré tout ça.

Elle fait un large geste autour d'elle, car *ça*, c'est le monde brisé qui est le nôtre. Puis elle boit tout mon verre.

– Pleurer, ça donne soif, souffle-t-elle ensuite en riant. Je vais t'en chercher un autre.

Elle se lève pour aller le remplir au robinet.

– Maman ?

Elle se retourne.

– Comment se passe ton projet? je demande en désignant son ordinateur portable fermé sur le plan de travail.

Une expression enthousiaste traverse son visage et je la vois s'illuminer sous mes yeux.

– Vraiment bien! J'ai hâte de leur présenter mes idées.

– Tu peux reprendre ton travail si tu veux, dis-je, sentant qu'elle a besoin de l'entendre de ma bouche. Je me sens vraiment beaucoup mieux en ce moment. Tu le sais, n'est-ce pas?

Elle baisse les yeux sur le verre d'eau qu'elle tient à la main et hoche la tête.

– Je le ferai peut-être. Peut-être même plus tôt que prévu.

J'avais tellement peur de lui parler de Jess, de ma vie, de Jason, de la vie après Jason… Mais à cet instant précis, je suis incroyablement reconnaissant envers l'Univers de m'avoir donné cette mère à qui parler.

JESS

C'est pas grave si tu ne lis pas ça. En fait, je suis contente que tu ne sois pas là. Tout va mal. Tu n'as pas besoin de ça en plus du reste.

Je suis sortie devant les urgences pour appeler Lucas. Des ambulances n'arrêtaient pas d'arriver. Des tas de gens effrayés. Qui voulaient vivre.

Finalement, je ne l'ai pas appelé. J'ai du mal à dire ces mots à voix haute: « Ma mère a essayé de se suicider. » Qu'est-ce que ça dit de moi? Que je ne suffis pas à ma mère?

Je t'assure que je t'entends presque me hurler dessus ! Oui, je vais l'appeler ! Bientôt. À un moment ou un autre. Mais pas tout de suite.

C'est encore moi. Qui d'autre aurait assez d'endurance pour poursuivre une conversation à sens unique pendant aussi longtemps ?

Un médecin est venu nous voir, Mme Alvarez et moi. Il nous a demandé depuis combien de temps ça durait.

Il pense qu'elle souffre d'un truc qui s'appelle trouble du deuil complexe persistant. D'après lui, le signal d'alarme, c'est que ça dure depuis plus de six mois.

Il dit que c'est une dépression qui résiste aux traitements. C'est pas très encourageant, je sais. Mais la bête a un nom et, étrangement, ça aide.

Sa thérapie et ses médicaments n'étaient pas adaptés. Il y a une autre sorte de thérapie qui pourrait convenir. J'ai eu du mal à tout suivre, mais l'info principale, c'est qu'ils pensent pouvoir l'aider.

Si tout ça est arrivé pour que ma mère puisse enfin recevoir le soutien dont elle a besoin, alors OK. On touche le fond du trou puant et pourrissant et puis quelqu'un nous envoie une échelle.

^^^^ Et voilà comment Jess exprime son optimisme et sa résilience face à l'adversité.

LUCAS

Jess est allongée sur le ventre sous les couvertures, les cheveux en bataille, les joues rouges, blottie au creux de mon bras. Son menton est posé sur un endroit sensible, juste au-dessus de l'aisselle. Ça devrait me faire mal, mais étonnamment, je ne sens rien.

Mes doigts caressent les taches de rousseur qui parsèment ses épaules et continuent sous les couvertures, traçant une constellation sur son dos.

Attends, Lucas. Elle est toute nue ?

Elle parle sans cesse, une longue phrase ininterrompue, ne s'arrêtant même pas pour reprendre son souffle. C'est du charabia, mais ça m'est égal, car son sourire est électrique. Je la serre de plus en plus fort contre moi, essayant de ne faire qu'un avec elle. Mon bras enroulé autour d'elle commence à s'engourdir, mais je crains qu'un faux mouvement ne rompe le charme.

Finalement, elle se tait et se mord la lèvre, puis elle me regarde avec de grands yeux de biche. Il n'en faut pas plus. C'est forcément un rêve. Jess n'est pas du genre à me faire ces yeux-là. Mais je laisse le rêve se dérouler. Après tout, elle est toute nue, et je suis curieux de savoir où ça va nous mener.

Je l'attire contre moi, jusqu'à ce que nous soyons nez contre nez. Son corps est pressé contre le mien, sa peau tiède ; ses cils effleurent ma joue.

« Jess, tu te souviens quand on était à la plage, jeudi ? »

J'appuie mon nez contre le sien, inhalant son haleine. Elle sourit de nouveau, mais son sourire est flippant. Toute mon expérience de rêveur – le cœur qui tambourine, la respiration rapide – me dit que mon rêve est en train de se transformer, de s'éloigner du dénouement que j'espérais.

« Tu as dit que tous les gens que tu connaissais étaient des fantômes », dis-je.

Pourquoi est-ce que je retourne le couteau dans la plaie ?

« Rien de tout ça n'est réel, Lucas. »

Ses yeux deviennent inexpressifs, morts, comme ceux des personnages du *Pôle Express*, qui faisaient que je trouvais ce film terrifiant et insupportable quand j'étais petit.

« Je sais… c'est un rêve. »

Elle continue comme si je n'avais rien dit.

« Nous sommes tous morts ce soir-là, Lucas. »

Pour illustrer son propos – tout le monde sait que Jess a toujours raison –, les couvertures se retirent toutes seules, et son corps pâle et nu s'élève dans l'air, ses bras se soulevant de chaque côté d'elle. Elle s'éloigne de moi en flottant à travers la pièce, ses orteils effleurent à peine mon lit. Frémissant, privé de sa chaleur, je tends les bras dans le vide pour la rattraper, mais je suis terrifié. C'est un fantôme. Ma Jess est un fantôme !

Elle s'élève vers le plafond, et soudain, elle n'est plus qu'un nuage de fumée. Elle a disparu.

Le réveil indique 0 h 28 quand mon téléphone se met à vibrer. Autant répondre ; ça fait une demi-heure que je fixe le plafond, là où j'ai vu Jess en rêve pour la dernière fois.

Je jette un coup d'œil à l'écran avant de répondre.

– Jess ?

« Je suis désolée », dit-elle aussitôt, comme si elle s'excusait de s'être transformée en fantôme et de m'avoir abandonné tout à l'heure.

– Dis-moi juste si tu vas bien.

« Oui. »

Je pose mes pieds par terre et passe la main dans mes cheveux.

– Putain, je me suis tellement inquiété. Ta mère va bien ?

Son téléphone est très vieux et la connexion très mauvaise. Sa voix va et vient entre les crépitements.

– Jess… je ne t'entends pas bien… qu'est-ce que tu as dit ?

« Tu m'entends ? Je te disais que j'étais désolée pour aujourd'hui… attends… hier… Merde, mais quelle heure il est ? »

– Minuit et demi.

« Je suis la pire des petites amies ! » s'écrie-t-elle.

– Non non, il y a pire, dis-je pour la taquiner. Tu es où ?

La connexion est encore coupée.

– Jess… Je suis désolé… qu'est-ce que tu as dit ?

« CHEZ MOI ! » beugle-t-elle, et cette fois, je l'entends distinctement.

– J'arrive.

« Attends… quoi ? »

– Je suis là dans une demi-heure. Laisse ta fenêtre ouverte.

Je raccroche, saute de mon lit et attrape un pantalon en même temps.

Je n'ose pas prendre ma voiture pour ne pas réveiller mes parents. Juste mon téléphone, mes clés, mes baskets infectées de bactéries, et puis je me glisse dehors. J'attache mes lacets sur le perron avant de filer en courant jusque chez Jess.

Je ralentis en m'engageant sur McBride Street pour ne pas alerter les voisins en faisant aboyer les chiens. La dernière chose dont j'aie besoin, c'est de me faire arrêter parce que je rôde autour de la maison de Jess. Je m'accroupis sous la ligne des fenêtres, espérant que Mme Alvarez ne fait pas partie des personnes âgées qui n'arrivent pas à dormir.

La chambre de Jess est dans le noir, à part une bougie posée sur sa commode et son téléphone qui projette une pâle lueur sur son visage. Je passe d'abord la tête par la fenêtre pour ne pas l'effrayer, puis j'entre. Elle referme la fenêtre derrière moi et baisse le store. La bougie sent la vanille ; on se croirait dans une usine de crèmes dessert.

Il me suffit de la regarder pour savoir que j'ai bien fait de venir. Tout le stress de ces dernières vingt-quatre heures est inscrit sur son visage.

– Hé, dis-je en la prenant dans mes bras.

Elle appuie son visage contre mon torse. Je l'entraîne vers le lit.

– Ça va ? je demande, inspirant l'odeur de ses cheveux.

Je reconnais enfin ce parfum. Du chèvrefeuille. Soudain, je suis frappé par un souvenir : Jason et moi détachant des fleurs d'un buisson au début du printemps, puis retirant le pistil pour lécher le nectar. C'était à peine une goutte, à peine de quoi satisfaire une abeille ou un colibri, mais c'était magique.

– Beaucoup mieux maintenant que tu es là. Merci.

Elle tend le bras pour attraper un prospectus derrière elle, sur la table de nuit. Elle me le montre.

Trouble du deuil complexe persistant.

Reconnaître les signes.

– Ma mère a tous les symptômes qui sont écrits là. (Elle secoue le prospectus.) Elle a vomi la plupart des médocs. Heureusement que ça l'a rendue malade. Sinon, ça aurait pu être bien pire. D'après le médecin, elle aurait pu tomber dans le coma.

Je ferme les yeux. Le vomi dans la salle de bains. Sa mère a essayé de se suicider et Jess l'a trouvée. C'est tellement pire que ce que je craignais.

– J'ai parlé à un psychiatre, à l'hôpital. Il dit que ma mère va devoir faire des efforts, mais qu'ils ont une psychothérapie pour ça. Il dit ce que tout le monde raconte, tu sais, que perdre un enfant est l'épreuve la plus difficile à surmonter, tout ça. Mais ensuite, il a ajouté : « Ça ne te rend pas les choses plus faciles, pas vrai ? »

Cette fois, elle attrape une carte de visite sur sa table de nuit.

– Je suis rentrée à la maison avec tout un tas de petits cadeaux. (Elle me tend la carte et pointe le doigt sur le nom qui y est inscrit.) Ce médecin organise un groupe de soutien pour les ados qui ont perdu des frères et sœurs. Elle veut que j'y participe.

Je reconnais l'adresse. C'est dans le même bâtiment que le cabinet du Dr Engel.

– Tu vas y aller ? je demande, espérant qu'elle dira oui.

Elle hoche la tête.

– Si ma mère fait des efforts, je peux bien faire ça. (Elle relève les yeux sur moi.) Ça ne peut pas me faire de mal, hein ?

– Au contraire, je réponds en souriant. Je pourrai venir avec toi si tu veux. Ou pas. À toi de voir.

Elle se mord la lèvre.

– Laisse-moi y aller seule d'abord. Je ne suis pas sûre d'avoir envie que tu connaisses tous mes petits secrets. Ça pourrait te refroidir. (Elle rit doucement, mais une pointe d'incertitude dans ses yeux m'indique que ça l'inquiète vraiment.) On a eu un rendez-vous avec une assistante sociale, Mme Alvarez et moi. Quand on lui a décrit la situation, elle a passé des coups de fil et m'a donné une liste de choses à faire. Comme on est propriétaires, on a des recours. Ma mère peut contracter un crédit auprès de la banque pour payer les factures. Et quand elle sera prête, elle pourra retourner au travail pour le rembourser. En plus, on a droit à une couverture médicale gratuite. On va avoir une mutuelle, nous aussi.

Elle tire sur mon tee-shirt, mais fuit mon regard.

– Je me sens vraiment con, dis-je.

– Pourquoi ?

Je secoue la tête.

– J'ai dit tellement de trucs débiles. Je ne me rendais pas compte que c'était aussi grave.

– C'est parce que je ne t'avais pas tout raconté, rétorque-t-elle pour me rassurer.

– Je sais bien. Et pourquoi, au fait ?

Elle inspire et se passe la main dans les cheveux.

– Je ne voulais pas que les gens soient au courant, qu'on nous juge. Surtout toi. Ta famille est tellement parfaite…

– *Parfaite ?* Ma famille n'est pas parfaite !

– Eh bien pour moi, elle l'est, OK ? J'avais honte. Et je ne voulais pas que tu aies pitié de moi.

Je l'attire contre moi. Elle fait passer son genou sur ma jambe.

– Tu sais ce que je vois quand je te regarde ? je demande.

Elle secoue la tête contre mon torse.

– L'une des personnes les plus fortes que je connaisse.

– Ouais, c'est ça, dit-elle en riant.

– Je le pense vraiment. Sois moins dure envers toi-même. Tu te lèves tous les jours et tu fais ce qu'il faut, alors que personne ne te dit de le faire.

Elle hausse les épaules.

– Ce n'est pas comme si j'avais le choix.

– On a toujours le choix. Mais tu n'es pas du genre à baisser les bras, c'est pour ça que ça ne t'est jamais venu à l'esprit d'abandonner.

Elle roule sur le ventre et pose son menton sur mon aisselle. Contrairement à ce qui se passait dans mon rêve, ça fait un peu mal. Je la soulève jusqu'à ce qu'elle soit allongée sur moi, puis je la serre dans mes bras.

– J'ai un aveu à te faire. Je suis entré chez toi par la fenêtre, aujourd'hui.

– Tu es venu ici ? s'exclame-t-elle.

– Oui, et je le referais s'il le fallait. J'avais peur qu'il vous soit arrivé quelque chose, à ta mère et toi.

Elle me dévisage pendant un moment et je n'arrive pas vraiment à savoir ce qu'elle pense.

– Merci, dit-elle finalement, et elle m'embrasse le menton.

– D'être rentré chez toi par la fenêtre ?

Elle rit doucement et pose les mains sur mon torse.

– De t'inquiéter pour moi. D'être là.

Elle pousse un grand soupir et enfouit son visage contre moi. Quand elle expire, je sens son souffle me traverser comme un courant d'air.

– Au fait, tu me diras où a lieu le combat, samedi ?

– Pourquoi ?

– Parce que je vais venir.

– Non… Jess… tu n'es pas obligée. Je sais que tu n'as pas envie de voir ça.

– Te fatigue pas, je ne laisserai pas tomber. Je vais venir. Il y a des choses qu'on ne doit pas faire seul. Tu as besoin de proches qui t'encouragent. Je fais partie de tes proches. Et toi des miens.

Elle passe un doigt sur l'un de mes sourcils, puis sur l'autre.

– Je t'ai déjà dit que tu as des sourcils très sexy ? demande-t-elle.

– Ah bon ?

– Oui. Avec les sourcils, ça passe ou ça casse. Ils peuvent vraiment gâcher un visage. Les tiens sont parfaits. Et ça, là, ajoute-t-elle en m'embrassant le menton. Cette petite fossette, c'est trop craquant. On dirait un super-héros.

Elle marque une pause, soutenant mon regard, les lèvres légèrement entrouvertes. Mes mains descendent le long de son dos.

– Quoi d'autre ? Mes lobes d'oreille érotiquement attachés ? Ma cloison nasale sensuellement déviée ? Si tu aimes les trucs bizarres, j'ai un pouce hyperlaxe qui va te rendre folle !

Je lève mon pouce tordu. Elle se mord la lèvre en me regardant.

– Ben quoi ? dis-je, voulant désespérément savoir ce qu'elle pense, puisque manifestement ça me concerne.

Au lieu de me répondre, elle me montre.

Elle presse ses lèvres contre les miennes et referme ses doigts dans mes cheveux pour me ramener contre elle. S'il était physiquement possible de fusionner avec un autre individu, je crois qu'à cet instant, Jess et moi serions sacrément près de ne faire qu'un.

Son autre main se glisse sous mon tee-shirt et caresse mon ventre. Puis elle s'écarte, s'assied, retire le sien et le jette à travers la pièce, créant une petite brise qui fait trembloter sa bougie. Son ombre danse sur les murs. Mes mains s'immobilisent, figées par la vue de Jess qui commence à dégrafer son soutien-gorge.

Merde… est-ce que… est-ce qu'on va… ce soir ?

Et si c'était un autre moyen pour elle de se déconnecter de ce qui vient de lui arriver ? Jess, reine du mystère et de l'évitement, trouvant une nouvelle méthode pour repousser ses sentiments ?

– On devrait peut-être attendre un peu.

Rien que prononcer ces mots me fait souffrir, car j'en ai vraiment envie.

Ses mains se figent derrière son dos. Elle me regarde, perplexe.

– Euh… tu te réserves pour le mariage, c'est ça ?

– Non, et tu peux remercier Krista Gardner de s'être chargée de ça. Elle m'a larguée juste après.

– Désolée de l'apprendre, dit-elle en se rallongeant sur moi. Alors… si ce n'est pas ça… quoi, alors ? On est tout seuls dans ma chambre et tu ne veux pas profiter de ce moment avec moi. J'avais même prévu une bougie pour l'ambiance.

Elle glousse, mais elle est nerveuse, je le sens.

Je repousse ses cheveux derrière son oreille, puis je passe un doigt sur son front pour effacer ses rides d'inquiétude.

– Je… Je t'aime vraiment. Vraiment. Mais si tu fais ça parce que tu ne veux pas affronter ce qui se passe, alors on doit attendre.

Elle place ses deux poings l'un sur l'autre et cale son menton dessus pour que nos yeux soient au même niveau.

– Lucas, il y a très peu de choses dont je sois absolument certaine, et il n'y a pas grand-chose qui ait du sens dans ma vie en ce moment. Sauf toi.

Elle met le nez dans mon tee-shirt et renifle.

– Tu transpires et ça ne sent pas bon. Je suis sûre que tu n'as même pas de brosse à cheveux chez toi parce qu'on dirait toujours que tu sors d'une soufflerie. Mais tu es le garçon le plus gentil, le plus beau que j'aie jamais rencontré. (Elle dépose plusieurs baisers sur mon menton.) L'élément décisif a eu lieu ce soir. Accourir ici en pleine nuit pour être avec moi est sans doute la chose la plus romantique que quiconque ait jamais faite. (Elle commence à s'écarter de moi.) Cela dit, si tu n'as pas envie…

Mes mains remontent de chaque côté de son cou et se posent juste sous ses oreilles alors que je la ramène contre moi pour l'embrasser.

– OK, tes arguments sont très convaincants. Tu as gagné.

Vers 5 heures et demie, je me faufile par la fenêtre avant que le soleil ne fasse son apparition et je rentre à la maison en courant. Rien que moi et le camion-poubelle sur les routes vides. Il klaxonne. Le type en veste orange fluo accroché à l'arrière me regarde en contractant son biceps et éclate de rire.

La moquette de l'escalier étouffe mes pas quand je monte discrètement dans ma chambre. Il me reste à peu près une heure de sommeil avant que mon réveil ne sonne. Je me déshabille, ne gardant que mon boxer, et lance mes vêtements à travers la pièce avant de remonter les couvertures. Quand je rouvre les yeux, mon père est assis sur le bord de mon lit, en train de m'observer d'un air mauvais.

Je m'assieds. J'ai l'impression que ma tête est remplie de coton.

– Qu'est-ce qu'il y a ? Je n'ai pas entendu mon réveil ?

La qualité de la lumière dans ma chambre me paraît pourtant correspondre ; c'est encore de l'or liquide. Je regarde l'heure. Il n'est que 6 h 53. J'aurais encore pu dormir un peu. Sept minutes supplémentaires, ça m'aurait plu. Il me fusille du regard.

– Tu peux me dire où tu étais cette nuit ?

Mon premier instinct est de tout nier. Mais non.

– Jess m'a appelé. Je suis allé chez elle.

Le conflit qui se joue en lui s'inscrit sur son visage. Ce doit être bizarre, d'être le père d'un garçon de dix-huit ans.

– Elle t'a demandé d'aller chez elle en pleine nuit ? demande-t-il en se penchant vers moi comme s'il ne m'avait pas bien entendu.

– Non ! Bien sûr que non. Je lui ai proposé de venir. Elle était bouleversée. Sa mère est à l'hôpital.

– Oui, ta mère me l'a dit.

Il inspire profondément par le nez, ses énormes narines aspirant l'air renfermé de ma chambre.

– N'empêche que tu ne peux pas filer comme ça en pleine nuit.

Je hoche la tête pour lui faire plaisir, mais soudain, je m'arrête.

– Papa, elle… euh… je l'aime vraiment beaucoup, tu sais. Je ne peux pas te promettre que je n'irai pas la voir si elle a encore besoin de moi.

Je me gratte l'arrière de la tête. Quelque chose dans ce geste le fait à la fois grimacer et sourire. Son visage arbore la même expression mélancolique que lorsque nous ressortons les vieux films de famille.

– Tu fais ça depuis que tu es tout petit. Chaque fois que tu es nerveux, tu te grattes la tête. (Il m'ébouriffe les cheveux, puis, avec un soupir résigné, il laisse retomber sa main entre ses jambes.) Tu as dix-huit ans, Lucas. Je ne peux pas… je sais qu'il faut que je commence à lâcher du lest. Tu n'as jamais rien fait qui me porte à douter de ton jugement.

Merde. Maintenant, je me sens vraiment coupable pour le combat.

– Seulement… Si ça se reproduit, envoie-moi au moins un texto pour me prévenir. Pour que je ne m'inquiète pas. Même quand tu auras quarante-huit ans, je me ferai encore du souci pour toi, tu sais ?

– Maman est au courant ?

Il secoue la tête.

– Non… mais je ne peux pas continuer à faire le tampon. C'est ta mère. Il faut que tu commences à lui parler.

– Je lui parle ! je proteste, mais j'entends une note plaintive et défensive dans ma voix.

– Vous parlez, mais pas vraiment. Chaque fois qu'il y a un problème, tu me demandes de le régler. Et tu n'es pas le seul. Vous tournez tous les deux autour du pot. Hier, elle était vraiment contente que tu lui parles de Jess.

Jusque-là, la seule idée d'une conversation intime entre ma mère et moi m'emplissait d'une angoisse sourde. C'est une chose de parler au Dr Engel. Je sais que ce que je dis ne peut pas lui faire de mal. En général, j'ai peur d'être maladroit et de blesser ma mère. Pourtant, hier, ça s'est bien passé. Elle a pleuré mais elle ne s'est pas écroulée. Et moi non plus.

– Comment tu as su que j'étais sorti, au fait ?

Je plisse les yeux alors que le soleil matinal se glisse à travers les stores.

– Tu crois que je vais te donner tous mes trucs ? Sûrement pas !

Il ramasse un tee-shirt sale par terre et me le jette à la figure.

– Range ta chambre. Et bonne chance pour aujourd'hui. Tu as vraiment une sale tête.

Il rit et referme la porte derrière lui. Mon réveil se déclenche une minute plus tard.

JESS

J'ai des nouvelles. Des nouvelles que je ne peux vraiment pas partager dans un texto. C'est trop ÉNORME. J'aimerais tant que tu sois là pour pouvoir t'en parler.

– Ne t'en fais pas, tu ne vas pas tomber.

La vieille table de salle à manger de Mme Alvarez tangue sous mon poids, et ce qu'elle dit ne me rassure pas vraiment.

– M. Alvarez et moi invitions toute sa famille pour Thanksgiving, tu te souviens ? La dinde pesait plus lourd que toi. Tourne-toi un peu.

Elle parvient à dire tout ça avec des épingles entre les lèvres.

Je baisse les yeux sur sa perruque grise, soulagée qu'elle m'ait proposé de retoucher ma robe. Le couturier que j'ai appelé m'a dit que ça me coûterait trente-cinq dollars, sans même avoir vu la robe. Trente-cinq dollars ! J'étais à deux doigts de prendre du ruban adhésif chez Enzo pour faire un ourlet à l'arrache.

C'est étrange que j'aie été aussi dégoûtée par le bal de promo alors que maintenant, je suis… je suis vraiment contente d'y aller. J'ai envie de faire des trucs d'adolescente normale. Je meurs d'envie de normalité comme je meurs d'envie de salade et de pommes quand je n'ai pas mangé de fruits et de légumes depuis des jours. Je comprends l'attrait du bal, désormais. Cette sensation un peu désuète d'aimer assez quelqu'un pour avoir envie de partager un rite de passage avec lui.

Mme Alvarez lève la tête pour me regarder. Sa perruque est légèrement de travers. J'ai envie de me baisser pour la redresser. Et de lui faire un gros câlin, tant que j'y suis.

– Tu sais que Lucas te cherchait partout le jour où tu étais à l'hôpital avec ta mère ? Il en pince vraiment pour toi. Ça se voit.

Un sourire s'éveille de lui-même et menace de fendre mon visage en deux. Mme Alvarez continue de jacasser, la bouche pleine d'épingles.

– Je connais ce regard !

Elle me raconte alors l'histoire de sa rencontre avec M. Alvarez à un bal de l'église quand elle avait quarante ans. Je l'ai déjà entendue un million de fois. Mais ce n'est pas grave. Elle est seule. Moi aussi.

– Tout le monde pensait que je ne me marierais jamais, ne crois pas que je ne les entendais pas. J'étais trop difficile, j'allais finir toute seule, et je ne rajeunissais pas… (Elle agite la main pour chasser toutes ces méchancetés vieilles de plusieurs décennies.) Et puis j'ai rencontré M. Alvarez. Il avait vingt ans de plus que moi et touchait déjà sa retraite. Et alors ? Moi, ça m'était égal ! Il était trop tard pour qu'on ait des enfants, mais pas trop tard pour tomber amoureux.

Après avoir inséré la dernière épingle dans l'ourlet, elle recule pour admirer son travail. Je vois à son sourire qu'elle est satisfaite.

– Oh, Jessica. Tu es ravissante, dit-elle en portant les mains à ses joues. Je ne sais pas pourquoi tout le monde dit que tu ressembles à ton père. Tu as les pommettes délicates de ta mère. Vous êtes de vraies beautés classiques, toutes les deux.

Je descends de la table sur la chaise. Mme Alvarez me tend la main pour m'aider ; je la prends par politesse, mais si je tombe, elle ne pourra pas me retenir. Quand je retrouve la terre ferme, ses yeux se posent sur ma poitrine. Son froncement de sourcils m'indique que quelque chose ne lui plaît pas.

– On en voit trop.

Je baisse les yeux.

– Ça ira.

Elle agite la main devant sa propre poitrine.

– Jessica, tu dois laisser un peu de place à l'imagination ! réplique-t-elle en relevant les bretelles. Je vais les raccourcir un peu.

Je me retourne pour qu'elle ne me voie pas rougir tandis que je repense à ma nuit avec Lucas. On ne peut pas dire qu'on a laissé beaucoup de place à l'imagination.

Elle épingle les bretelles dans mon dos.

Lorsqu'elle me retourne vers elle, elle contemple mon buste avec une expression satisfaite.

– C'est mieux. Tu peux te rhabiller, maintenant.

La pièce abrite un lit une place et une vieille machine à coudre. Je retire la robe en déplaçant discrètement les épingles sur les bretelles pour les rallonger un peu. Je n'ai peut-être pas beaucoup de poitrine, mais je n'ai pas envie de ressembler à une gamine de sept ans le jour de mon bal de promo.

– Tu rentres chez toi maintenant ? me demande-t-elle avec une pointe de désapprobation dans la voix.

Elle n'aime pas que je sois toute seule à la maison. Je l'adore, mais je ne veux pas dormir ici.

– Pas tout de suite. Je vais au groupe de soutien dont le médecin m'a parlé. Ensuite, je rentre. Je vous appellerai pour que vous ne vous fassiez pas de souci, d'accord ?

Elle me tapote le bras.

– D'accord.

Je redresse un peu sa perruque. Puis je la prends dans mes bras et la serre contre moi.

Lorsque je la relâche, elle pose ses mains sur mes joues.

– Je t'aime comme si tu étais ma petite-fille, Jessica. Tu ne seras jamais seule tant que je serai là. Tu le sais, n'est-ce pas ?

Je me racle la gorge pour ne pas me mettre à pleurer.

– Je le sais.

Et c'est vrai. Mais ça fait du bien de l'entendre. Plus encore qu'elle ne l'imagine.

LUCAS

Leo tourne autour du sac de frappe tandis que je termine mon dernier entraînement.

– La pesée est à 8 heures. Pas de retard.

Je hoche la tête sans cesser de frapper.

– N'oublie pas ton corps. Bouge ton corps, ajoute-t-il en dansant autour du sac avec moi.

Il me bombarde de conseils de dernière minute depuis que je suis arrivé.

– Vérifie ton sac ce soir. Et n'oublie pas ton protège-dents.

– J'en fais des cauchemars, dis-je, haletant. Je rêve que j'arrive et que je me fais casser les dents parce que je l'ai oublié.

– Vérifie trois fois le contenu de ton sac, d'accord ? Et ensuite… dors ! J'ai des types qui passent la nuit sur leur ordinateur à chercher des trucs. Ou qui boxent dans le vide parce qu'ils sont trop stressés. Moi je te le dis… va te coucher ! Et ne folâtre pas avec ta copine. Ça enlève l'envie de se battre.

– Sérieux ? Je pensais que c'était un mythe.

– Eh ben non. Fais-moi quelques directs.

J'acquiesce et je baisse la tête pour une série de coups rapides. Mes bras me brûlent, mais je sais que j'ai encore de l'énergie pour continuer.

– Qui va venir ? demande-t-il.

– Toi, j'espère.

– Et ta copine ?

– Je fais ce que je peux pour l'en dissuader, je réponds en secouant la tête.

Il reste silencieux un moment.

– C'est bien qu'elle vienne. Un peu de soutien moral, tu vois ?

Je continue de frapper.

– Et tes parents ?

– Je ne leur en ai pas parlé.

Il pousse le sac sur moi.

– Et pourquoi, putain ?

J'esquive le sac.

– Ils n'ont pas besoin de savoir ça.

– Qu'est-ce qu'il y a ? Ils ne veulent pas que tu te battes, c'est ça ? lance-t-il pour me provoquer.

– J'ai dix-huit ans. Je n'ai pas besoin de leur permission.

Il bouillonne en silence, respirant par ses narines engorgées comme un dragon prêt à cracher du feu.

– De l'eau. Je veux que tu boives de l'eau toute la journée, aujourd'hui. Et à partir de deux heures avant le combat, tu ne bois plus qu'à petites gorgées. Pareil avec la nourriture. Sinon, un coup dans le ventre et tu vomis.

Même le ventre vide, je risque de vomir. La seule idée de monter sur le ring me serre les tripes.

Ensuite, Leo appelle Kenny pour une séance avec les gants.

Pour finir, Honor vient combattre avec moi. On enfile nos casques et Leo m'aide à mettre le protège-dents.

Tout en sautillant avec son sourire de crétin, Honor ne cesse de me provoquer :

– J'espère que ta copine a eu le temps de dire adieu à ta belle petite gueule ?

Kenny le fait taire en lui mettant son protège-dents.

Leo claque des doigts devant mon visage pour obtenir toute mon attention.

– Le gars que tu vas combattre est gaucher, comme Honor. Ça va te faire un bon entraînement. C'est parti.

Honor n'est pas du genre à me faire de cadeaux, mais je connais bien sa technique. En revanche, je n'ai aucune idée de ce qui m'attend demain.

J'entends la plainte inquiète de Jess tourner en boucle dans mon esprit.

« Je ne comprends pas. »

Alors que mon ventre bouillonne de nervosité, je ne suis pas sûr de comprendre non plus.

JESS

Je suis en route pour aller
chercher ma mère.
Que dire de plus ?

Nos retrouvailles à l'hôpital sont loin de ressembler à une scène de conte de fées.

Quand elle m'étreint et referme ses bras autour de mon cou, son bracelet d'hôpital me gratte la peau, près de l'oreille. Un frisson involontaire me traverse. Elle doit s'en rendre compte, car elle s'écarte et baisse les yeux sur le sol carrelé, toute honteuse.

On ne parle pas beaucoup dans le taxi qui nous ramène, peut-être parce que j'ai sauté à l'avant avec le chauffeur, laissant Mme Alvarez s'asseoir sur la banquette arrière avec ma mère.

Je n'arrive même pas à la regarder, et encore moins à lui parler. Qu'est-ce que je pourrais lui dire ? Elle a essayé de m'abandonner. Elle n'a pas pensé une seule seconde que j'avais perdu mon père et Ethan moi aussi ? Qu'elle n'est pas la seule à souffrir ? Elle ne s'est pas dit qu'en se suicidant, elle me ficherait en l'air – encore plus ! – pour le reste de ma vie ?

Quand nous descendons du taxi, Mme Alvarez nous pousse sur les marches du perron.

– J'ai préparé un poulet. Je vais le chercher. Entrez.

Je passe la première, me concentrant sur les marches, ma clé, la poignée de porte. Tout pour éviter de regarder ma mère.

À l'intérieur, elle se frotte les bras comme si elle avait froid alors que la maison est chaude, étouffante.

Je balaie la pièce du regard, vérifiant une énième fois que je n'ai pas laissé d'éléments déclencheurs en vue. J'ai caché les factures pour que ce ne soit pas la première chose qu'elle voie en entrant. J'ai récuré les toilettes et la salle de bains pour les débarrasser de la moindre trace de vomi.

Elle traverse le salon et se dirige directement vers sa chambre.

C'est reparti. Retour au lit.

Mais elle s'arrête pour jeter un coup d'œil à la salle de bains.

– Je suis désolée, Jess, dit-elle.

– C'est pas grave, dis-je, même si je ne sais pas trop de quoi elle s'excuse.

Les bras plaqués contre son ventre, elle m'observe des pieds à la tête comme si elle essayait de deviner où j'ai mal. Partout, ai-je envie de lui dire. J'ai mal partout.

– Ça ne m'a pas rendue malade, lâche-t-elle, si brusquement que cette phrase semble détachée de ce moment.

– Quoi ?

– Les médicaments ne m'ont pas rendue malade. Mme Alvarez m'a dit que c'était ce que tu croyais.

Elle me regarde un moment. J'imagine que c'est pour que ce qu'elle vient de dire fasse son chemin en moi.

– J'étais allongée sur mon lit après les avoir avalés. De l'autre côté de la pièce, sur ma coiffeuse, j'ai vu la fleur en masking tape jaune que tu m'avais faite à l'époque où Marissa et toi fabriquiez tout avec du masking tape. J'avais un portefeuille en masking tape. Un bracelet en masking tape. Tu t'en souviens ? Tu m'avais offert cette fleur pour la fête des Mères.

Elle s'interrompt, attendant que je comprenne. Mais que je comprenne quoi ?

– Je l'ai vue et… je suis allée dans la salle de bains pour me faire vomir.

Comme je ne dis toujours rien, elle approche sa main de sa bouche avant de la tendre vers moi.

– Jess, j'ai commis une erreur. Je ne voulais pas vraiment mourir. Je ne pourrais jamais te faire une chose pareille.

Ça suffit pour que je la prenne dans mes bras. C'est un début.

LUCAS

J'éteins le réveil cinq minutes avant qu'il ne se déclenche.

J'ai fait des cauchemars toute la nuit. Je me pointais au combat pieds nus, espérant que personne ne s'en rendrait compte. Dans un autre rêve, je n'arrivais pas à passer entre les cordes pour monter sur le ring. Le public se fichait de moi parce que je m'emmêlais et que je m'écroulais sur le tapis.

J'enfile un tee-shirt avant d'allumer mon ordinateur portable. Le dossier est toujours ouvert depuis hier soir.

27 mars J'ai interrompu une dispute au lycée ; le mec devenait physiquement agressif avec sa petite amie.

18 janvier J'ai donné mon sandwich à un SDF.

7 novembre J'ai aidé une femme à charger un pack d'eau dans sa voiture au supermarché.

4 août J'ai dépanné un type dont la voiture était en panne avec des câbles.

La liste continue encore et encore. Des tas de bonnes actions, d'actes bienveillants. Mais est-ce qu'un seul d'entre eux a vraiment changé quelque chose ? Est-ce que ça a rendu le monde meilleur ? Est-ce que je suis devenu meilleur parce que j'ai interrompu une dispute au lycée ou nourri un chat errant ? Meilleur que celui que j'étais avant ce soir-là ?

Je continue de chercher un sens, une raison pour laquelle le lit de mon frère reste vide tous les soirs et pas le mien. J'aimerais aller à ce combat en sachant pourquoi je fais ça. Mais je ne suis plus sûr de rien.

L'odeur des œufs et du bacon qui grésille m'accueille au bas de l'escalier. Des petits pains chauffent sur la grille du four.

– Je t'ai préparé un bon petit déjeuner, lance ma mère, debout devant la cuisinière, avec un entrain dont elle seule est capable à une heure pareille.

– Tu n'étais pas obligée, dis-je en la regardant manipuler les deux poêles à frire.

Elle hausse les épaules et me sourit.

– Tu te lèves aux aurores pour aller travailler un week-end. C'est la moindre des choses !

Encore une fois, la culpabilité résonne dans mon corps comme la cloche du ring. Ce serait le moment de lui avouer que je ne me suis pas levé tôt pour faire un inventaire au magasin, mais pour participer à mon premier combat de boxe à Brooklyn.

Mais je ne dis rien.

– Je peux l'emporter ? je demande.

– Bien sûr ! Je vais te faire un sandwich. Ça te va ?

Elle sort les petits pains du four et ouvre le tiroir où est rangé le papier aluminium. La regarder s'affairer dans la cuisine, sachant ce qu'elle a abandonné pour moi – et pour elle-même, et pour notre famille, j'en suis sûr – m'emplit de l'amour inconditionnel, à couper le souffle, que j'éprouvais pour elle quand j'étais tout petit.

– Maman ?

Elle se retourne et je la prends dans mes bras, la serrant si fort que je la soulève du sol.

– Je t'aime. D'accord ?

– Lucas ! couine-t-elle, puis, quand ses pieds retouchent le sol, elle ajoute : Je ne sais pas ce que j'ai fait pour mériter ça, mais merci !

Elle me fait baisser la tête pour m'embrasser sur la joue, puis elle se remet à la préparation de son gigantesque sandwich.

Je touche mon casque avec mon gant pour m'assurer qu'il est bien là. Puis je positionne mes lèvres autour du protège-dents. Sans aller jusqu'à m'agripper l'entrejambe, je me tortille un peu pour vérifier que ma coquille est bien en place. Je préférerais que mon cerveau, mes dents et mes testicules restent intacts. Rien de trop grave ne peut se produire tant que ces trois éléments sont protégés.

– Tu es prêt, affirme Leo. Tu es là pour montrer à tout le monde ce que tu as appris. Et pour te prouver que tu en es capable.

Il est dans mon coin du ring, avec moi. Quoi qu'il m'arrive aujourd'hui, je lui dois beaucoup. Il a joué un rôle tellement important dans mon processus de guérison que certains jours, je me dis qu'il comprend encore mieux que le Dr Engel ce qui se passe dans ma tête.

Dans le gymnase, des chaises pliantes sont disposées autour du ring. Ce n'est pas un combat professionnel. Il n'y a pas de gradins, de femmes de boxeurs en fourrure et bijoux. Juste les amis et la famille avec toute leur bienveillance.

J'aperçois Jess tout de suite, ses cheveux roux ressortent dans le public. Quand elle croise mon regard, elle lève les deux pouces en l'air, comme pour me dire : « Tu vas y arriver ! » Je sais qu'elle n'aime pas trop me voir sur le ring, mais je lui suis reconnaissant d'afficher sa foi en moi. Pete est à côté d'elle. Il lève les deux bras en l'air en signe de victoire. J'espère qu'il ne vient pas de me porter malheur, mais je le prends comme une preuve de la confiance qu'il m'a toujours accordée. Je suis content que Jess lui ait proposé de venir. J'espère juste ne pas trop me ridiculiser devant eux.

– Comment tu te sens ? me demande Leo.

La panique enfle dans mes entrailles.

– Je crois qu'il faut que j'aille aux toilettes.

– Trop tard ! lance-t-il en me donnant une claque dans le dos. Que ça te motive pour en finir vite !

Ça le fait rire. J'essaie de trouver un peu de souffle pour rire avec lui, mais je n'y arrive pas.

L'arbitre m'appelle au centre du ring pour me présenter à mon adversaire, Tony. Physiquement, on a le même gabarit, mais il a l'air d'avoir quelques années de plus que moi. J'espère qu'il n'a pas aussi quelques années d'entraînement de plus que moi.

Tony cogne ses gants contre les miens : la poignée de main des boxeurs. Puis on retourne chacun dans son coin pour attendre le signal.

C'est parti.

Tony vient vers moi, les poings levés. Je le rejoins au centre du ring et je donne quelques coups pour tâter le terrain, tout en surveillant sa main droite. Je l'encercle, occupant le centre du ring. Tout ce que Leo m'a appris se met en place. Le toucher avant de lancer des coups plus puissants. Qu'il sache que je peux l'atteindre, lui faire mal. Qu'il reste sur ses gardes plutôt qu'essayer de me mettre K-O tout de suite.

Je lance plusieurs directs. Ses mains se baissent et je lui décoche un crochet. Je danse autour de lui, trouve de nouveaux angles, de nouvelles ouvertures. Il est loin d'être aussi préparé que moi.

La cloche tinte et on est de retour au coin. Leo m'attend avec un grand sourire.

– Joli, dit-il, ce qui, pour lui, représente un énorme compliment. Tu t'en sors bien. Continue comme ça.

Je me retourne pour voir Pete et Jess parmi les rares spectateurs. Jess saute sur place en applaudissant. Elle met ses mains autour de sa bouche et crie :

– Ouais, Lucas !

Leo me donne une tape dans le dos.

– Alors, tu n'es pas content qu'elle soit là ?

Je fais rouler mes épaules. Le verdict reste en suspens ; on verra comment je termine. La cloche retentit et je suis de retour sur le ring.

Je commence avec un uppercut, mais je baisse ma défense. Il en profite pour contre-attaquer et me frappe violemment à la mâchoire. L'impact m'envoie valser contre les cordes. Il me suit. Ce n'est plus moi qui contrôle l'espace, c'est Tony.

Une pluie de coups de poing rapides comme des coups de feu s'abat sur moi et je ne peux rien faire d'autre que de les bloquer. Il me décoche un coup solide dans les côtes et je me plie en deux comme une poupée de chiffon. Je baisse la garde et il me frappe en pleine tête. Le ring se met à tourner.

Je ne vois pas Jess, mais je sais qu'elle est là, qu'elle voit tout ça. J'entends les mots de Leo, ce premier jour à la salle.

« Qu'est-ce qui va te pousser à continuer quand tu penseras qu'il ne te reste plus rien ? »

Maintenant, je le sais. Jess.

Pas question que je m'effondre devant elle. Je trouve la détermination de me relever et de continuer à me battre.

Je m'ébroue, rebondis sur les cordes et avance vers lui. Menton baissé, garde resserrée, je décoche une série de coups. Je lui assène un bon uppercut dans les côtes – ah, ça fait mal, hein ? Il baisse la garde et je fonds sur lui avant qu'il ait la moindre chance de comprendre ce qui vient de se passer. Je lui envoie un combo de trois coups et je continue de le frapper tandis qu'il bat en retraite. Il lance un coup de poing que j'esquive, puis j'enchaîne avec plusieurs contre-attaques. Il recule encore et s'ouvre. Mon direct le touche en plein dans le front. Il tombe à la renverse sur le tapis.

La cloche sonne.

Je retourne dans mon coin pendant que Tony se relève.

Encore un round.

Leo m'observe.

– Tu te sens bien ?

Je hoche la tête tout en sautillant.

– Ouais !

Il sourit.

– OK. Il est crevé. C'est le dernier round. Il va tout donner. Le seul moment où tu arrêtes de cogner, c'est pour le laisser te rater. Tombe-lui dessus avec tout ce que tu as. Ne lâche rien. Fais voler les coups. Finis en force. Montre aux juges que c'est toi le vainqueur.

La cloche sonne et on repart.

Je me lance sur lui avec des coups instillés en moi à la salle. Aucune pensée, rien que des combos automatiques répétés avec Leo, Kenny et Honor. Les poings volent. S'il me touche, je le sens à peine. Je fais un pas de côté et lui balance un gros crochet du gauche.

Il tombe. L'arbitre s'accroupit à côté de lui. Tony secoue la tête. Nan. Ça suffit. Il a eu sa dose.

La cloche retentit. C'est fini.

JESS

– T'inquiète, tu ne vas pas me faire mal ! répète Lucas, mais je ne le crois pas.

Allongée sur la couverture, dans notre petit coin surplombant le détroit de Long Island, je mets plusieurs centimètres entre nous par mesure de sécurité.

– Je ne te toucherai plus tant que tu n'arrêteras pas de dire « aïe ».

Il tend le bras vers moi et je m'écarte.

– Je ne l'ai dit qu'une fois. Fais juste attention à mes côtes.

Ma main glisse sous son tee-shirt et effleure sa peau douce. Je caresse ses côtes du côté gauche.

– Ici ?

Il hoche la tête.

Je traverse son ventre pour changer de côté.

– Ici ?

Il secoue la tête.

Je descends jusqu'au-dessus de son nombril, observant son visage.

– Ici ?

Il secoue encore la tête. Un sourire se forme sur son visage.

Je descends plus bas, juste au-dessus de son jean.

Un sourire fend son visage en deux tandis qu'il secoue la tête. J'enfouis mon visage contre son torse en gloussant.

– Si tu voyais ton sourire niais !

– Je voulais voir jusqu'où tu irais, dit-il en éclatant de rire.

Je me blottis contre lui. Je sais qu'il souffre plus qu'il ne le dit. J'ai entendu Leo lui expliquer qu'il avait reçu des tas de coups à la tête sans s'en rendre compte. Lucas a aussi la lèvre enflée, le nez gonflé, et des bleus commencent à se former sur son menton et sur toute la longueur de ses bras, aux endroits où il a paré les coups.

– Et comment tu te sens, à part ça ? je demande en frôlant à peine ses côtes par-dessus son tee-shirt, du bout des doigts.

– Étrangement euphorique, répond-il en regardant les arbres au-dessus de nous. C'est terminé. Je l'ai fait.

– Et tu as mis ce type K-O.

– Pas K-O. Il avait un casque. Il n'avait plus envie de se faire cogner dessus, c'est tout. En fait, c'était son premier combat, à lui aussi.

– Tu penses qu'il va continuer la boxe ?

Il hausse les épaules.

– J'en sais rien.

– Et toi ? je demande en relevant les yeux sur lui.

– Ça te dérangerait si je continuais ?

Il examine mon visage, attendant ma réaction. La lumière tachetée qui traverse l'auvent des arbres joue comme de la musique sur ses cils et fait ressortir le bleu ardoise de ses yeux. Comment est-il possible que ce doux géant soit le garçon qui a roué de coups un inconnu rien que pour le fun ? J'ai encore du mal à comprendre. Mais j'essaie. Pour lui.

– Je n'aime pas trop ça. Je n'ai pas envie que tu sois blessé. Mais apparemment, ça t'aide, alors… à toi de voir. C'est vraiment du sérieux pour toi ?

Il grimace en touchant sa lèvre meurtrie.

– Je n'ai pas l'intention de devenir pro. Mais j'ai envie de continuer.

Une mouette pousse un cri, attirée par l'odeur des plats à emporter que nous avons achetés dans un café près de la salle de boxe. On a aussi partagé le sandwich à l'œuf que la mère de Lucas lui avait préparé. Il ne reste de notre pique-nique qu'une boule de papier aluminium et des boîtes vides.

Pete est retourné chez Enzo, et Reggie a proposé de me remplacer aujourd'hui. Ils ont même appelé Joe pour lui demander de venir exceptionnellement afin que Lucas et moi puissions passer la journée ensemble.

– Le jour où je suis entré dans la salle de boxe pour la première fois, dit-il en enroulant une mèche de mes cheveux autour de son doigt, Leo m'a demandé ce que je faisais là. Ça m'a fait flipper, parce que c'est exactement la question que je me pose tous les jours depuis la mort de Jason. Pourquoi lui et pas moi ? Ce qu'il voulait vraiment savoir, c'était ce qui me pousserait à me lever tous les jours et à donner tout ce que j'avais. Quelle était ma motivation, tu vois ? Je pensais que boxer, ça m'aiderait juste à évacuer. Mais ça ne se limite pas à ça. Je l'ai senti aujourd'hui quand je suis monté sur le ring. (Il s'interrompt un instant pour me regarder.) D'abord, j'ai su que je ne me laisserais pas tabasser devant toi. Ta présence était déjà une grande motivation.

– Ravie d'avoir pu t'être utile.

Il sourit et continue à jouer avec mes cheveux.

– Je me suis aussi prouvé quelque chose à moi-même. Jason et mon père étaient tous les deux des légendes du football. J'ai enfin quelque chose à moi, quelque chose dans lequel je suis bon. J'ai le contrôle, sur le ring. Je suis tout sauf impuissant.

J'arrache un brin d'herbe et le fais tournoyer devant mon visage.

– Ce n'est pas facile de voir quelqu'un te frapper. Ni de te voir frapper quelqu'un. Mais tu t'es vraiment super bien débrouillé. Je ne pensais pas que tu étais aussi doué.

Il me prend dans ses bras.

– *Je t'excite, baby ?* demande-t-il en imitant Austin Powers.

Mais quand il roule du côté de ses côtes blessées, il grimace et pousse un grognement.

– Pas du tout ! dis-je en le repoussant. Tu penseras peut-être à ça avant de remonter sur le ring.

Je m'assieds pour contempler la plage en contrebas. Un bateau de pêcheurs vrombit à l'horizon, comme un bourdon paresseux. Lucas s'assied à côté de moi, tout doucement, en se tenant les côtes, puis il passe son bras dans mon dos.

Je caresse doucement sa lèvre meurtrie.

– Tu veux entendre un truc qui va te faire rire ? me demande-t-il avec un regard pétillant.

– La dernière fois qu'on est venus ici et que tu m'as dit ça, tu m'as invitée au bal de promo. Je ne suis pas sûre d'avoir très envie, en fait.

– Cette fois, ça va te plaire. Tu te rappelles quand tu as remplacé Pete et que tu n'avais rien à manger ?

Je ricane à ce souvenir.

– Ouais, la fois où tu voulais à tout prix me faire avaler une part de pizza.

– Oui, bon. Tu m'as interrogé sur ma lèvre boursouflée. Tu as tendu la main et, pendant une seconde, j'ai cru que tu allais la toucher. Enfin, j'espérais que tu allais le faire, plutôt. Et là j'ai su, je me suis dit : « Merde, cette fille me plaît. »

– Comme ça ? dis-je en effleurant sa lèvre délicatement.

En guise de réponse, il m'embrasse le bout des doigts.

– Qu'est-ce que tu vas dire à tes parents, quand ils verront ta tête ?

– La vérité, répond-il en m'embrassant de nouveau, cette fois sur le poignet. Je suis vraiment content que tu sois venue aujourd'hui.

Ses yeux sont tellement sincères, tellement grands. Je pourrais m'y baigner toute la journée, toute la nuit.

– Je n'aurais manqué ça pour rien au monde.

Glissant ses doigts entre les miens, il inspire profondément, remplissant ses poumons, puis expire à fond.

– Je voulais juste te dire… que tu saches… que je t'aime. D'accord ?

Un flot de bonheur m'envahit. J'ai l'impression d'avoir des bulles effervescentes dans mon sang, jusqu'au bout de mes doigts, mon cuir chevelu, mes orteils.

– D'accord, dis-je en souriant et, quand le choc assombrit son visage, je me rends compte que je n'ai pas dit ce qu'il fallait. Attends ! Je voulais dire… Moi aussi je t'aime.

Ma déclaration sort dans un flot de gloussements. Il m'attire contre lui, jusqu'à ce que nos lèvres se touchent presque.

– Ta lèvre !

– Ça vaut le coup, réplique-t-il, et il m'embrasse.

LUCAS

– Je suis rentré !

Je suspends mes clés au crochet et je retire mes chaussures. Une odeur chaude et appétissante règne dans la maison, comme si mes parents venaient de finir de dîner.

– On est là ! beugle mon père depuis le salon.

Je suis un bruit d'explosions. Mes parents regardent *Les Gardiens de la galaxie*… une fois de plus. Mon père adore les films Marvel, et je soupçonne ma mère d'avoir un faible pour Chris Pratt.

Le salon est dans l'obscurité, à part la lumière de la télé. Tant mieux. Ils ne verront pas ma lèvre enflée ni mes bleus. Pendant une seconde, j'envisage de ne pas en parler, au moins jusqu'à demain. Mais non : c'est le moment.

– Heu… je peux vous dire un truc ?

Mon père pointe la télécommande sur l'écran et appuie sur Pause.

– Qu'est-ce qui se passe ?

Je fais craquer les jointures de mes doigts.

– En fait, je ne suis pas allé au boulot aujourd'hui.

Mon ventre se serre. J'ai des crampes d'estomac. Je suis encore plus terrifié que lorsque je suis monté sur le ring avec Tony.

Je garde le silence assez longtemps pour que mon père se sente obligé de m'encourager à poursuivre.

– Tu étais où, alors ?

– Je faisais de la boxe.

– Au club ? demande ma mère, perplexe.

– Non, j'avais un combat.

Elle se laisse aller contre les coussins du canapé.

– Tu plaisantes ? demande-t-elle en montant légèrement dans les aigus.

Mon père allume la petite lampe à côté de lui et ils fixent tous les deux mon visage, mon père en silence, le regard indéchiffrable – en colère, bouleversé, je ne saurais dire. Ma mère réagit pour deux en poussant un cri étouffé.

– LUCAS !

Elle se lève pour m'inspecter des deux mains, me tournant dans tous les sens.

– Je vais bien. Vous devriez voir l'autre type ! dis-je pour essayer de détendre l'atmosphère.

Mais il faudrait un burin pour fendre le regard glacial de mon père.

– Tu nous as menti ? demande-t-il d'un ton blessé.

Car je l'ai blessé. On a partagé un moment de complicité, mardi. J'aurais pu le lui dire à ce moment-là, quand il était dans ma chambre.

– Je n'avais pas envie d'en parler. Je voulais le faire, c'est tout.

– Parce que tu savais qu'on dirait non ! lance ma mère.

– J'avais besoin de le faire. Je suis désolé de ne pas vous l'avoir dit avant.

Mon père secoue la tête et se lève pour aller prendre une bière dans le frigo. Ma mère se rassied en se massant les tempes, comme si elle avait la migraine.

Mon père revient, boit une longue gorgée, puis secoue de nouveau la tête.

– Je ne sais pas, Lucas. Je crois que je t'ai accordé trop de confiance, l'autre jour.

– Qu'est-ce qui s'est passé l'autre jour ? demande ma mère.

Il pointe sa bière sur moi.

– Il a fait le mur lundi soir pour aller retrouver Jess.

– Papa ! je proteste. Tu sais que ce n'était pas si simple.

– Tu as fait le mur ? demande ma mère en me regardant comme si elle ne me reconnaissait plus. En pleine nuit ?

– Ce n'est pas ce que tu crois. C'est la nuit où sa mère était à l'hôpital. Je suis allée la voir.

Elle plaque sa main sur ses yeux.

– Charmant, dit-elle avant de se tourner vers mon père. Tu aurais dû me le dire.

– Qu'est-ce que ça aurait changé ? réplique-t-il sèchement. Tu te serais mise dans tous tes états et…

– Hé, je les interromps en agitant les mains en l'air. Je suis là. Si vous avez des choses à dire, c'est à moi qu'il faut le faire. Il faut qu'on soit capables de se parler, non ? Alors OK, parlons.

J'adresse un regard entendu à mon père pour lui rappeler notre conversation.

Il boit une nouvelle gorgée de bière. Voûté, je fixe la moquette en tirant sur mes doigts jusqu'à les faire craquer.

– Depuis la mort de Jason, j'essaie de comprendre pourquoi je suis là. Pourquoi je suis là et pas lui. Pourquoi l'Univers a pris le frère qui était tellement meilleur que moi.

– Lucas ! s'écrie ma mère. Ce n'est pas vrai.

Je hoche la tête en haussant les épaules. Je sens la pression des larmes qui montent en moi. Je les ravale et me racle la gorge.

– Une partie de moi le sait. Et une autre non, c'est contre elle que je me bats. Et puis il y a encore une autre partie qui pense que c'est ma faute s'il n'est plus là.

Lorsque je les regarde de nouveau, ils ont l'air tellement choqués par ce que je viens de dire que mes yeux commencent à me piquer, et je sais que je vais finir par me mettre à pleurer si je continue. Et je suis sûr qu'eux aussi.

Pourtant, je veux qu'ils comprennent. Alors je leur parle de ma liste de bonnes actions et je leur explique que, tous les jours depuis la mort de Jason, j'essaie de prouver ma valeur, la raison de mon existence.

– Je sais bien que ce n'est pas ce que vous pensez de moi, je précise. Je sais que la seule personne à qui j'ai besoin de prouver ça, c'est moi.

Ma mère pleure ; mon père me regarde droit dans les yeux avec un air farouchement protecteur.

Quand j'ai fini, ma mère se lève d'un bond et me serre dans ses bras comme si elle n'allait plus jamais me relâcher. Mon père nous rejoint et referme ses bras autour de nous deux. Ça me rappelle la façon dont Jason a fait un bouclier de son corps quand les coups de feu ont retenti, sauf que cette fois je ne ressens aucun sentiment de culpabilité, juste de l'amour.

De retour dans ma chambre, j'ouvre mon ordinateur portable. Le dossier des bonnes actions est toujours ouvert. Je le ferme et le mets à la poubelle. Puis je la vide. Une liste ne peut pas me définir. Elle ne prouve pas que je mérite un siège à la table de l'humanité. Mais elle m'a aidé à vivre, cette année.

J'ouvre un nouveau document et je commence à écrire ma dissertation. Je crois que je sais comment l'aborder, maintenant. J'avais tout faux. Il n'a jamais été question de pardonner au monstre. La puissance du pardon commence quand on se pardonne à soi-même.

JESS

Les chaussures ! Comment j'ai pu oublier les chaussures ?!

Je serre mes mains l'une contre l'autre et ferme les yeux, espérant un miracle. Peut-être que ma bonne fée va apparaître avec des pantoufles de verre. Quand je les rouvre, je suis toujours pieds nus dans ma robe de bal. Je vais finir par y aller en Converse. Si Lucas n'avait pas autant envie de se la jouer classe, ce serait parfaitement raisonnable, de mon point de vue.

Je regarde l'heure sur mon téléphone. 16 h 30. Lucas passe me chercher dans une heure.

Tout en prenant soin de ne pas réveiller ma mère, j'entre dans sa chambre sur la pointe des pieds. Son placard grince bruyamment quand je l'ouvre.

– Qu'est-ce que tu fais ? demande-t-elle d'une voix ensommeillée.

– Désolée, je murmure. J'essayais de t'emprunter une paire de chaussures.

Elle dort beaucoup, on nous a prévenues que ça risquait de durer jusqu'à ce qu'elle s'habitue à ses nouveaux médicaments. Il s'agit donc d'une sieste approuvée par le médecin.

Elle allume sa lampe de chevet et me regarde dans ma robe de bal. Elle ne dit rien pendant un moment. Son sourire suffit.

– Tu es tellement jolie, Jess, lâche-t-elle en se levant et en repoussant les cheveux qui tombent devant mon visage. J'ai une paire qui devrait convenir.

Elle saisit des sandales argentées à lanières.

– Ne me demande pas de quand elles datent. Je les avais achetées pour un mariage, il y a des années.

Elle les pose par terre. Je glisse mon pied dans la première et ma mère me tient par le coude pour m'empêcher de tomber. Puis j'enfile l'autre.

– Comment sont les talons ? Pas trop hauts ? demande-t-elle.

– Ça va, dis-je en tanguant un peu. Mais je ferais mieux de m'entraîner à marcher avec avant que Lucas arrive.

Elle hoche la tête, puis observe mes cheveux.

– J'étais plutôt douée en coiffure, avant. Tu veux que je te les attache ?

Je me mords la lèvre inférieure pour ne pas pleurer.

– Peut-être.

Elle me fait asseoir sur la chaise devant sa coiffeuse et me brosse les cheveux. La fleur en masking tape jaune scotchée à la paille se tient entre le miroir et moi. Elle a toujours été là, mais je n'y ai jamais fait attention. J'ai envie de croire que quelque chose de moi est toujours resté avec elle, lui rappelant mon existence, même quand j'avais l'impression qu'elle me rejetait.

Dans le miroir, je vois une mère qui aide sa fille à se préparer pour son bal de promo. Nous avons l'air parfaitement normales, rien ne laisse paraître que nous venons de faire un aller-retour en enfer.

Elle me montre plusieurs coiffures.

– Je peux te faire une tresse haute, ou un chignon si tu préfères.

– Ça j'aime bien, dis-je en désignant le petit nœud qu'elle tient sur ma nuque.

Elle sourit et hoche la tête d'un air approbateur.

– Je suis d'accord. Ce sera parfait avec cette robe.

Pendant qu'elle se penche sur moi, concentrée sur mes cheveux, j'observe ses mouvements dans le miroir, les enregistrant comme avec une caméra ; avec quelques coupes et un peu de montage, je pourrai chérir ce moment pour toujours. Ses mains sont occupées, sa concentration intense. À un moment donné, elle tire un peu trop fort et je grimace.

– Oh, ma chérie, je suis désolée.

Elle masse l'endroit endolori du bout des doigts. Un flot de souvenirs de ma mère me préparant pour aller à l'école me revient. Tous les matins, j'étais lavée, brossée, nourrie. Soignée. De vieux souvenirs s'assemblent alors qu'elle prend des épingles à cheveux sur un petit plateau et les pique au bon endroit pour que mes cheveux ne tombent pas.

J'ai l'impression que l'orage passe. La mer et le sable autour de nous se calment et refluent.

Je comprends peut-être maintenant pourquoi on reste là, sur notre fragile banc de sable, pourquoi on se rend vulnérables.

Parce qu'on est résilients. On reconstruit.

LUCAS

Je gare la voiture en face de la salle de réception.

– Ne sors pas tout de suite, dis-je en cherchant la playlist que j'ai préparée sur Spotify pour ce soir. Il faut que tu écoutes ça.

New York, New York de Sinatra retentit et les épaules de Jess tremblent de rire. Son chignon révèle son cou long et sexy, et je ne pense qu'à une chose : j'ai envie de l'embrasser.

C'est donc ce que je fais.

Tandis que l'orchestre joue l'hymne de New York, des limousines commencent à s'arrêter devant le bâtiment, déversant une parade de lycéens tartinés d'autobronzant.

– Bon, prête à jouer à un nouveau jeu ? Qui est *distingué* et qui est ridicule. Je commence.

Je désigne Aisha et Ron Daudin qui gravissent les marches ensemble.

– Distingués, je décrète.

– Distingués, confirme Jess. Ouah. Aisha est superbe.

Andrew et Sarah sont les suivants.

– Ridicules, disons-nous en même temps, avant de nous taper dans la main.

Et voilà Peachy et Miranda.

– Distingués.

Jess secoue la tête.

– Elle, OK, mais lui il est ridicule. Tout compte fait, je suis contente que tu n'aies pas opté pour le smoking tout blanc.

Nous sommes encore en train d'en débattre quand on frappe à la vitre.

De l'autre côté, Pete prend un air faussement outré en désignant mon smoking, puis le sien. On est habillés pareil.

Je baisse la vitre.

– Hé, mon pote, dit-il, je veux bien croire que l'imitation est la plus grande forme de flatterie, mais là, quand même. Un peu de fierté, merde. Salut, Jess. Tu es magnifique.

– Merci. Toi aussi !

Il tire sur son revers et sourit.

C'est vrai, Jess est magnifique. Avec cette robe… cette *robe*… et ses cheveux relevés, on dirait une star de cinéma des années cinquante.

Gwen se penche par-dessus l'épaule de Pete et nous fait coucou.

– Salut !

Pete passe un bras autour de sa taille. Ah, je savais bien qu'il y avait quelque chose entre eux.

– On se retrouve à l'intérieur ? demande-t-il, et je hoche la tête.

Je me tourne vers Jess et l'embrasse rapidement.

– Bon, on n'est pas venus jusqu'ici pour passer la soirée dans ma voiture. On y va.

JESS

La main d'Andrew se fige alors qu'il s'apprête à avaler une énorme crevette. Bouche ouverte, ses yeux courent sur le visage meurtri de Lucas et sa lèvre boursouflée.

Lucas surprend son regard et pointe un doigt sur moi.

– C'est elle.

Je lui donne un coup de coude, oubliant ses côtes douloureuses.

– AÏE ! crie-t-il, en exagérant, je pense, avant de me désigner de nouveau. Tu vois ?

On se fraie un chemin dans la salle à la décoration audacieuse, main dans la main. D'immenses peintures murales représentent des dauphins qui nagent et plongent autour de ce qui doit être une île méditerranéenne, à en juger par les bâtiments blanchis à la chaux. De longues tables de banquet sont couvertes d'assortiments sophistiqués de fromages, de fruits, de fruits de mer, de viandes rôties. Lucas fonce droit vers le buffet et remplit deux assiettes.

– C'est pour nous deux ou il faut que je me serve ? je demande.

– Je suis mal élevé, mais pas à ce point-là. Tu veux du melon ? demande-t-il en désignant l'assortiment de fruits en forme de homard.

Je hoche la tête et il arrache une brochette qui fait office d'antenne.

On s'assoit à une table avec Pete et Gwen. Aisha et Ron nous rejoignent.

Peachy s'approche et fait un check à tout le monde avant de s'asseoir avec nous ; il a déjà perdu sa cavalière.

– Yo, mon pote, tu t'es fait tabasser ou quoi ? demande-t-il à Lucas.

– Tu devrais voir l'autre mec, répond-il.

– Il va falloir qu'on écrive ça sur une carte, comme ça tu pourras la donner à tous ceux qui te posent la question, intervient Pete.

Il jette un cube de fromage en l'air et le fait atterrir dans sa bouche.

– Non, mais sérieusement, insiste Peachy. Qu'est-ce qui t'est arrivé ?

Alors, Lucas leur raconte le combat en détail. Il avoue qu'il avait tellement peur qu'il a failli laisser tomber pour aller aux toilettes, qu'il a failli perdre au deuxième round, mais qu'arrivé au troisième, son adversaire était dans le gaz et qu'il a réussi à placer quelques crochets et à le mettre à terre.

Pete, Ron et Peachy sont captivés. Gwen et Aisha grimacent.

– Tu étais là, Jess ? demande Gwen.

Je hoche lentement la tête.

– Oui, et il n'exagère même pas.

Lucas me donne un coup d'épaule et sourit.

Le DJ n'y va pas par quatre chemins : il met la musique tellement fort qu'il devient impossible de parler. C'est sans doute son but. Des essaims de personnes se précipitent sur la piste.

– Allez, on danse, dit Lucas en me prenant la main pour me tirer vers la foule qui tournoie follement.

Je m'écarte.

– Ça va être horrible, je le préviens. Horrible comme le nettoyage de l'allée 6.

– Je n'ai jamais dit que j'étais bon. J'ai envie de danser, c'est tout.

Il pose ses mains sur mes hanches et marche à reculons sans me lâcher jusqu'à ce qu'on atteigne la piste.

On trouve notre rythme ensemble, riant et nous touchant plus que nous ne dansons vraiment. Pete attrape le bras de Gwen et ils passent entre nous en dansant le tango.

Lucas prend ma main et me fait tourner.

– Tu vois, tu te débrouilles super bien, commente-t-il avant de me faire faire une pirouette dans l'autre sens.

– Ne me laisse pas tomber. Je n'ai pas l'habitude d'avoir des talons aussi hauts.

Mais ses mains sont sur ma taille, et je sais sans le moindre doute qu'il ne me laissera jamais tomber.

Il me souffle à l'oreille :

– Attention, les gens vont croire que tu t'amuses.

– Il est hors de question que je les laisse penser ça ! dis-je en riant.

Et il me fait virevolter de nouveau. La chanson se termine et une autre commence, plus lente. Ça me convient mieux. Lucas me rapproche de lui, centimètre par centimètre, jusqu'à ce que je sois complètement appuyée contre lui. Je ne résiste pas. Comment le pourrais-je ?

LUCAS

Parmi les dix-huit personnes qui sont mortes ce soir-là, cinq auraient dû recevoir leur diplôme aujourd'hui. Des toges et des chapeaux sont placés sur des chaises vides, par ordre alphabétique. Tout autour de moi, des épaules tremblent et des gens essaient d'essuyer des larmes égarées, surtout quand M. Klein demande une minute de silence avant de commencer la distribution. Ethan aurait dû être là, aujourd'hui, et je suis content que Jess soit assise avec mes parents. Je sais qu'ils s'occuperont bien d'elle.

Même si Jason a obtenu son diplôme il y a deux ans, je sens sa présence aujourd'hui, surtout quand on appelle mon nom – *notre* nom. J'ai l'impression de faire une course de relais. Jason est arrivé jusque-là ; maintenant c'est à moi de courir.

Alors que je traverse la scène pour recevoir le rouleau de papier symbolique des mains de M. Klein (les véritables diplômes nous seront envoyés par courrier), je lâche un minuscule pet, à peine audible par-dessus tout le vacarme, mais bel et bien toxique. Il y avait steak à l'oignon, hier soir. Je souris pour les photos, mais en réalité, je pense très fort : *Sentez-moi ça.* C'est complètement puéril, mais Jason et moi, on en aurait bien rigolé ensemble.

Après la cérémonie, tout le monde quitte l'auditorium pour se retrouver dehors. Mes parents et Jess nous rejoignent, Pete et moi. Ma mère sort son téléphone pour prendre des photos, mais elle ne peut pas s'arrêter de pleurer.

– Lucas et Pete, serrez-vous l'un contre l'autre. Encore. Imaginez que vous êtes amis, dit-elle en s'essuyant le nez.

Je pousse un grognement, mais Pete sourit. Chacun passe un bras dans le dos de l'autre. Il fait trente-six degrés et ma toge bleu marine piège toute la chaleur contre mon corps comme une couverture thermique. Je n'ai pas arrêté de transpirer depuis que je me suis habillé. Le soleil tape sur le ciment et la brique ; les bâtiments bloquent toute brise qui pourrait nous soulager. Il n'y a pas un arbre en vue, aucune zone d'ombre pour nous sauver. L'été bat son plein.

– Je suis complètement à poil là-dessous, me chuchote Pete.

Ma mère prend la photo juste à cet instant, immortalisant mon expression à la fois choquée et dégoûtée.

– Jess, rejoins-les, ordonne-t-elle.

– Fais attention, je lui lance en gardant mon sourire forcé. Pete ne porte rien en dessous.

– C'est gentil de prévenir, dit-elle en souriant, et maman nous prend en photo.

– Feu de camp ce soir, nous lance Pete avant de nous laisser. On se voit là-bas.

Je le regarde courir vers ses parents et sa grand-mère pour la séance photo. Un bon coup de vent et tout le monde voit ses fesses. Je prie les dieux du climat qu'ils me fassent ce cadeau. Allez, juste pour sa grand-mère !

Jess tend son téléphone à ma mère.

– Madame Rossi, ça ne vous dérange pas d'en prendre une avec mon téléphone, s'il vous plaît ?

Une fois que c'est fait, Jess regarde aussitôt la photo, et ses pouces tapotent l'écran.

– Qu'est-ce que tu fabriques ? je demande.

– Je l'envoie à Marissa.

Reggie passe la tête à travers la foule. Son regard oscille entre mes parents et moi.

– Je voulais juste te dire bonjour, me dit-elle en nous rejoignant.

Mes parents ne l'ont pas revue depuis la mort de Jason. Au début, c'était parce qu'ils étaient occupés à faire leur deuil, mais je crois vraiment qu'ils lui en veulent. Reggie l'a bien senti, et depuis elle a toujours gardé ses distances.

Ils échangent un regard tandis que Reggie m'étreint brièvement. Après quelques signaux non verbaux typiques des couples mariés, ma mère adresse un hochement de tête à mon père et s'avance d'un pas hésitant.

– Bonjour, Reggie.

Celle-ci se retourne, l'air triste.

– Bonjour, madame Rossi.

Même sa voix paraît plus jeune, moins assurée face à mes parents.

– Tu nous as manqué, dit ma mère en ouvrant les bras.

Leur discussion est d'abord un peu laborieuse, et puis elle devient plus chaleureuse. Quelques minutes plus tard, mes parents l'invitent à venir dîner avec nous. Et ils n'accepteront pas de refus.

Tout autour de nous, des gens rient et pleurent. Dans un an ou deux, il n'y aura plus de sièges vides à la remise des diplômes ni plusieurs pages dans la section « In Memoriam ». Tout le monde ira de l'avant et essaiera d'oublier ce soir-là. D'autres événements ébranleront l'Univers, peut-être un autre ouragan, une autre guerre, un autre monstre. Mais ça appartiendra à l'histoire.

Dans la vie, on peut soit avancer, soit regarder en arrière. On s'est remis à avancer, mais on n'oubliera jamais ce qu'il y a derrière nous. C'est impossible. Car sinon, ça pourrait se reproduire.

JESS

La chaleur de la fin août s'insinue dans le garage, aussi suffocante qu'une grosse couverture humide.

– Donne un petit coup du gauche, puis attaque-le du droit ! Continue de bouger ! dit Lucas, qui frappe l'air chaque fois que mon poing entre en contact avec le sac.

On a commencé il y a un quart d'heure et je suis déjà épuisée. Maintenant je comprends pourquoi ça l'aide autant. Toute cette colère a un endroit où aller.

Lucas a convaincu ses parents de l'autoriser à suspendre un sac de frappe dans le garage pour qu'il puisse s'entraîner chez lui en plus du club. Il n'a fait qu'un autre combat depuis celui de mai. Deux semaines plus tard, ses bleus n'ont toujours pas disparu et prennent une teinte jaunâtre plutôt putride. Mais il a gagné.

Trois mois se sont écoulés depuis le jour où j'ai trouvé ma mère recroquevillée sur le sol de la salle de bains. Depuis, Mme Alvarez est quasiment tout le temps chez nous. Si ma mère n'était pas très coopérative, avant, désormais elle fait tout ce que lui demande la voisine, y compris prendre ses antidépresseurs tous les jours et voir sa psy deux fois par semaine.

Des aperçus de ma mère d'avant reviennent progressivement. La thérapie, c'est comme remettre en place un os cassé ; pour que ça guérisse complètement, il faut que ça fasse un peu mal au début. Sa psy m'a fait venir une fois pour qu'on parle de nous, avant et après la mort d'Ethan, pour aider ma mère à s'impliquer de nouveau dans sa vie et dans ses relations. Il y a eu beaucoup de larmes, surtout quand je lui ai dit : « Je sais que ce n'est pas ta faute, mais je t'ai perdue aussi quand j'ai perdu Ethan. Tu m'as laissée toute seule. » Je continue d'aller au groupe de soutien, moi aussi.

Ma vie brisée se reconstruit, morceau par morceau.

Nous vivons nos vies comme des survivants, plus faibles dans certains domaines, plus forts dans d'autres. Marqués, mais en voie de guérison. Il y a quelques mois, tout ce que je pouvais espérer, c'était arriver au bout de chaque journée. Maintenant, je pense à mon avenir. Un chemin se déroule pour la première fois devant moi, avec une lueur d'espoir. Aujourd'hui, Lucas et moi partons visiter des universités dans le nord de l'État. Si, pour une raison ou pour une autre, on n'est pas admis dans la même, on trouvera un moyen pour que notre histoire fonctionne. On a traversé pire que ça. Chaque jour, on est plus forts, plus près de redevenir entiers.

Lucas essuie son front trempé de sueur avec son avant-bras.

– Prends ta douche en premier. On va essayer de partir à 10 heures.

Je ramasse mon téléphone par terre. J'ai un nouveau message :

SÉRIEUX, TU SORS AVEC
LUCAS ROSSI ????

Je ne peux rien répondre de plus que :

!!!!!!!!!!!!!!!!!!

– À qui tu écris ? me demande Lucas.

– À Marissa.

Je fixe l'écran avec un immense sourire.

À 10 heures, on est en route vers le nord, laissant le Queens derrière nous.

Je passe ma main par la fenêtre ouverte pour sentir la brise se glisser entre mes doigts alors que nous traversons le Whitestone Bridge. Mes cheveux se soulèvent, le soleil éclabousse mon visage.

Lucas prend mon autre main et la serre avec de petites pressions qui me rappellent que je suis là, que je suis vivante. Que je me bats encore.

NOTE DE L'AUTRICE

Dans l'édition, les auteurs ont une dernière chance de réaliser quelques changements avant que leur livre ne parte en impression. J'espérais au mieux repérer quelques fautes de frappe gênantes. Je n'aurais jamais cru que je devrais mettre à jour cette note pour évoquer la fusillade de Parkland, en Floride, qui a tué dix-sept élèves et professeurs le jour de la Saint-Valentin, en 2018.

J'ai écrit la première version de *Nos cicatrices invisibles* en 2014. Ce n'était pas une réaction aux fusillades de Sandy Hook ou d'Aurora ni à une tuerie de masse en particulier, mais l'expression de mon chagrin et de mon désespoir face à la récurrence de tels événements. Mais avec cette dernière fusillade, il semblerait qu'une nouvelle force défie nos législateurs, nos représentants élus, le statu quo. Les lycéens sont désormais ceux qui se font le plus entendre pour demander qu'on passe à l'action. Les nouveaux activistes pour l'encadrement de l'usage des armes à feu – encore trop jeunes pour voter, mais plus pour longtemps – crient à pleins poumons : « Plus jamais ! » Ce sont vos voix qui provoqueront un véritable changement. Vous réussirez là où nous avons échoué.

Nos cicatrices invisibles est une œuvre de fiction. Plutôt que de me concentrer sur la fusillade du Balcony, j'ai voulu mettre l'accent sur les victimes qui survivent à ce genre de tragédies, les *blessés vivants*. Je voulais raconter ce qu'était leur vie un an après, après le départ des caméras et des journalistes. Pour Jess, Lucas, Mme Nolan, M. et Mme Rossi, et Marissa, la vie ne sera plus jamais la même, qu'ils souffrent de chagrin après la perte d'un être cher, de syndrome post-traumatique ou de dépression clinique. Les répercussions de la violence armée s'étendent bien au-delà de la portée d'une balle.

Bien que cette histoire soit le fruit de mon imagination, nous savons que le monde réel peut être tout aussi terrifiant, voire plus encore. Des exercices de confinement d'urgence dans les lycées aux infos, en passant par la fusillade de Parkland, on peut ne plus réussir à affronter le monde seul. Si vous vous sentez effrayé(e), dépassé(e), anxieux(se), déprimé(e), je vous en prie, parlez-en à quelqu'un. Un parent, un professeur, un conseiller d'éducation. Des numéros anonymes, confidentiels et gratuits, sont disponibles à tout moment si vous avez besoin d'aide.

REMERCIEMENTS

Écrire un livre est un travail d'équipe.

Je voudrais remercier mon agente, Alexandra Machinist, d'avoir défendu ce roman dès le début. Jessica MacLeish, mon imperturbable éditrice, qui a consacré tant de temps et d'énergie à m'aider à le démonter puis à le remonter. Merci à Rosemary Brosnan, toujours aussi chaleureuse et bienveillante, de m'avoir accueillie dans ton équipe. Toute ma gratitude à tous ceux chez Harper qui ont accompagné mes deux romans dans le monde.

Merci à Kelvin Dickenson, Chris Cassatto, Sean Cooper et Erin Beaty de m'avoir aidée à me mettre dans la tête, le corps et l'esprit d'un boxeur. Pour plus de raisons que je ne pourrais en lister ici, je suis éternellement reconnaissante à Julie Hochman, une travailleuse sociale dont le cœur, le talent et les compétences énormes ont aidé d'innombrables adolescents à trouver leur chemin. Merci à Anne Myrka de m'avoir autorisée à faire appel à ses lumières sur la sécurité pharmaceutique et médicamenteuse, mais surtout d'être une amie et mon âme sœur.

Aux habitants de Far Rockaway : merci de m'avoir permis de m'installer sur votre péninsule sur l'Atlantique. J'ai peut-être pris quelques libertés, mais j'ai tenté de rester fidèle à votre quartier et à votre atmosphère. Vous avez eu votre compte de tragédies, et je m'excuse de vous en avoir rajouté une, même fictionnelle. En écrivant cette histoire, je voulais que Lucas et Jess personnifient et honorent la résilience et la force de caractère que j'admire tant chez vous.

Et enfin, mais toujours avant tout, merci à mon cœur, mon foyer : Pat, Maggie et Julia.

L'AUTRICE

Amy Giles est diplômée en littérature anglaise et a travaillé plus d'une quinzaine d'années dans l'édition. Éditrice freelance, elle vit aujourd'hui à Long Island avec son mari et ses deux filles. Son précédent roman, *Le monstre chez moi*, est paru chez Nathan en 2020.

Cet ouvrage a été achevé d'imprimer en février 2021
dans les ateliers de Normandie Roto Impression s.a.s.
61250 Lonrai
N° d'imprimeur : 2100168
N° d'éditeur : 10262086

Imprimé en France

MIXTE
Papier issu de sources responsables
FSC® C022030